김승국의

전통문화로
행복하기

김승국의
전통문화로
행복하기

김승국 지음

1판 1쇄 발행 | 2016. 12. 1

발행처 | **Human & Books**
발행인 | 하응백
출판등록 | 2002년 6월 5일 제2002-113호
서울특별시 종로구 삼일대로 457 1009호(경운동, 수운회관)
기획 홍보부 | 02-6327-3535, 편집부 | 02-6327-3537, 팩시밀리 | 02-6327-5353
이메일 | hbooks@empas.com

값은 뒤표지에 있습니다.
ISBN 978-89-6078-438-3 03800

김승국의

전통문화로
행복하기

Human & Books

/제3부/ 소리꾼 장사익의 노래는 국악인가?
- 우리 전통예술에 대한 제언

제4부 문화로 행복하기

/제5부/ 문화 복지를 위하여

전통문화로 행복하기

사람은 살아가면서 흔적을 남긴다. 그러나 그 흔적은 그의 인생에서 다시는 맞이할 수 없는 소중한 시간이다. 그 흔적은 자기만의 색깔을 갖는다. 기쁨의 색, 분노의 색, 슬픔의 색, 행복의 색 등. 그러나 그 색깔은 짙기도 하고, 엷기도 하며 때론 여러 색깔이 혼재하기도 하다.

지난번 펴낸 시상집(詩想集) '쿠시나가르의 밤'을 출간한 후 5년이라는 세월이 흘렀다. 그 이후 신문이나 잡지에 기고했던 칼럼들이 세월의 양만큼 모였다. 타자적(他者的) 시선으로 보면 내 글 중에는 부실한 글도 있을 것이다. 그러나 내겐 모두 소중한 나의 흔적들이다. 그래서 한권의 책으로 묶기로 했다.

이번 수필집은 언론 매체에 기고한 칼럼들이 주류를 이루지만, 지난 번 펴낸 시상집에 수록된 글 중 일부분을 다시 보완, 정리하여 추가하였다. 이렇게 한 번 정리하고 다음의 행보를 시작하는 것도 의미 있다고 생각하였다.

글 중에는 나의 전공영역인 전통문화와 관련된 글이 제일 많다. 그래서 책의 제목도 '김승국의 전통문화로 행복하기'로 정했다. 내 책을 읽는 분들이 전통문화의 향기에 젖어 잠시 행복해졌으면 하는 소망을 갖는다. 그 외에 문화예술 일반을 바라보는 나의 생각을 쓴 글도 있고, 어떻게 살아가는 가는 것이 가치 있는 삶인지 고민하며 쓴 글도 있다.

어떠한 글이 가장 좋은 글인가에 대한 나의 답변은 늘 한결같다. 진실한 글이 좋다. 적어도 내가 글을 쓸 때는 비록 수려한 글이 아닐지라도 진실하게 쓰려고 노력했다.

이 글이 전통예술계와 문화예술계에 몸담고 있는 동료들과 후진들에게 도움이 되었으면 하는 소망이 있다. 또한 좀 더 인생을 진지하고 치열하게 살고자 하는 이들에게 도움과 위안이 되기를 바란다. 그러나 그것도 읽는 이의 몫이다.

끝으로 이 책을 발간하기까지 격려와 성원을 해주시고 선뜻 출판까지 허락해주신 휴먼앤북스 하응백 대표님께 감사의 마음을 전한다.

2016년 11월의 끝자락에서

제1부

삶의 길

문학과 예술로 꿈꾸는 삶

혼자 살아남아야 했던 유년 시절

어린 시절 이야기를 지금껏 한 번도 다른 사람에게 부러 얘기해본 적이 없다. 어린 시절뿐만이 아니라 개인적인 인생사에 대해 다른 사람에게 얘기한 적이 거의 없었던 것 같다. 부모에게조차 기대할 수 없던 유년시절의 상처가 나를 아무에게도 섣부른 기대 같은 걸 하지 못하게 만든 것인지도, 나의 상처를 들키지 않기 위해 본능적으로 선택한 자존심 때문이었는지도 모른다. 어쨌든, 남들과 다른 유년 시절의 기억은 젊은 날의 나를 자꾸 안으로만 침잠하게 했다.

다시 돌이켜 봐도 어떻게 그 어린 나이에 혼자 살아낼 수 있었을까 싶지만, 그렇게 길거리에 홀로 버려지지 않았다면 절대 알 수 없었을 소중한 것들도 있다. 아무에게도 기대하지 않고, 내가 모든 걸 알아서 하는 것. 그저 자립심 강한 아이 정도로는 흉내조차 낼 수 없을 현실의 절박함이 내겐 있었다. 누구의 도움도 바라서는 안 되었다. 내가 할 수 있는 일이면

하고, 할 수 없는 일이라면 절대 바라서도 안 되었다. 그리고 사람은 누구나 다 똑같다는 사실도 나는 너무 어린 나이에, 너무 잘 알게 되었다. 길거리를 배회하는 불량배들이나 여인숙 옆방에 살던 술집에 나가는 누나들도 우리와 다 똑같은 사람이다. 그들이 삶의 무게를 이기지 못하고 잘못된 선택을 했다는 것은 분명하지만, 인생에서 선택의 기회는 여러 번 오고, 사람은 누구나 변할 수 있다. 현재 그 사람이 어떤 모양을 하고 있더라도 본질은 다 같은 사람이라는 것을 나는 책으로 배운 것이 아니라 아주 어린 나이에, 냉정하고 절대적인 현실 속에서 배우고 알게 되었다.

시(詩)가 내 삶으로 들어왔다

고향 인천을 떠나 서울에 있는 양정고등학교에 진학하면서부터 완전히 새로운 인생을 살게 되었다. 내 인생에서 '시(詩)'를 만난 것도 그때쯤이다. 고 1때 우연히 들어간 신문반에서 쓴 글을 눈여겨 보던 선배들이 내게 문예반에 들어오기를 권했다. 고등학교 1학년 2학기 때, 당시 서울 시내 문예반 아이들의 연합서클이었던 '향우문학회'에 가입하게 되었다. 당시 향우 문학회에서 활동하던 선후배들 중에서 우리나라 문단의 걸출한 시인과 소설가가 여럿 배출되었는데, 그렇게 '시'를 알게 되면서 내 인생은 완전히 달라졌다.

서라벌예대는 서울대 문리대와 더불어 한국문학의 사관학교라고 불릴 정도로 막강 문맥(文脈)을 자랑하는데, 김주영, 천승세, 유현종, 김원일, 이문구, 조세희 등 한국 문단을 대표하는 수많은 문인들이 서라벌예대 문예창작과 출신이다. 당시 서라벌예대 문창과 선배들이 학교가 끝날 때쯤 양정고 앞으로 찾아와 연배가 어린 나를 '김형'이라 불렀고, 함께 막걸리잔을 기울이며 문학에 대해 밤늦도록 토론할 만큼 내 시는 인정받았다. '문학의 밤'에 자리하신 박목월 선생께서 김승국의 시는 동년배에서 최고의 수준'이라며 칭찬을 해주시기도 했다. 1969년, 그러니까 고등학교 2학년 때 내가 쓴 '이상의 오감도에 대한 분석'이 신문에 실리기도 했을 만큼 나는 시인으로서의 가능성을 인정받았다.

나의 시상집 「쿠시나가르의 밤」에도 실린 '거리에 서서'라는 시는 고등학교 때 쓴 시 중 하나다.

거리에 서서

겨울나무 밑에서 하늘을 보면
하늘은 갈가리 찢기고
무의식의 헛간에
철근이 어지럽게 쌓인다.

바람에 찢기는 마음의 살점.
한 평도 차지할 수 없는
이 거리는
언제까지나 낯설고 추울 것인가.

창백한 거리,
시린 세상에
시린 가슴을

가난한 두 손으로 녹이면서,
땅속에 몸을 심고 서 있는 나무같이
안주하고픈 겨울 오후,

낙엽은
저마다 한 움큼의 소리를 움켜쥐고
아스팔트 위를 뒹굴고 있다.

온갖 좌절과 절망, 두려움과 상실감을 나는 시에 그렇게 토해냈다. 서러운 나의 유년시절을 보상받기라도 하려는 듯 쓰고, 또 썼다. 시를 읽고 쓰는 것만큼 위안이 되는 것은 없었다. 시를 통해 비로소 내 자신을 사랑하게 되었다. 공부를 통해 깨닫게 된 자존감은 시를 통해 극대화되었다. 나는 더 이상 내 삶이 비참하지도, 스스로를 형편없게 여기지도 않았다. 시를 통해 스스로를 귀하게 여기는 법을 알게 되었으며, 사람들을 사랑하는 법을 배웠다.

시를 통해 자존감을 찾게 되었지만, 먹고 사는 것은 별개의 문제였다. 고3이 되었고, 중학교 1학년 때부터 그랬듯, 내 밥벌이는 내가 해야 했다. 대학은 내겐 사치였지만, 공부를 하고 싶다는 욕심에 야간대학인 국제대학에 들어갔다. 그리고는 공무원 시험을 봐서 지금의 기상청인 관상대에서 잠시 공무원 생활을 했다. 그러다 선배의 권유로 '월간 공간(SPACE)'의 편집부 기자로 일하게 되었다. 1966년에 창간된 공간지는 우리나라 문화 예술의 담론을 주도해온 종합 예술지다. 당시 몇 명 안 되는 기자들이 매월 잡지를 발행한다는 것이 여간 어려운 일이 아니었다. 나는 그 시기에

음악, 미술, 건축, 문학을 가리지 않고 많은 작품을 접하고, 논하고, 습작했다

아내와 결혼을 한 것도 그 즈음이었다. 결혼식 날, 아침에 일어나 혼자 미역국을 끓여먹고 식장으로 가던 일이 생생하다. 그 즈음, 나는 혼자 사는 게 지긋지긋했다. 외로움이 징그러웠다. 화목한 가정을 꾸리며 살고 싶었다. 결손가정에서 자란 사람들은 불행을 대물림한다는 얘기가 잘못된 것이라는 걸 증명해보이고 싶다는 강박도 있었던 것 같다. 좋은 아버지가 되기 위해 아이들이 어릴 때부터 학부모 모임에도 직접가고 관심을 많이 가지려고 노력했다. 아내에게 든든한 남편이 되기 위해 장모님께도 많이 마음을 쓰고, 책임감 있는 가장이 되기 위해 지금도 노력하고 있다. 다행히 아이들도 잘 자라주었고, 아내도 어머님을 모시고 살면서도 큰 불평 없이 내 곁을 지켜주고 있으니 감사할 따름이다.

국악과의 인연이 시작되다

잡지사 기자로 정신없는 세월을 보내던 어느 날, 당시 서울국악예술 중·고등학교에서 교사로 있던 친구가 학교에서 하는 공연 티켓을 학생들 편에 보내왔다. 그때 나는 클래식에 심취해 있었고, 국악은 어딘가 격조가 떨어지는 것 같기도 해서 전혀 흥미가 없었지만, 친구가 학생들까지 동원해 오라고 한 자리여서 마지못해 참석을 했다. 그리고 그 자리에서 나는 큰 문화 충격을 받았다.

국악이라고 해봐야 라디오 채널을 돌리다 우연히 듣게 되는 타령이나 민요가 전부였던 나는 그날 학생들이 연주하는 대취타, 종묘제례악 등을 접하며 국악의 격조와 품격에 완전히 매료되었고, 연주를 하는 국악에

고 학생들이 정말 대단해보였다. '국악을 하고, 국악을 하는 아이들을 가르친다면 얼마나 행복할까?' 그 가치를 전혀 모르던 국악에 흠뻑 빠진 나는 대뜸 그런 생각을 했고, 옆자리에 앉아계시던 국악예고 교장선생님께 그런 마음을 그대로 전했다. 교장선생님께서는 웃으시면서 내게 전화번호를 적어 달라고 하셨다. 나는 대학에서 영어교육학을 전공하고 교직을 이수했었다. 영어를 배워두면 돈벌이에도 도움이 될 거라는 생각으로 선택했던 전공이었지만, 영어교사가 되리라고는 한 번도 생각해본 적이 없었다. 공연을 본 것이 11월 즈음이었는데, 겨울이 지나고 몇 달 후, 국악 예고 교장선생님으로부터 연락이 왔다. 우리 학교에 영어 선생님 자리가 비니 한번 와보지 않겠느냐는 것이었다. 그렇게 해서 서울국악 예술중·고등학교 영어선생님이 되었다.

'시'를 만난 이후로 또 한 번 내 인생을 바꾼 '국악'과의 인연은 그렇게 시작됐다. 가난한 외톨이로 늘 겉돌고 자신 없는 학생이었던 나는 공부에는 전혀 취미가 없는 학생이 한심해 혼만 내는 선생님이 아니라 아이들에게 진짜 친구 같은 선생님이 되어주고 싶었다. 그리고 한국인이면서도 국악이나 우리 전통문화에 너무 문외한이라는 사실에 대해 깊이 반성하고 열심히 공부했다. 당시 우리학교에 출강하시는 강사선생님들 중에는 각 분야의 인간문화재들이 많았다. 모시기 어려운 고수들과 만나면서 우리 전통문화에 대해 배우게 되었고, 더 제대로 공부하기 위해 대학원에 진학했다.

내가 전통문화를 공부하는 데에 결정적인 영향을 주신 분은 내 인생의 두 번째 스승이신 홍윤식 박사님이다. 홍윤식 박사님은 내가 서울국악 예술중·고등학교 교감으로 있을 때 교장으로 부임하셨는데, 전문적 역량과 예술적 안목을 높이기 위해서는 연구하는 자세와 끊임없이 정진하는 태도가 필요하다고 하시며, 대학원에 진학해 더 공부해야 한다고 하셨다. 그리고 틈날 때마다 내게 우리 전통문화에 대해 많은 이야기들을 해주셨다. 박사님은 문화예술 분야만이 아니라 내 인생 전반에 걸쳐 아버지 같은 멘토가 되어주셨고, 사모님 역시 내게 어머니 같은 사랑을 베풀어주셨다.

학생 중에는 정해가 기억에 가장 남는다. '서편제'로 스타가 된 소리꾼 오정해는 중학교 때 이미 전주대사습놀이 학생부 판소리 경연에서 금상을 차지하고, 고등학교에 다닐 당시는 김소희 명창 집에 기숙하며 문하생으로 있었다. 어린 나이에 집을 떠나 살아서 그랬는지, 정해는 늘 조용하고 말이 없었다. 어딘가 그늘져 보이는 정해의 모습에서 나는 어린 시절을 자주 떠올렸고, 어떻게든 정해에게 힘이 되어주고 싶었다. 가난한 아이들, 학교에 마음 붙이지 못하는 아이들이 자꾸 눈에 밟혔다. 나는 연습실에 늦게까지 남아 연습하는 아이들에게 커피도 타주고 라면도 끓여주며, 아이들과 늘 함께 지냈다. 집안이 어려운 학생들이 많았기 때문에 우리 학교가 사립학교라는 것이 늘 마음에 걸렸다. 국립학교라면 아이들이 더 많은 혜택 속에서 마음껏 소질을 키울 수 있을 것이라는 생각에 학교의 국립화 작업을 추진해나갔다. 2008년에 우리 학교는 드디어 국립전통예술중·고등학교로 이름을 바꾸고 국립학교가 되었다.

내 학교처럼 생각하며 오랜 세월, 학교를 국립화하는 일에 몰두했지만, 나는 30년 간 나의 모든 것을 바쳤던 학교를 떠날 수밖에 없었다. 그러나 아무런 미련도 없었다. 어릴 때부터 습관이 되어서인지 내가 한 일에 대해 아무 기대도 하지 않는다. 그저 나에게 주어진 일, 내가 해야 한다고 생각하는 일을 할 뿐이다. 비즈니스에 있어서도 마찬가지다. 서로에게 좋은 일이면 하는 것이고, 그렇지 않으면 할 수 없다.

사람들은 내게 어떻게 그 많은 일들을 해내느냐고 묻곤 한다. 나의 특별한 능력 때문이 아니라, 아무 것에도 기대를 하지 않기 때문이라고 대답하고 싶다. 기대는 욕심에서 비롯되고, 어그러진 기대는 원망을 낳는다. 감정적으로 일을 하게 되면, 나중엔 일 자체의 의미는 퇴색되고, 상처뿐인 어리석은 인간만 남는다. 나는 학생들을 위해 해줄 수 있는 일을 했을 뿐이고, 우리의 전통문화를 위해 해야 할 일을 했을 뿐이다.

국악예고를 떠나 전통공연예술연구소 소장으로, 문화재위원으로 일을 하면서도 우리 전통의 명맥을 이어가는 가난한 예술인들의 삶을 개선시키는 일에 가장 먼저 앞장섰다. 노원문화예술회관에 있을 때도 사교육이 아닌 공교육 안에서 아이들이 양질의 문화예술 교육을 받게 하면 좋겠다는 아이디어에서 시작해 '교과서 예술여행'이라는 프로그램을 만들었다. 교과서에서 배우는 여러 가지 예술을 창의적 체험활동과 연계해 지역 문화회관에서 보다 심도 있고, 재미있는 교육을 받을 수 있도록 현장에 계신 선생님들과 프로그램 기획에서부터 진행에 이르기까지 머리를 맞대며 의논했고, 큰 호응을 얻어 현재까지도 범위를 확장하며 활발하게 진행하고 있다. 뿐만 아니라 '노원탈축제'는 누구나 평등하다는 탈의 상징성을 기본 아이템으로, 일반적인 구경하는 축제가 아니라 지역 주민들이 축제의 주체가 되도록 기획하여 첫 해에 26만 여명의 지역 주민들이 참가하는 행사로 시작해 해를 거듭하고 있다.

이처럼, 일의 본질에만 집중하면 아이디어는 무궁무진해질 수 있다. 나는 모든 일을 교과서적으로 원칙과 방향성을 분명히 하고, 일을 진행하는 과정에서 어떠한 꼼수도 쓰지 않는다는 두 가지 원칙을 분명히 지킨다. 그렇게 해야, 모든 일이 더 분명하고 즐거워지며, 누구와도 함께 할 수 있는 것이다. 나는 앞으로도 이러한 원칙들에 충실하며 우리 한국문화예술회관연합회가 지역 문화예술의 거점이 될 수 있도록 다양한 공연, 전시, 교육 프로그램들을 운영하고, 새로운 콘텐츠를 개발하기 위해 많은 구상들을 체계화 할 것이다.

문학과 예술로 꿈꾸는 삶

생각과 뜻이 같고, 서로 좋은 효과를 나눌 수 있는 사람이라면 누구와도, 어느 곳과도 협업하며, 한 명이라도 더 많은 사람들이, 한 살이라도 어릴 때부터, 문화 예술을 가까이 하는 삶을 살 수 있도록 하는 데에 나의 열정과 능력을 다하고 싶다. 그리하여, 예술도 인생도 내려놓음을 통해 완성된다는 만고의 진리를 잊지 않는 냉철함과 창가에 이는 미풍에도 감사와 사랑을 느낄 줄 아는 시인의 마음으로, 내 삶에서 시가 그랬듯, 음악이 그랬듯, 그대들의 삶에도 문화와 예술이 위로가 되고, 그럼에도 불구하고 다시 꿈꾸는 삶을 살게 하기를……

젊은이들에게 주고픈 회상(回想)

　사람들은 나를 전통예술 전문가 혹은 문화예술 전문가라고 부른다. 나는 아직도 전문가 대접을 받기에는 부족함이 많은 것 같은데 황송하게도 정부나 지자체로부터 전통예술이나 문화예술에 관련된 자문 혹은 정책 수립에 참여해 줄 것을 요청을 받아서 활동한 지도 꽤 오래 되었다. 주제 넘게 학부나 대학원에서 전통예술 관련된 강의를 맡은 지도 여러 해가 지났다. 현재 문화체육관광부 산하 기타 공공기관에서 중책을 맡고 있으니 전문가의 대열에는 속하고 있긴 한 것 같다.

　사실 나는 예술계열 학부를 졸업한 것이 아니고, 문리과대학 영어영문학과를 졸업하였다. 군이 나를 문화예술과 관련지어 갖다 붙여본다면 고등학교 때부터 시문학에 심취하여 시 쓰기를 좋아하여 뒤늦게 시인으로 문단에 등단했고, 어쭙잖은 문학상을 몇 번 받았으니 따지고 보면 문화예술인이기는 하다.

　이렇게 내가 너스레를 떠는 이유는 나의 지난날의 흔적들이, 불확실한 미래를 향하여 깜깜한 바다 위를 항해하고 있는 심정의 젊은이들에게 무언가를 던져줄 수 있지 않을까 하는 뜻에서이다.

대학을 졸업하고 나는 세계적인 건축가였던 고 김수근 회장이 이끄는 공간그룹 산하 '월간 공간'에 취직이 되는 행운을 잡을 수 있었다. 가까운 시단 선배로서 당시 편집장이었던 조정권 선배가 나를 추천했기 때문이었다. '월간 공간'의 편집부 기자로서 내게 맡겨진 업무량은 젊은 나로서도 감당하기가 어려울 정도로 많았다. 새벽에 출근하여 밤늦게까지 일을 해도 일은 끝이 없었다. 엄청난 일을 처리해 가면서 건축, 미술, 연극, 음악, 국악, 무용에 대하여 자연스럽게 폭넓은 지식을 갖추게 되었다는 것을 훗날에서야 알게 되었다. 같은 직장 내에서 업무량이 많다고 투덜대는 젊은이들을 많이 본다. 그러나 남들에 비해 과다한 업무가 자신에게 기회가 될 수 있다는 것을 젊은이들에게 말 해주고 싶다.

나는 건축 설계의 메카였던 '공간'에서 서울의 대표적 문화공간들이 설계되는 과정을 깊숙이 들여다보고, 도시공간이 디자인 되는 거시적인 시각을 갖게 되었고, 김덕수 사물놀이와 공옥진의 병신춤이 만들어지는 과정을 지켜보며 전통예술의 재창조에 대한 시각을 갖게 되었다.

그러던 나에게 전환점이 왔다. '한국국악예술학교'에서 나에게 영어교사로 올 의사가 있냐는 제안이 들어왔다. 봉급은 '공간'이 학교보다 더 좋았으나 나는 주저 없이 교직으로 자리를 옮겼다. 불우한 환경 속에서 중·고등학교를 다녔던 나는 선생님들부터 많은 도움을 받으며 학교생활을 하였다. 그때 훗날 나도 선생님이 되어 나와 같은 불우한 환경 속의 학생들을 돕겠다는 다짐을 수없이 했기 때문이었다.

학교로 부임하자마자 학급담임을 맡은 나는 커다란 벽에 부딪히고 말았다. 학급담임이라면 장차 전통예술인으로 활동을 하게 될 학급 학생들에게 마땅히 진로 상담을 해주어야 하는데, 학급담임으로서 학생들에게 내가 해줄 수 있는 게 없었기 때문이다. 절망감과 자괴감이 들었다. 학급담임으로서 학생들에게 올바른 진로지도를 해주기 위해서는 전통예술에 대한 폭넓은 이해와 지식도 필요하고, 전통예술계의 현황을 정확히 파악하고, 전통예술계의 전망에 대한 통찰력을 갖추고 있어야 하는데 나는 아무것도 갖추고 있지 못했다. 한국인으로 살면서 우리의 문화적 정체성이 담겨있는 전통예술에 대한 기초적인 지식조차 갖추고 있지 못했던 점이 무엇보다도 나를 부끄럽게 하였다.

학생들에게 올바르고 충실한 진로 상담을 해주기 위해서는 내가 먼저 전통예술에 대하여 전문적인 지식을 쌓고 전통공연예술 현장을 알아야 한다고 생각했다. 나는 전통예술에 대한 전문적인 지식을 쌓기 위하여 대형서점으로 달려갔다. 민속악과 민속무용, 그리고 전통연희와 관련된 전문서적을 뒤졌으나 참고할만한 서적이 거의 없었다.

그러나 길이 없는 것은 아니었다. 당시 우리 학교에는 판소리의 정권진, 대금의 한범수, 이생강, 가곡의 김월하, 민요의 이소향, 이춘희, 농악에 전사종, 임광식, 이수영, 거문고의 김영재, 해금의 최태현, 피리의 김광복, 한상일 등 당대 최고의 예인들이 출강을 하고 있어서 그분들을 졸라 교무실에서 개별적인 인터뷰 수업을 받을 수 있었다. 때로는 그분들과 밖에서 식사자리, 술자리, 취미 모임을 자주 가지며 전통예술에 대한 이론적 학습을 할 수 있었다. 그와 아울러 전통공연예술 현장도 열심히 찾아다녔다. 그런 나의 적극적인 자세가 장차 비전문가에서 전문가로 발을 옮겨 놓게 된 인연이 되었다. 그 후 아예 전공을 영어영문학에서 국악이론으로 바꾸고 대학원 석·박사 과정도 그쪽으로 방향을 틀었다.

예술고등학교에 나와 같이 근무하고 있었던 많은 인문과 교사들이 있었지만 나처럼 전공영역이 바뀐 교사는 흔치 않다. 자신에게 맡겨진 기본적 일을 충실히 하는 것도 잘 하는 일이지만, 더 나아가 보다 창의적이고 진취적으로 일을 찾아 매진하다 보면 새로운 길이 열릴 수 있다는 교훈을 젊은이들에게 말해주고 싶다.

그런 나의 열정이 주변에 알려지면서 중앙대 최상화 교수의 추천으로 문화체육관광부의 전통예술진흥정책수립 TF팀에 참여하게 되었으며, 그 일로 통해 전통예술과 관련된 국립기관과 학교들을 깊숙이 들여다 볼 수 있었다. 우리나라 전통예술 정책에 대하여 진지하게 생각하고 탐구하는 첫 계기가 되었다.

그 후 학교의 국립화 추진 실무책임이 내게 맡겨졌다. 국립화 추진 업무는 내가 감당하기에는 무척 고통스럽고 힘겨운 일이었다. 당시 국립화를 반대하는 사람들의 저항이 거셌고 끈질겼기에 그 저항을 극복해나가는 과정이 여간 힘겨운 것이 아니었다. 그래서 우선 국립화 당위성을 논리적으로 개발하고 그에 대한 여론을 조성해야 했다. 여론 조성을 위해서는 국립화의 당위성을 뒷받침해 줄 수 있는 세미나나 공청회가 가장 효과적이었는데 우호적인 발제와 토론을 해 줄 학계의 교수들을 섭외하는 것이 매우 어려웠다. 국립화에 우호적인 패널로 참석하는 것을 꺼려했기 때문이었다.

한편으로는 문화체육관광부, 교육인적자원부, 기획재정부 등 관계 부처의 고위직 공무원부터 실무 담당 공무원들을 위아래로 접촉하면서 일일이 국립화의 당위성을 설명하고 이해를 촉구하며 협조를 요청하였는데 가시밭길을 맨발로 걸어가는 것처럼 고통스러운 일이었다. 그리고 국회를 드나들며 관련 상임위원들과 보좌진들에게 국립화의 당위성을 설명하면서 법제화를 위한 협조를 요청하였는데 그 또한 험난한 일이었다.

그런 모든 과정을 거쳐 국립화는 이루어졌다. 그러나 내게 국립화 추진 성공의 공로에 대한 응분의 상이 주어지지 않았다. 모든 것을 바쳐 학교 국립화를 위하여 헌신했는데 내게 돌아온 것은 아무것도 없었다. 나는 견딜 수 없는 배신감과 울분 속에 지냈다.

비록 학교로부터 상을 받진 못했지만 국립화를 추진하면서 나는 뜻밖에도 너무나도 큰 선물을 받았다는 것을 한참이 지나 깨달았다. 국립화 추진 과정에서 여러 부처의 공무원들, 국회의원들과 보좌진들, 그리고 학계 교수들과 진정성 있는 만남을 지속적으로 가지면서 자연스럽게 그들과 견고한 인적 네트워크를 구축할 수 있었고, 아울러 정부의 행정체제와 법제화에 대한 이해와 지식을 갖추게 되었던 것이다. 그 무엇으로도 살수 없는 소중한 선물이었다. 세상을 살다보면 고통스럽고 힘겨운 시간이 있기 마련인데, 고통과 시련이 오히려 기회이고 축복일 수 있다는 교훈을 생생하게 경험했다.

학교를 나와 바로 (사)전통공연예술연구소를 설립하였다. 정부와 지자체의 문화예술진흥 정책 용역 사업을 수행하는 것이 주된 업무였다. 정부의 전통예술진흥정책 수립 실무를 맡으면서 쌓은 전문적 시각은 연구소 출범에 크게 도움이 되었다. 연구소의 일을 처리하면서 문화정책에 대한 전문성도 더욱 신장되었다.

한편으로는 문화재청 문화재전문위원으로 8년, 경기도 문화재위원으로 2년, 서울시 문화재위원으로 6년, 이북5도 문화재위원으로 6년을 거치면서, 수많은 무형문화재 예능종목의 발굴, 연구, 조사 및 예능종목의 지정과 예능보유자 인정에 관한 일에 참여하는 기회를 가졌는데 그것이 전통예술 전문가로서의 전문성을 구축하는데 크게 도움을 주었다.

10여 년 전에 나는 부천무형문화엑스포 정책 자문위원으로 위촉되어 축제 전문가로서 첫 출발을 하였다. 그 후 문화체육관광부가 주최하는 2007년 '대한민국전통연희축제'의 원년 산파역과 기획을 맡아 축제 전문가로서의 경륜을 더했다. 3년 전에는 서울시 노원구의 '노원탈축제'의 초대 추진위원장을 맡아 축제의 기획 및 실행을 주도하였고, 축제란 대동(大同), 동락(同樂), 상생(相生)의 우리 전통축제의 기본 정신 아래 구민이 주인이 되는 축제가 되어야 한다는 나의 지론이 맞아 떨어져 20만 명 이상의 노원구민이 스스로 탈을 만들어 쓰고 나와 자발적으로 축제에 참여하는 등 '노원탈축제'를 성공적으로 마칠 수 있었다. '노원탈축제'의 성공으로 정상급 축제 전문가 대열에 설 수 있게 되었고 지금은 축제전문들의 모임인 한국축제포럼의 고문을 맡고 있다.

㈜전통공연예술연구소를 본궤도에 올려놓을 쯤, 노원구로부터 노원문화예술회관장직 제안이 들어왔다. 해보지 않은 일이었기에 두려움이 있었다. 그러나 생면부지의 나를 믿고 관장직을 제안해준 구청장에 대한 감사의 마음으로 최선을 다해 관장직을 수행하여 노원구 문화발전에 기여하여 보답하리라 마음속으로 굳게 다짐하였다. 연구소장직을 사직한 후 3년 간의 노원문화예술회관 관장직이 시작되었다. 노원문화예술회관장으로 취임 직후 지역 문예회관은 지역 문화예술의 거점이 되어야 한다고 생각하고, 그 첫걸음을 구민들의 니즈에 부응하는 프로그램, 지역 문화예술인들과의 협업 프로그램, 지역 문화공간과의 네트워크 프로그램 개발에

집중하였다.

그러한 일이 가시적인 성과를 거둔 후 문예회관과 교육기관과의 네트워크 구축과 협업이 필요하다고 판단하여 학교수업의 현장을 문예회관으로 옮겨 놓은 협업 프로그램인 '교과서예술여행'을 기획하여 시행하였다. '교과서예술여행'은 예상 외로 큰 성공을 거두게 되어 매년 1만여 명의 관내 초등학생들이 1년에 4번 학교 정규수업 시간에 노원문화예술회관으로 학습공간을 옮겨 문화예술교육프로그램에 참여하고 있다. 이러한 성공사례가 서울시 타구는 물론 전국적으로 확산되어가고 있는 중이다.

노원문화예술회관장직을 수행하던 중 문화체육관광부로부터 산하 공공기관인 한국문화예술회관연합회 상임부회장직을 맡아 해 볼 의사가 있는지 제안이 들어왔다. 노원문화예술회관 관장 직 임기는 많이 남아 있었고 제안이 들어 온 곳의 근무 환경이 더 나은 것이 없어 고민이 되었다. 그동안 국가를 위해 한 번은 일해 보고 싶다는 생각이 있었고 내 나이로 보아 국가를 위해 일할 수 있는 좋은 기회라는 생각이 들었다. 그래서 쾌히 수락을 하고 자리를 옮겼다. 이후 상임부회장 직 역할을 수행하면서 각 문화예술회관의 상황을 파악하고 각 지역에 맞는 콘텐츠를 개발하고 보급하는 등 여러 일을 추진했다. 하지만 이런 광범위한 일보다 한 지역에 집중하여 보다 심도 있는 일을 해보고 싶은 욕구가 있었고, 그러한 바람은 다행스럽게도 수원문화재단 대표이사직으로 이어졌다.

문화예술전문가로서 사실 아직도 부족함이 많다. 앞으로도 쉼 없이 부단하게 견문을 넓히고, 전문적 지식을 습득하고 현장의 경험을 쌓아가려고 한다. 그리고 가급적 내가 무엇을 맡고, 내가 무엇을 하기 보다는 나의 지식과 경험을 후배들과 젊은이들과 공유하고 그들이 하고자 하는 일의 적극적인 조언자 혹은 조력자로 역할을 하고 싶다.

나는 세르반데스의 소설 '돈키호테'를 극화한 뮤지컬 '라만차의 사나이 (Man Of La Mancha)'에 나오는 노래 'The Impossible Dream'을 좋아한다. 불가능해 보이는 꿈을 이룰 수 있다는 신념으로 무모할 정도로 꿈을 이루기 위하여 노력하는 돈키호테의 희망의 꿈이 너무도 좋다. 아마도 내 인생이 그러했던 것 같다. 그래서 가사 전문을 독자들과 공유하고 싶다.

가사는 다음과 같다.

The Impossible Dream (이룰 수 없는 꿈)

To dream the impossible dream
To fight the unbeatable foe
To bear with unbearable sorrow
To run where the brave dare not go

이룰 수 없는 꿈을 꾸며
이길 수 없는 적과 싸우며
견디기 힘든 슬픔을 견디며
용사도 감히 가지 못하는 곳으로 나아가노라

To right the unrightable wrong
To love pure and chaste from afar

To try when your arms are too weary

To reach the unreachable star

걷잡을 수 없는 악을 바로 잡고

멀리로부터 순결한 사랑을 품고

너무 지쳐있을 때도 시도해 보고

닿을 수 없는 별을 향해 팔을 뻗치노라

This is my quest to follow that star

No matter how hopeless no matter how far

To fight for the right without question or pause

To be willing to march into hell for a heavenly cause

And I know if I'll only be true to this glorious quest

That my heart will lie peaceful and calm

when I am laid to my rest

아무리 희망이 없어도 아무리 멀어도

그 별을 좇는 것이 나의 사명이오.

의문과 주저 없이 정의를 위해 싸우고

하늘의 뜻이라면 기꺼이 지옥에라도 나아가리.

나, 이 영광스러운 사명에 충실하면

영면하는 날, 내 마음은 평화와 고요 속에 있으리라

And the world will be better for this

That one man scorned and covered with scars

Still strove with his last ounce of courage

To fight the unbeatable foe

To reach the unreachable star.

조소를 당하고 상처투성이가 된 한 사나이의 덕택으로

세상은 더 나은 세상이 되리

그래도 마지막 한 방울의 용기를 다해

이길 수 없는 적과 싸우고

닿을 수 없는 별에 닿으려고

투쟁하는 이 사나이의 덕택으로.

나의 호(號) 관허(觀虛)

    부모님께서 지어 주신 이름 외에 사용하는 별칭으로 호(號), 또는 아호(雅號)라는 것이 있다. 옛날에는 아무나 호를 함부로 사용하는 게 아니라 어느 정도 이름이 있는 학자나 군인, 예술가 등 능력이 출중하거나 큰 명성을 날린 사람이어야만 호를 가질 수가 있었다고 한다. 하지만 오늘날은 그런 제약 없이 마음만 먹으면 모든 사람들이 각자 호를 가질 수 있다. 하지만 환갑이 다가오는 내 나이 또래만 해도 호를 사용한다고 하면 친구들로부터 고리타분하다는 핀잔을 듣기 십상일 정도로 호를 사용하는 풍토는 많이 줄어들었고, 주로 유림 모임, 문단 등의 특정 분야에서나 통용되는 경향이 강하다.

    일반적으로 이름과 자는 부모나 연장자가 발복과 무병장수의 기원을 담아 지어서 내려주는 것이기에 정작 당사자는 아무런 관여도 할 수 없지만, 호는 본인 스스로 지을 수 있어 자유롭게 자신의 정체성을 반영할 수 있고, 나의 취미나 성격, 능력 등을 눈여겨 본 선생이나 어른들이 지어주는 것이기에 이름보다 한결 더 나를 잘 표현한다고도 할 수 있다.

나에게는 관허(觀虛)라는 호가 있다. 개인적으로 아버님처럼 따르고 존경하는 스승님인 홍윤식 선생께서 나에게 관허(觀虛)라는 호를 지어 보내주셨을 때의 감동은 세상을 살면서 어떤 직위나 재물을 얻었을 때의 그것과 비교할 바가 아니었다. 흡사 강보에 싸인 첫 딸을 아내에게 처음 건네 받았을 때의 감동과 비슷하다고 한다면 감동의 크기가 상상이 될 것이다.

선생님께서는 관허(觀虛)라는 호의 의미는 다음과 같은 불경(佛經)의 경구에서 연유된 것이라 일러주셨다.

恒虛 不滿者 聖人 항허 불만자 성인
常滿 不虛者 平人 상만 불허자 평인
觀道 欲虛者 非凡 관도 욕허자 비범

(항상 비어있으면서 채우려하지 않는 이는 성인이요
항상 가득 차 있으면서도 비우려 하지 않는 이는 범부요
도를 바라봄에 항상 자기 자신을 비우려하는 이는 범부를 넘는 이니라)

아마도 선생께서는 수심정진(修心精進)하면서 자기 자신을 비우려하는 자세로 살아가라는 뜻에서 지어주신 것 같다. 앞으로 나를 관허(觀虛)라는 호로 불러준다면 수심정진(修心精進)하며 살라는 뜻으로 받아들이며 그 고마운 마음을 고이 간직할 것이다.

어머니

기억 속의 어머니

어제는 고등학교 동창의 어머님께서 운명하셔서 문상을 하러 갔다. 친구의 어머님이 구순을 넘긴 나이라 호상이라면 호상일 수 있지만 부모를 떠나보내는 자식의 마음에 호상이 있겠는가. 돌아가신 친구 어머님은 연거푸 딸을 낳으시다가 겨우 늦둥이 아들을 보았는데 그 늦둥이가 바로 내 친구이다. 손님을 맞느라 정신이 없는 와중에 잠시 친구와 마주 앉았다. 어머님은 평생 돌아가시지 않을 거라 여겼는데 제대로 작별인사도 못하고 보내드렸다는 친구의 말에 나도 눈시울이 뜨거워졌다.

나는 올해 여든넷이 되신 어머님과 함께 살고 있다. 연세 탓도 있으시겠지만 2년 전 뇌경색을 앓으신 후 더욱 쇠약해지셨다. 요즘엔 조금만 걸어도 가던 길을 멈추고 무척 숨차 하신다. 그래도 어머니는 여전히 본인보다 아들 걱정을 하신다. 얼마 전 내가 여러 가지 안 좋은 일이 겹쳐서 거의 정신줄을 놓은 것처럼 지내자 당신 앞에 나를 앉혀놓고는 정색을 하고 말씀하셨다. "바깥일에 너무 연연하지 말고 건강도 돌보고 내적인 충실을 기해라." 어머님의 눈에 요즘 내가 얼마나 여유가 없어 보였기에 그런 말씀을 하실까 부끄러웠다. 어머님 말씀대로 이젠 건강도 챙기고 내적인 충실을 기하며 살겠다고 다짐했다.

내 기억 속의 어머니는 젊었을 적 무척 당당하고 예뻤다. 보수적이던 그 시기에 옷 하나를 입어도 당시의 여인들보다 유행에 앞서 세련되게 입으셨고, 가요도 잘 부르시고 사교춤도 멋있게 잘 추셨다. 내가 즐겨 부르는 가요 중에는 어머님께 직접 배운 노래도 있다.

지금 당신께서는 그런 당당한 모습은 온 데 간 데 없고 키도, 몸도 더 자그마해졌다. 얼굴에도 노인의 연륜이 깊이 배어있다. 한때 나는 사는 게 힘겹고, 일이 잘 풀리지 않을 때 이런저런 꼬투리를 잡아 어머니를 철없이 원망하기도 했다. 요즘 들어 어머니가 더 오래 사셨으면 하는 마음이 간절하다. 집에 어머니가 계신 것만으로도 마음이 든든한데 돌아가시면 집도 마음도 무척 허전하리라.

나는 유년 시절의 대부분을 강원도에서 보냈다. 비가 오면 대청마루에서 어머님의 무릎을 베고 누워, 앞마당 꽃밭에 심은 꽃들을 바라보고 빗소리를 들으며 잠이 들었던 그 때가 제일 행복했던 시절이었다. 지금도 비가 오면 그 때가 문득 떠오른다.

사랑하는 어머님께

2014년 11월 28일 어머님께서 다시는 돌아오지 못할 먼 하늘나라로 떠나셨다. 나를 낳아주시고, 길러주신 어머님이 저 세상으로 가셨다.

내년도 제주에서 치러질 축제에 대한 협의를 위하여 11월 27일 제주로

1박 2일의 일정으로 출장을 떠났다. 28일 제주지사를 만나고 오전 12시가 다 되어 제주지사실을 나서면서 어머님의 별세 소식을 접하였다. 어머님의 임종을 지켜보지 못한 불효를 저지르고 말았다.

11월 26일에 어머님의 손이 퉁퉁 부어있어 어머님 손을 주물러드린 것이 어머님의 체온을 느낀 마지막이 될 줄 몰랐다. 11월 27일 제주에서 아침에 일어나자마자 집사람에게 전화를 걸어 어머님 안부를 물었는데 어머님이 다른 날에 비해서 아침진지도 잘 드셨고 집사람에게 화장실에 데려다 달라 하셔서 모셔다 드렸는데 집사람에게 "고맙다"라는 말씀까지 주셨다는 이야기를 전해 듣고 안심을 했다. 그러니 몇 시간도 지나지 않아서 숨을 거두실 줄이야 생각도 못했다.

어머님께서는 일제 강점기인 1928년에 태어나셔서 조실부모하시어 남의 집 양녀로 들어가 맘 편한 청소년기를 보내지 못하셨고, 스무 살을 갓 넘긴 꽃다운 나이에 아버님을 만났으나 내내 평탄치 못한 삶을 사셨다. 그래서 유아기와 청소년기에 어머님과는 만났다 헤어져 사는 것을 반복할 수밖에 없었다. 그러다 내가 결혼 후 어머님을 모시고 40년간 함께 살았으니 어머님의 빈자리가 너무도 크게 느껴질 수밖에 없었다.

우리 부부는 넉넉지 못한 환경 속에서 맞벌이를 해야 했기에 어머님이 손녀, 손자를 양육하고 뒷바라지를 해주셨다. 그 덕에 우리 부부는 조속히 집안을 일으켜 세울 수 있었다. 그저 어머님께 감사할 뿐이다. 그래도 어머님은 당신이 키우신 손녀, 손자들이 결혼을 하여 양 쪽의 증손녀들이 태어난 것을 지켜보시고 돌아가셔서 다행이라는 생각이 들었다.

나는 형제도 없고 일가친척도 없다. 집사람과 출가를 한 딸과 아들 남매뿐이다. 어머님 쪽으로 외삼촌 한 분과 이모님 한 분이 있다. 외삼촌 쪽에 친형제 같은 세자매가 있으나 막내가 몇 해 전 암으로 아깝게 일찍 세상을 떠났고, 큰 여동생 부부는 중국에서 사업을 하며 살고 있고, 둘째는 경남 창원에서 대학 교편생활을 하며 살고 있다.

그래서 이런 큰일을 맞으면 막막하기만 한데 직장 동료들이 발 벗고 나서서 장례를 도와 무사히 장례를 치를 수 있었다. 참으로 고마운 일이 아닐 수 없다. 조문객들도 많이 와주셔서 쓸쓸한 장례는 아니었다. 앞으로는 내가 아는 분들의 애경사에는 보다 적극적인 나눔과 배려를 실천하여 내가 받은 은혜에 백배 천배 보답하려 한다.

어머님의 장례는 4일장으로 치렀다. 12월 1일 벽제 화승원에서 화장을 하여 남양주시 에덴추모공원 납골당에 어머님을 모셨고 12월 3일에는 삼우제를 지냈다.

요 며칠은 집에 들어가면 어머님 방에서 나를 반기는 어머님의 목소리가 들리는 듯했다. 어머님의 빈 방을 바라볼 때마다 마음이 몇 번씩 울컥거리곤 한다. 어머님께 조금 더 살갑게 못해드린 것이 많이 후회가 된다. 이제야 내가 어머님께 드릴 수 있는 말은 "죄송해요, 어머님! 편안히 가세요. 저 세상에서는 아무 고통 없이 행복하게 지내셔야 해요"가 전부이다.

어머님! 사랑했고, 사랑하고, 앞으로도 사랑하겠습니다. 어머님이 사랑하시던 손녀, 손자들하고 알콩달콩 잘 살도록 할게요. 먼 훗날 어머님 뵈러 가겠습니다. 그때까지 좀 외로우시더라도 기다려주세요.

친구

아픔이라는 이름의 친구

내 빛바랜 앨범 한 페이지에는 응어리 같이 남아 있는 한 사람의 사진이 꽂혀있다. 나는 그 사람을 내 유일한 친구라고 부른다. 그래서 친구라는 단어는 나에게는 보통명사가 아니라 고유명사와 같은 언어이다. 다른 친구들이 들으면 섭섭해 할지도 모르지만 내 평생 진정한 의미의 친구는 그 사람뿐이기 때문이다.

나의 학창시절은 무척 가난하고 불우했다. 고등학교에 진학하면서 금천구 시흥동 산동네 판자촌에서 혼자 자취를 하고 지냈는데, 돈이 없어 밥 굶기를 그야말로 밥 먹듯이 할 정도로 비참한 생활이었다. 그러다보니 영양상태가 좋지 않아 아침에 일어나려 해도 손가락 하나 까딱 움직일 수 없을 때가 빈번하였고, 오후 한두 시에나 간신히 일어나, 라면 하나 끓여 먹고 빈둥거리다 다시 잠자리에 들곤 했다. 그런 환경 속에서 학교를 다니다보니, 자신감도 없어져 반 아이들과 잘 어울리지 못하고 있는 듯 없는 듯 지냈고, 결석도 빈번히 했던 그야말로 문제 학생이었다. 그런 나의 고등학교 시절에 처음 생긴 친구가 바로 그였다.

사실 그 친구는 1년 선배였지만 몸이 아파 1년을 휴학하고 복학을 했기 때문에 나와 같은 반이 될 수 있었고, 선배라는 티를 내지 않고 나를 친구로 받아준 그와 속이 잘 맞아 곧 단짝이 되었다. 당시 나는 경제적으로나 가정적으로 불우한 환경에서 성장하고 학교를 다녔지만, 그 친구는 정반대인 유복한 환경 속에서 성장하였고, 품성도 정이 많고 감성 또한 풍부한 친구였다. 그 친구는 나의 가장 친한 친구였지만, 자존심만은 살아 있어 그에게도 나의 불우한 처지와 모든 것을 털어놓지 않고 지냈다.

판자촌 생활로 내 체력이 한계에 다다를 무렵 나는 자취방을 인천으로 옮기고 인천에서 서울로 통학을 하기로 결심을 하였다. 인천은 나의 고향이기에 그곳에 가면 친지나 어릴 적 친구들이 살고 있었다. 밥 한 끼라도 더 챙겨 먹을 수 있겠지 생각했다. 그 친구는 내가 인천으로 자취방을 옮기자, 내가 학교에 나가지 않는 날이면 멀리 인천에 있는 내 자취방까지 찾아와주곤 했다. 지금 같으면 인천은 서울에서 매우 가까운 곳이지만 그 당시만 해도 인천은 그리 가까운 곳은 아니었다.

인천으로 거처를 옮겨도 내 일상은 별반 나아지지 않았다. 이렇게 구차한 삶을 이어가느니 차라리 삶을 마감할까 하는 생각이 들어 몇 번이나 자살충동에 빠져 밤을 지새웠던 적도 있었다. 결국 학교를 그만두기로 결심하고 그날부터 무작정 학교에 등교하지 않았다. 그러자 어느 날 밤 그 친구가 인천 자취방으로 나를 찾아왔다. 왜 학교에 나오지 않느냐고 다그치는 그에게 나는 아무 말도 할 수 없었다. 이미 마음이 얼어붙어 그 누구에게도 마음을 열 수 없었기 때문이었다. 그 친구는 나의 그런 모습을 지켜보며 눈물을 흘리며 나를 끌어안았다. 그의 진정한 우정은 얼어붙은 마음을 녹였고 나는 그 다음날부터 다시 학교를 다녔다.

그는 전북 정읍 출신으로 부모님께서는 정읍에서 사셨고, 그와 바로 밑 남동생만 시집간 서울 삼양동 누님 집에 살면서 학교를 다녔다. 나는 가끔 그 친구와 어울려 그 친구가 살던 누님 집에 들렀던 기억이 난다. 방학이 되면 나는 그의 부모님이 사시는 정읍에 내려가 며칠씩 함께 지내곤 했다. 그의 고향집에는 두 여동생들이 학교를 다니고 있었는데 중학생인 여동생은 이성으로 호감이 생겨 말이라도 건네 보고 싶었지만, 워낙 새침떼기라 말걸 용기가 안나 친해질 수 없었던 기억이 난다.

고등학교를 졸업 후 그와 나는 서로 다른 대학에 진학했지만 만남은 지속되었다. 그는 당시 신장염을 앓고 있어 자주 병원에 입원했는데 문병을 간 나와 몰래 탈출하여 막걸리를 먹던 일도 여러 번 있었다. 지금 생각하면 그로 인하여 그의 지병이 더 악화되지 않았던가 후회가 된다. 그러던 중 내가 학생운동을 하다 강제징집을 당해 입대하였고, 일반하사로 편입되어 외출도 없이 7개월 간 강도 높은 하사관 후보 교육을 받게 되었다. 후보 교육을 받던 중에 친지들이나 후배들로부터 간간히 위문편지를 받는 것이 유일한 낙이었는데 가장 믿었던 그 친구에게는 편지 한 통이 없어 배신감과 섭섭함이 너무나 컸다. 그리고 마침내 교육을 마치고 첫 휴가를 나와 그 친구의 소식을 접하게 되었다. 그 친구는 내가 입대한 직후 지병이 급격히 악화되어 세상을 떠났던 것이었다. 그것도 모르고 그 친구를 원망했다는 사실에 괴로웠고, 아픔을 함께 해주지 못한 죄책감을 견디기 힘들었다.

일주일간의 짧은 휴가지만 나는 정읍행 열차를 타고 그의 고향집을 찾아 부모님께 인사를 드리고, 부모님과 함께 그의 위패를 모신 전주의 한 사찰에 들러 그의 명복을 빌어주었다. 그리고 그의 어머님께 먼저 간 친구를 대신해 아들 노릇을, 여동생에게는 친오빠가 못 다한 오빠 역할을 다하겠노라고 굳게 약속했다. 그리고 약속대로 한동안은 정읍을 찾아 인사를 드렸고, 어머님 역시 먼저 간 아들이 그리우면 일부러 서울에 있는 나를 찾아주시기도 했다. 그 후 취직을 하고 결혼도 하면서 바쁘다는 핑계로 연락을 뜸하게 하게 되었고, 어느 순간 그의 가족과 연락이 끊어지게 되었다.

그러다 몇 년 전 정읍에서 개최된 전국민속예술경연대회 심사를 위해 정읍을 찾은 길에 시청 공무원들에게 가족들의 주소를 수소문해 달라고 부탁해 실로 오랜만에 여동생을 다시 만날 수 있었다. 그리고 연락이 끊긴 사이 부모님께서는 모두 타계하셨음을 알게 되었다. 나의 무심함으로 부모님과도 같은 그 분들의 장례식에 참석하지 못한 불효가 아직도 마음에 걸린다. 대신 연락이 닿은 여동생과 그 두 딸들은 지금도 좋은 인연을 맺고 만나고 있다.

친구가 세상을 떠난 지 40년이 되어간다. 지금도 그 친구는 내 마음 속에 남아 영원한 청년으로, 진정한 친구로 따뜻한 미소를 머금고 나를 지켜보고 있다.

진정한 끈기를 보여준 내 친구 박종일

어제는 부천무형문화엑스포 조직위원회 사무국에 정책자문위원으로서 첫 출근을 하였다. 사무총장, 차장, 본부장 등 안면이 있는 분들도 있었지만 50여 명의 사무국 직원들 중 대부분은 안면이 없어 서먹한 기분도 들었다. 하지만 각부 부장들과 인사를 하고 집무용 책상에 앉으니 그런대로 적응이 되었다. 엑스포가 성공적으로 치러지도록 정책자문위원으로서 이름값에 어울리는 기여를 해야 한다는 부담감도 있지만 서두르지 않고 맡겨진 책무를 차근차근 해나가려고 한다.

오후에는 친구 박종일이 오랜만에 만나자고 연락했다. 시간을 쪼개야 하는 상황인지라 그의 사무실로 가서 이런저런 이야기를 나누었다. 박종일은 고등학교 동창으로 중학교를 검정고시로 통과하여 나이가 조금 아래였지만, 재학시절 줄곧 전교수석을 놓치지 않고 졸업 후 서울대학교 법과대학에 진학하여 동기들의 부러움을 한 몸에 받았던 친구이다. 내가 친구 박종일을 좋아하게 된 이유는 재학 시절 잊지 못할 추억이 있기 때문이다.

내가 졸업한 모교는 일제 강점기 베를린 올림픽 마라톤 종목에서 금메달을 수상한 손기정 선생 등 굵직한 국제마라톤 대회에 입상한 마라토너들을 배출한 마라톤 명문 학교이다. 매년 교내 운동장에서 장거리 마라톤 대회를 개최하는 전통이 있다. 육상부 선수든 일반 재학생이든 출전자격에 제한을 두지는 않았지만, 대부분 육상부 선수들이 출전을 하였고 장거리 달리기에 자신감이 있는 일부 재학생들이 출전하기도 했다. 평소에 달리기라면 자신감을 가졌던 나는 그 대회에 출전하였고 내 친구 박종일도 함께 출전했다.

마침내 마라톤 대회가 열렸고, 레이스 중반에 대부분의 일반학생 선수들은 지쳐 경기를 포기하였고, 육상부 선수들만 결승점을 향해 사력을 다해 뛰었다. 물론 나도 중반에 지쳐 포기하였다. 그런데 내 친구 박종일은 육상 선수들과의 간격이 비교할 수 없을 정도로 뒤쳐졌으나 포기하지 않았고, 느리기는 하지만 일정한 속도를 유지하며 묵묵히 뛰었다. 결국 출전한 선수들이 모두 결승선을 통과한 후에도 박종일은 포기하지 않고 뛰고 또 뛰었다. 처음에는 그가 중도에 포기하고 쓰러질 것이라 예상했지만, 그의 집념과 근성이 보는 이들을 감동시켜 모든 재학생들이 박종일이 중도에 쓰러지지 않고 끝까지 결승선을 통과하기를 침묵 속에 기다렸다. 마침내 앞선 결승선 통과자보다 1시간도 더 늦게 내 친구 박종일이 결승선을 통과하자 마라톤 대회가 끝났고 그는 우승자보다 더 힘찬 박수를 받았다.

그 일로 나는 그의 강한 인내심과 목표를 향한 끈질긴 집념에 탄복하여 그를 좋아하게 되었다. 세월은 흘러 고등학교를 졸업한지 40년의 세월이 흘렀지만 그와의 우정은 수채화처럼 오늘날까지 잔잔하게 이어져 오고 있다.

내 인생의 멘토, 홍윤식 선생님

　인간은 만남을 통해 변한다. 오늘날 나를 이루고 있는 모든 것은 많은 사람들과의 만남에 의해 형성되었다고 볼 수 있다. 첫 만남은 부모님과의 만남이다. 부모님의 유전자를 고루 물려받았으니 나의 외모와 지능과 성격은 부모님께서 물려주셨음이 분명하다.

　부모님과의 만남 이후 헤아릴 수 없이 많은 사람들과 만났다. 그 만남들 중에는 내 인생의 행로에 순풍을 가해준 좋은 만남도 있었고, 행로를 힘겹게 하고 마음까지 황폐하게 했던 악연도 있었다. 사람들이 나에게 '당신의 인생에서 당신에게 가장 큰 영향을 끼친 사람을 한 분만 선택하라' 묻는다면 주저 없이 홍윤식 박사님을 선택할 것이다. 홍윤식 박사님만큼 내 인생에 커다란 영향을 준 사람은 없다. 나에게 홍윤식 박사님은 은사이자 내 인생의 멘토이자 부모님 같은 분이다.

　홍윤식 박사님과는 박사님이 1999년 2월 말 동국대학교를 정년퇴직하시고 바로 이어 3월 2일자로 내가 교감으로 재직하고 있었던 서울국악예술중·고등학교 교장으로 부임하시면서 그 인연이 시작되었다. 서울국악예술중·고등학교는 지금은 국립화가 되었지만 당시는 사학이었다. 청와대 교육문화 수석을 거친 박범훈 전 중앙대학교 총장이 학교법인 이사장으로 있었는데 당시 박범훈 이사장은 자신의 고등학교 은사였던 홍윤식 박사님을 학교장으로 초빙하였다.

홍윤식 박사님이 서울국악예술중·고등학교를 퇴임하신 것이 2004년 중반이니 당시 교감이었던 내가 박사님을 지적에서 모신 것은 5년 반이지만 박사님이 학교를 퇴임하신 후에도 나는 줄곧 박사님과의 인연의 끈을 한시도 느슨히 하지 않았다.

박사님은 교장으로 부임해 오시어 당시 교감인 나에게 전문교육기관의 교사이자 교감으로서 전문적 역량과 예술적 안목을 높이기 위해서는 연구하는 자세와 끊임없이 정진하는 자세가 필요하다는 조언을 해주셨다. 그리고 당신께서 대학원장을 역임하셨고 퇴임 후에도 출강을 하시던 동국대학교 문화예술대학원 진학을 권하시었다.

이것이 인연이 되어 오늘날 내가 문화예술계의 중진으로서 인정받으며 활동하게 한 중요한 첫 계기가 되었다. 또한 대학원 재학 중 낮 근무시간 중에는 학교장과 교감으로서 늘 함께하면서 자연스럽게 박사님으로부터 문화예술 전반에 대한 학습을 할 수 있었다. 야간에는 대학원에서 박사님으로부터 줄곧 수업을 들었고 졸업논문 지도까지 해주셨으니 그야말로 나는 홍윤식 박사님으로부터 집중적인 지도를 받은 행운을 잡은 셈이었다.

홍윤식 박사님은 나에게 문화예술 분야에 대한 스승으로서 뿐만 아니라 내 인생의 멘토가 되어주셨다. 학문의 스승으로서, 인생의 상담자로서 또한 어버이 같은 분으로서 내 마음 깊이 자리 잡으셨던 것이다.

박사님과는 교장과 교감의 사이를 넘어 스승과 제자로서, 어버이와 자식과 같은 관계로 지내왔다고 할 수 있다. 내가 31년 간의 교직 생활을 마치고 사회에 나와 힘겨운 시간을 보낼 때 깊이 공감해 주시고 스스로 역경을 딛고 일어설 수 있도록 충고와 격려의 말씀을 아끼지 않으셨을 뿐만 아니라 실질적인 도움을 아끼지 않으셨다. 그렇다고 나만이 그런 특별한 혜택을 받은 것이 아니라 박사님 주변에 있는 사람들은 모두 나처럼 그러한 배려와 사랑을 받았을 것이다. 그러면서도 박사님은 그들 각각에게 자기 자신들에게만은 특별한 분이라는 마음을 갖게 하는 강력한 카리스마를 갖고 계신 분이다.

그 원천은 홍윤식 박사님만이 갖고 계신 상대방에 대한 진정성 있는 배려심과 온후하신 인격에 있다고 할 수 있다. 또한 홍윤식 박사님 사모님께서도 박사님 못지않게 박사님 주변의 사람들에게 많은 사랑을 베풀어 주시고 격려와 성원을 아끼지 않으신다. 그래서 우리는 박사님 부부를 진심으로 존경하고 따른다.

박사님은 정치, 사회, 교육, 문화, 종교, 언론 등 각계각층의 정상급 인사들과 풍부한 인적 네트워크가 형성되어 있다. 그들과 단지 서로 알고 지내는 사이가 아니라 인간적이면서도 긴밀한 유대감이 형성되어 있다. 그 동안 나는 박사님을 수행하면서 수많은 분들과 인연을 맺었다. 오늘날 나의 풍부한 인적 네트워크는 박사님에게 힘입은 바가 크다.

홍윤식 박사님과의 만남은 나에게는 크나큰 행운이며 행복이다. 나는 2010년 2월에 학교를 떠나 (사)전통공연예술연구소 소장, 노원문화예술회관 관장, 한국문화예술회관연합회 상임부회장을 거쳐 현재 수원문화재단 대표로 일하고 있다. 또 한편으로는 경기도 문화재위원, 인천광역시 문화재위원, 이북5도 문화재위원, 2016 전통연희 페스티벌 예술감독 겸 추진위원으로 활동하고 있으며 동국대학교와 건국대학교 대학원에 출강하며 후학들을 지도하고 있다.

홍윤식 박사라는 인격과 지성을 갖춘 거목과의 만남이 있었기에 나는 그 그늘 밑에서 성장할 수 있었다. 아버님과 같은 그분이 부디 오래 오래 건강하게 사시기를 진심으로 기원해본다.

나의 제자 소리꾼 오정해

4월 8일 노원문화예술회관에서 영화배우이자 방송인으로 활동하고 있는 오정해 씨의 '오정해의 스프링콘서트'가 열린다. 내게는 오정해 씨보다는 '정해'가 친숙한 명칭이다. 왜냐하면 정해와 나는 25년 넘는 인연을 지속하고 있는 사제지간이기 때문이다.

정해와의 인연은 80년대 중반 그녀가 서울국악예술고등학교에 신입생으로 입학하면서 시작되었다. 당시 그녀는 매우 우수한 성적으로 입학하였고, 이미 중학교 시절에 우리나라에서 가장 권위 있는 국악경연대회인 전주대사습놀이 학생부 경연대회 판소리 부문에서 금상을 수상한 재원이어서 입학 당시부터 그 재능을 인정받았다.

정해는 예고 진학을 위해서 혈혈단신으로 고향인 목포에서 올라와 소리 어머니이자 당대 최고의 판소리 명창이었던 고 만정 김소희 선생의 집에 기거하면서 학교에 다니게 되었는데 넉넉지 못한 가정형편과 어린 나이에 부모님 슬하를 떠나 객지에서 학교를 다녔던 탓인지 다소 위축되고 그늘진 분위기를 느낄 수 있었다.

교사로 재직하면서 나는 가정형편이 넉넉하고 학업성적이 뛰어난 학생들보다는 가정형편이 넉넉지 못하거나, 재능은 없어도 국악에 대해 열정이 있는 아이들에게 더 관심을 기울였고, 특히 그늘진 분위기의 학생들에게 보다 더 많은 관심을 기울였다. 정해 역시 그러한 학생들 중 한 명이었다.

그래서 방과후 함께 교정을 거닐며 많은 대화를 나누었고, 소풍이나 수학여행을 가서도 함께 기념사진을 찍거나 음식을 나누어 먹었던 기억이 난다. 당시 교무실에는 출판사에서 홍보용으로 보내온 참고서나 문제집들이 많았는데 나는 가정형편이 넉넉지 못한 학생들을 은밀하게 교무실이나 빈 교실로 불러 문제집이나 참고서를 건네주면서 학업에 정진하도록 격려를 해주었다. 물론 정해에게도 여러 번 참고서와 문제집을 챙겨 전해주곤 하였다.

정해는 3년 간의 예고 학업을 마치고 중앙대학교 한국음악과로 진학을 하였고 그로부터 4년 후 1992년인 대학교 4학년 때 남원에서 열리는 미스춘향 선발대회에서 미스춘향 진으로 선발되었다는 소식을 접하게 되었다. 그로부터 1년 후 대가 임권택 감독에게 우연히 캐스팅되어 영화 서편제 주인공인 소리꾼 송화 역으로 출연하면서 대중들에게 영화배우로 알려지기 시작했고, 그 이후 영화 '태백산맥', '축제', '천년학'에 출연하며 국민배우로 위치를 굳혀갔다.

그 후 전문 방송인으로 큰 행사의 사회자로 활동하는 것을 시켜보며 한편으로는 대견했지만 그녀가 전문예인인 소리꾼이라는 본연을 떠나 영화배우나 전문방송인으로 활동하는 것이 못내 아쉽고 안타까웠다. 그래서 그녀를 만날 때마다 이제는 소리꾼으로서 자신의 음악세계를 펼치는 것이 장기적으로 바람직하지 않겠느냐는 조언을 하였고, 그녀 또한 나의 충심이 담긴 조언에 고마워하곤 하였다.

그러다 내가 노원문화예술회관 관장으로 취임하면서, 그녀에게 우리 극장에서 그녀만의 음악세계를 펼쳐 보일 수 있는 콘서트를 갖자고 제안하자 그녀는 흔쾌히 수락했다. 그래서 우리 극장에서 진행된 공연으로 그녀가 본격적인 소리꾼으로 데뷔하게 되는 셈이다. 무대에서는 '아리랑', '쑥대머리' 등 민요부터 판소리, 창작곡 등 다양한 레퍼토리를 들려주었고 당대 최고의 연주 실력을 자랑하는 '앙상블 시나위'의 연주와 국립무용단 여미도의 춤이 곁들여진 품격 있고 멋진 공연이었다.

그녀가 나의 공연제안을 받아들여 콘서트를 여는 것만 해도 관장 입장에서는 고마운 일인데 노원구의 소외계층을 위하여 자신의 출연료 전액을 기부하겠다는 뜻을 밝혀 더욱 마음이 뿌듯했다. 앞으로 그녀가 국내 최고의 소리꾼으로서 영원히 자리매김하기를 간절히 기원해본다.

제2부

전통 예술과의 만남

자랑스러운 우리의 전통무대,
산대(山臺)와 채붕(綵棚), 〈낙성연도(落成宴圖)〉

　대부분의 사람들은 우리나라에 서구의 무대와 같은 격조 높은 무대가 있었다는 사실에 대해 잘 모르고 있는 것 같다. 그래서 대부분 우리 선조들의 공연예술은 뜰이나 대청마루 등에서나 이루어졌던 것으로만 생각한다. 그러나 우리에게도 자랑할 만한 독특하고 아름다운 무대가 있었으니, 그것은 산대(山臺)와 채붕(綵棚)이다.

　서울과 경기 지방에서 전승되는 탈놀이를 '산대놀이'라 한다. '산대놀이'란 산대에서 하는 놀이라는 뜻으로 풀이될 수 있으나 오늘날 연행되는 산대놀이는 산대는 사라지고 놀이만 남았다. 산대(山臺)란 불교의 삼신산(三神山) 중의 하나인 봉래산(蓬萊山)의 형상을 본 따 만들어져 선산(仙山)의 분위기를 연출하기 위해 산봉우리·나무·꽃·신선이나 기계장치에 의하여 작동시킬 수 있는 인형 잡상 등의 조형물이 설치된 우리 고유의 무대를 말한다. 서구보다 우리는 한 발 더 나아가 입체적인 무대를 가졌던 것이다.

산대의 역사는 신라 진흥왕 때 시작한 팔관회에서부터 시작되었다는 문헌 기록이 있듯이 고대 삼국시대로 거슬러 올라간다. 고려 말 이색(李穡)(1328-1396)의 『목은집(牧隱集)』 33권에 실린 시 '동대문부터 대궐 문전까지의 산대잡극은 전에 보지 못하던 것이다(自東大門至闕門前山臺雜劇前所未見也)'에서 '산대를 얽어맨 것이 봉래산 같고(山臺結綴似蓬萊)'라는 구절 또한 산대의 모양이 산의 형태를 띠고 있음을 말해준다. 산대는 규모와 형태에 따라 대산대(大山臺), 예산대(曳山臺), 다정산대(茶亭山臺) 등 여러 종류가 있으며 중국에서는 오산(鰲山)이라는 명칭으로 불렀다.

조선조 성종 19년(1488) 3월에 조선에 사신으로 왔던 명나라 사신 동월(董越)이 쓴 '조선부(朝鮮賦)'에 적한 기록에 의하면 조선조 시대에는 사신의 영접을 위하여 광화문 밖에 동서로 광화문만큼 높은 거대한 산대를 두 개 설치하여 그 위에서 다양한 공연으로 사신을 영접하였다는 기록이 있다. 현재 남아있는 '봉사도(奉使圖)' 제 7폭에 모화관(慕華館)에서 행해진 중국 사신 영접 행사의 연희 장면이 있는데 그 그림 속에 바퀴가 달린 거대한 예산대(曳山臺)의 모습과 산대에서 광대들의 연행 장면을 볼 수가 있으며, 고려시대, 조선시대 문헌자료에도 산대에 대한 기록을 어렵지 않게 찾아볼 수 있다. 조선조 성종 24년 왕명에 의하여 편찬된 악전(樂典)인 『악학궤범(樂學軌範)』 속에 수록된 향악정재(鄕樂呈才)에 쓰는 산 모양의 침향산(沉香山)은 산대를 본 딴 무구(舞具)로 보인다.

산대를 무대로서 활용하는 방식은 크게 두 가지로 구분되는 데 하나는 산대 위에 잡상을 설치하고 연행하는 연희 등을 펼치거나, 또 하나는 산대를 무대 배경을 위한 설치물로서 활용하여 산대 앞에서 가면극, 줄타기,

땅재주 등을 연행하는 형태로 산대를 활용하였다.

산대 이외에도 우리의 전통무대에는 누각의 형태로 나무로 단을 만들고 오색 비단 장막을 늘어뜨린 가설무대인 채붕(綵棚)이 있었다. 채붕의 역사도 산대의 역사와 함께 발전되어 왔을 것으로 추정된다. 『고려사(高麗史)』에도 '최이(崔怡)가 연등회를 하면서 채붕(綵棚)을 가설하고 기악(伎樂)과 온갖 잡희(百戱)를 연출시켜 밤새도록 즐겁게 노니…'라는 기록이 보이고, 조선시대에는 『세종실록』, 『세조실록』, 『광해군 일기』, 『문종실록』 등에 채붕의 기록이 보인다.

며칠 전 고려대 박물관장을 맡고 있는 전경욱 교수로부터 전화가 왔다. 그것도 매우 흥분된 목소리로! 최근 지인이 건네준 프랑스 대학언어문명도서관(BULAC) 소장 홈페이지에 탑재한 채색본 '정리의궤(整理儀軌)'의 사진을 보다가 눈에 번쩍 띄는 것이 있었다는 것이었다.

220년 전 조선조 정조 재위 시 수원화성 성역 완공 축하 기념식(1796년 10월 16일)을 그린 〈낙성연도(落成宴圖)〉 하단 부 좌우 채붕이 비어있어 채붕에서 이뤄진 연행의 모습이 늘 미스터리였는데 '정리의궤'의 발견으로 채붕(彩棚·가설누각)에서 행해진 연행의 미스터리를 풀게 되었다는 것이었다. 도대체 채붕에서 어떤 연행이 행해졌기에 많은 군중들이 채붕을 넋을 잃고 바라보며 열광하고 있는지, 또 채붕 상단에 그려진 호랑이춤·사자춤과 무슨 관계인지 궁금하기는 나도 마찬가지였다.

전경욱 교수는 나에게 '정리의궤' 중 〈낙성연도〉의 그림 파일을 즉시 보내줄 테니 기존 '화성성역의궤(華城城役儀軌·규장각 소장)'속에 그려신 〈낙성연도〉와 비교해 분석해보라는 것이었다. 곧이어 전경욱 교수가 보내준 '정리의궤' 속의 채색된 〈낙성연도〉 파일이 도착하였다. 파일을 열어보니 깜짝 놀라지 않을 수 없었다. 기존의 〈낙성연도〉 그림은 먹으로 찍어낸 목판 흑백 인쇄본이고, 하단부에 그려져 있는 채붕이 비어있어 연행의 모습이 어떠했는지 알 수가 없었는데, '정리의궤' 속의 〈낙성연도〉을 살펴보니 좌우 채붕 전면에는 악사들이 줄지어 앉아 연주를 하고 있고 왼쪽 채붕에는 붉은 색 탈을 쓴 취발이와 붉은색 치마에 푸른색 저고리를 입은 여인이, 오른쪽 채붕에는 칡베장삼을 입은 노장(노승)과 붉은색 치마에 노란색 저고리를 입은 여인이 악사들의 연주에 맞춰 관객들을 향하여 노래와 재담을 하고 있는 것이 아닌가. 전 교수는 그 모습이 수십 년 전 면벽수도를 한 지족선사를 황진이가 유혹해 파계시킨다는 내용을 가진 만석승무(萬石僧舞)로 추정된다면서 봉산탈춤이나 양주별산대놀이의 한 대목인 '노장 과장(科場)'과 유사하다고 화답하며 기뻐하는 것이었다.

채붕 뒤로 보이는 사자와 호랑이를 보면 광대들이 사자탈과 호랑이탈을 쓰고 왼쪽 2개의 채붕 안의 취발이, 노장, 소무들과 한 무리가 되어 악사들의 연주에 맞춰 역동적인 탈춤을 추고 있다는 것을 쉽게 알 수 있다. 아마도 지금 연행되는 양주, 송파 산대놀이, 혹은 북청사자놀음과 봉산탈춤의 10대조 할아버지 쯤 되는 것이리라.

이번에 발견된 '정리의궤'는 국내에는 없는 판본으로서 '현륭원의궤', '원행을묘정리의궤', '화성성역의궤' 등 핵심사항을 한글 필사본으로 정리한 채색본 의궤이기 때문에 그동안 추측으로만 설명된 낙성연도 안의 연행을 한 눈에 알아 볼 수 있게 한 것이다. 이 의궤는 정조 시대 혹은 정조 사후 제작된 내명부 왕실여설 열람을 위한 필사본으로 추정된다. 이번 채색본 '정리의궤' 속의 〈낙성연도〉의 발견으로 정조 재위 당시의 궁중정재와 민간연희의 살아있는 모습들을 정확히 파악하게 되었고, 이로서 〈낙성

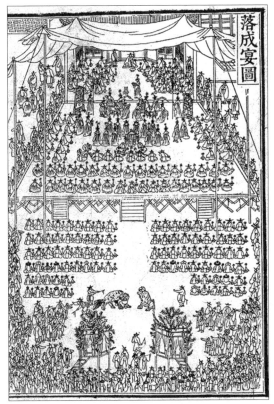

'화성성역의궤' 중 〈낙성연도〉

연도〉 속의 미스터리가 밝혀지게 된 것이다.

올해는 화성축성 220주년이 되는 해로서 세계문화유산 수원화성에서는 당시의 '낙성연'과 '혜경궁 홍씨 진찬연(進饌宴)', 그리고 '화성행궁 능행차'가 수원문화재단 주관으로 재현되는 큰 행사가 계획되어 있다. 낙성연재현 공연은 축성 완공 당시 낙성연이 열렸던 현장인 수원화성행궁 내'낙남헌(洛南軒)'에서 9월 9일과 10일에, 혜경궁 홍씨 진찬연은 10월 9일에 수원화성 광장에서, 화성행궁 능행차 재현은 서울 창덕궁에서 수원화성 행궁까지 10월 8일에서 9일까지로 예정되어 있다.

이번 프랑스 '대학언어문명도서관(BULAC)'에 소장된 채색본 '정리의궤'의 발견을 낙성연의 재현을 완벽하게 해보라는 무언의 메시지로 받아들이고 현재 낙성연 복원 공연 준비를 진행하고 있다. 재현 공연이 열릴 '낙남헌 (洛南軒)'은 때로는 대연회가 열리기도 하고, 인재 등용의 과거 시험장으로 사용되던 곳으로서 화성 성역의 완성을 축하하는 낙성연이 베풀어졌던 곳이다. 돌아오는 9월 9일과 10일 수원화성행궁 내 '낙남헌'에서 펼치는 220년 만의 낙성연 재현 공연은 우리나라 전통공연예술사의 중요한 날로서 기억될 것이다.

조선 시대 기녀와 용동권번

기녀, 조선시대의 예술을 전승해 온 예술가 집단

조선시대에 사대부 여성들 중에는 허난설헌이나 이옥봉과 같이 시문 (詩文)에 능한 여인들이 있었다는 것은 우리도 잘 알고 있는 사실이다. 지체 높은 사대부 가문의 여성들 이외에도 기녀였던 황진이 같이 시문(詩文), 서화(書畵)에 능한 여인들이 많았다. 기녀들은 시문(詩文), 서화(書畵) 뿐만 아니라 예능에도 능했기 때문에 오늘날의 관점으로 볼 때 기녀 집단은 조선시대의 예술을 주도하고 전승해온 예술가 집단이었다고 할 수 있다.

기녀는 삼국시대의 유녀(遊女)에서 비롯되었으며 조선왕조는 개국과 함께 중앙집권체제를 마련하면서 중앙과 지방의 관아에 기녀를 배치하였다. 기녀는 관청의 행사와 관리의 노고를 위로하기 위해 필요한 존재였으므로 조선시대의 기생은 관기가 대부분이었다.

기녀들은 어린 나이부터 기녀 교육을 받기도 하지만 보통 15세가 되어

기적에 오른 뒤 장악원에 소속되어 본격적으로 체계적인 교육을 받았고, 악기 하나는 전문적으로 배웠다. 이들이 장차 상대하는 부류가 왕족과 고관이나 한학적 교양이 높은 유생들이 대부분이었으므로 이들의 교육 과목은 글씨, 그림, 춤, 노래, 악기연주, 시, 책읽기, 대화법, 식사예절 등 타인을 대하거나 즐겁게 할 때 필요한 것이었으며 예의범절은 물론 문장에도 능해야 했다.

기녀는 교육을 마친 후에 용모와 재주에 따라 1패(牌), 2패, 3패의 3등급으로 나뉘었다. 1패 기녀는 왕과 고관이 도열한 어전(御前)에 나가 춤과 노래를 부르는 최상급 기녀이며, 2패는 각 관아와 고관 집에 출입하는 기녀이고, 3패는 일반인과 상대하는 제일 하급 기녀로서 화초기생이라고도 불리었다.

조선이 일제에 의해 망하면서 기생제도 또한 없어질 수밖에 없게 되어, 일제강점기에 기생들의 교육기관이자 기생이 요정에 나가는 것을 감독하고 화대를 받아주는 기생조합인 권번(券番)에서 그 명맥을 유지하였다. 일부 기녀들의 매춘 행위가 있었기 때문에 기녀들을 모두가 천박하고 비윤리적인 집단인 것처럼 여겨지게 되었으며, 그들에 의하여 연행되었던 우리의 민속예술 자체도 천박한 것으로 매도되었다.

일제 강점기는 면면한 우리 문화의 맥을 단절 혹은 왜곡, 비하시킨 불행한 시대였으며 그 후유증은 오늘날까지도 우리 사회의 모든 영역에서 악취를 풍기고 있다.

근대 국악사의 흔적, 용동권번(龍洞券番)

관기제도는 조선조 전통예술의 보존 및 계승에 중요한 역할을 담당하였다. 조선조가 일제에 합병되기 직전인 1908년에 관기제도가 폐지되면서 권번이 등장하게 되었는데 권번은 관기제도의 역할을 떠맡게 되었다. 권번은 일제강점기에 기생 조합을 이르던 것으로 노래와 연주와 춤을 가르치고, 기생이 요정에 나가는 것을 관리하면서 화대(花代)를 받아 주는 등 매니저 역할을 하였다.

권번은 서울의 한성, 평양의 대동, 부산에 동래, 인천에 용동, 개성에 개성, 남도의 한남권번 등이 있었다. 관기제도가 폐지되면서 인천에도 관기가 사라지고 1912년에 인천 용동기생조합이라는 명칭이 등장했던 것으로 미루어 1910년 전후 용동권번(龍洞券番)이 자리 잡기 시작하였던 것으로 추정된다.

용동권번은 초기에는 인천의 옛 이름인 소성(邵城)을 따서 소성권번이라고도 불렸고, 이어 용동권번이라는 명칭으로 바뀌고, 이후 인화권번으로, 다시 인천권번으로 명칭이 바뀌었다. 일제 강점기에는 권번 출신의 기생은 그 옛날의 관기보다는 신세대에 속했고, 틀이 잡힌 예술가로서 전통예술의 가무악에 두루 능하였다. 인천 기생은 수준이 서울보다 낮고, 개성보다는 높았던 것으로 알려져 있고 개성은 갑, 을 2종이었으나, 인천에는 을종이 없었다고 한다. 용동권번은 일제강점기와 해방 직후 한국 대중예술계에 유명 스타를 배출하기도 했다.

용동권번 출신의 재인으로는 기녀에게 기예와 학문을 가르치던 취헌 김병훈이 있었고, 기녀로는 1930년대 〈초립동〉, 〈화류춘몽〉, 〈범벅타령〉, 〈꼴망태 목동〉 등의 수많은 히트곡으로 민요의 여왕이라는 이름을 날린 가수 이화자(李花子)와 같은 레코드사 소속으로 1920년대 경성방송국(京城放送局)의 라디오방송에 출연해 〈개성난봉가〉, 〈경복궁타령〉을 포함한 20

여 곡의 서도잡가·경성좌창(京城座唱)·경기좌창(京畿座唱)·경성잡가(京城雜歌)를 방송한 김일타홍(金一朶紅), 일본인보다도 일본노래를 잘 불러 일본 요정으로 단골출장을 다닌 이화중선(李花中仙), 춘원 이광수가 사랑했던 학생기생 변혜숙, 아리랑의 나운규와 사랑에 빠졌던 영화배우 오향선(유신방), 인천항에 입항한 중국 군함 함장의 마음을 빼앗아 출항 일정을 수 일 넘기게 할 만큼 뛰어난 미모를 지닌 박미향, 훗날 영화계의 스타 계보에 올랐던 복혜숙 등이 있었다. 이들 중 일부는 용동권번에서 재능과 미모로 유명세를 타다가 캐스팅 되었으며, 혹은 이미 알려진 배우였으나 경제적 여건으로 다시 권번에 들어오기도 했다.

인천의 용동권번은 해방 후에는 서울의 유명 인사들이 인천 용동으로 풍류 나들이가 잦을 정도로 요정촌(料亭村)으로 성수기를 누렸으나 지금은 인천시의 신도시 개발로 쇠퇴하여 소규모 식당들과 주점들이 남아 옛날의 흔적만 남아 있다.

얼마 전 인천 용동지역을 답사하다가 경동 신신예식장 자리에서 용동으로 내려가는 골목 계단 길에 '龍洞券番'이라고 가로로 음각된 계단석을 발견하였다. 용동이 권번 지역임을 알리는 표지석은 보존해야 할 유형유산임에도 불구하고 일반 통행로의 계단으로 쓰이고 있는 것은 안타까운 일이었다. 인천시 차원에서 시급히 보존 대책을 세워야할 일이다.

용동 지역에는 1902년에 조선황실이 서울 정동에 세운 협률사(協律社)보다 훨씬 앞선 1895년에 협률사(協律舍)라는 이름으로 개관한 국내 첫 사설공연장이자 극장인 애관극장이 자리 잡고 있다. 당대 명인들이 그 무대위에 섰고, 인근 율목동에는 재인들 즉 국악인들을 양성하는 국악원이 있었다. 용동권번 - 애관극장 - 율목동 소재 국악원 터는 관광벨트로 연동하여 개발해볼 필요가 있다.

　용동권번은 한 때 국악의 명인들이 기예를 펼치던 명소로서 근대 한국국악사에 한 페이지를 장식하고 있다. 인천시는 시 차원에서 보다 심도 있는 연구 조사를 할 필요가 있으며 사료적 가치가 있는 것은 보존하고, 역사와 스토리가 있는 관광명소로 개발해야 한다.

사라져 버린 유랑예인들의 연희

조선조 말과 일제 강점기에는 여러 유형의 유랑예인집단이 있었다. 이들은 전국 각지를 떠돌며 전통연희의 연행을 담당했던 전문예인들로서 전통공연예술사의 중요한 부분을 차지하고 있다. 허나 지금은 아쉽게도 남사당패(男社堂牌) 외에는 역사 속에 사라져버렸다. 이들은 남사당패 못지 않게 예능이 뛰어났다. 익히 알려진 바와 같이 남사당패의 예능은 크게 6가지로 덜미(인형극 : 꼭두각시놀음, 박첨지놀음), 살판(땅재주), 버나(쳇바퀴돌리기, 대접돌리기), 덧뵈기(탈춤), 어름(줄타기), 풍물놀이다.

조선조 말에는 일명 '여사당(女社堂)'으로 통하는 사당패(社堂牌)가 있었는데, 주 구성원이 여성으로서 거사(남성)와 사당(여성)으로 구성된 남녀 혼성 단체였다. 사당패는 오늘날의 소고춤에 해당되는 사당벅구춤(社堂法鼓舞)을 추었으며 산타령 등 민요창을 연행하고 줄타기도 하였다. 사당패들에 의해 개척된 가무의 연주방식은 19세기 후반 이후 산타령패, 선소리패에 의해 계승되었다.

숫대장이패라는 유랑예인집단도 있었다. 숫대타기는 긴 대나무 장대에 광대가 타고 올라가서 몸을 뒤집고 매달리는 등 여러 가지 재주를 피우거나 노래와 악기를 연주하기도 하며 두 개의 장대에 줄을 걸어 놓고 그 위에 올라가 여러 가지 재주를 연출하는 예능이다. 일제강점기까지는 그 예능이 전승되었는데 지금은 전승이 단절되었다. 그들은 숫대타기 외에 풍물, 땅재주, 얼른(요술), 줄타기, 병신굿(지주와 머슴 2인극) 등의 예능을 연행하였다.

대광대패(竹廣大牌)는 각 지방의 장날에 맞춰 장터를 떠도는 유랑예인집단으로서 풍물, 숫대타기, 죽방울치기, 얼른(요술), 오광대놀이 등을 연행하였다.

초란이패는 주로 피지배층으로 구성된 다른 유랑예인집단과는 달리 옛 군인이나 관노 출신들이 주종이 된 유랑예인집단으로서, 기괴스러운 탈을 쓰고 탈놀음, 얼른, 죽방울치기, 다양한 연희로 구성된 초란이굿 등을 연행하였다.

걸립패(乞粒牌)는 풍물놀이·줄타기·비나리(덕담)를 주로 공연했는데, 자기들이 관계를 맺고 있는 사찰의 신표(信標)를 갖고 있어, 마을과 마을을 떠돌며 각 가정을 찾아가 사찰의 보수나 또는 창건을 위하여 기금을 건는다는 명목으로 곡식이나 금전을 얻었다고 한다.

조선조 말까지는 중매구(僧埋鬼)라는 것도 있었는데, 그들은 풍물, 불경, 중매구(오광대놀이와 비슷) 등을 연행하였다. 그리고 그들은 종이꽃이 달린 굴갓을 쓴 잡승(雜僧)들이 북, 징, 꽹과리를 치며 각 가성의 뜰 안으로 들어가 깃발을 들고 염불을 외고 춤도 추고 기도하면서 집주인의 복을 빌고, 춤을 추며, 점도 봐주면서 걸립을 하였다.

풍각쟁이패(風角쟁이牌)는 연행을 하며 걸식(乞食)을 했던 유랑예인집단으로 판소리·퉁소·북·가야금·해금·검무를 공연했다. 풍각쟁이는 크게 퉁소·해금·가야금·북·가객·무동으로 편성이 되고, 작게는 퉁소·해금·북 또는 퉁소·해금 또는 퉁소·꽹과리로 편성되며, 극단적으로 퉁소 또는 해금잽이 홀로 행걸(行乞)을 했다.

광대패(廣大牌)라는 비교적 규모가 큰 유랑예인집단이 있었는데 이들은 삼현육각, 판소리, 민요창(12잡가 포함), 무용, 줄타기, 땅재주 등 비교적 폭넓은 종목의 연행을 담당하였다.

굿중패는 고깔을 쓰고 소매가 좁은 장삼(長衫)을 걸친 잡승(雜僧)들이 염주, 소고, 작은 징 모양의 악기를 들고 춤추면서 풍물, 버나, 땅재주, 줄타기, 한량굿(1인 창무극, 배뱅이굿, 장대장네굿, 병신굿 등 다양함) 등을 연행하였다.

애기장사패는 홍길동전 등 고대소설이나 전래동화 등을 한 사람의 구연자가 연기를 하며 낭독을 하면 한 두 사람이 그 옆에서 해금, 장고, 단소 등으로 배경 음악을 연주하면서 분위기를 고조시켰다.

이외에도 대놓고 구걸행위를 하던 각설이패도 있었는데 이들은 그냥 밥만 구걸했던 것이 아니라 각설이 타령, 통속민요 등 노래를 불러주고 밥을 구걸하였다.

위에 언급한 유랑예인집단의 기예 중 전승되고 있는 종목도 있지만 전승이 단절된 종목이 더 많다. 방울받기, 공중제비, 솟대타기, 나무다리걷기, 칼재주부리기, 죽방울치기, 불토하기 등 그 수를 헤아리기도 어렵다. 그러한 것들 중에는 예능적 가치가 있는 종목들이 많아, 만일 온전히 복원하여 전승기반을 구축한다면 전통연희의 콘텐츠를 보다 풍성하게 하여 전통연희를 기반으로 한 브랜드 공연예술 작품 제작에 크게 기여하리라고 확신한다. 지금이라도 전승이 단절된 유랑예인집단들의 전통연희의 원형 복원과 재현을 위한 체계적이고 지속적인 행·재정적 지원이 필요하다.

부조화의 미학이 담긴 '시나위'의
중요무형문화재 종목 재지정을 촉구함

　우리나라의 민속 기악곡 중 예술성이 뛰어난 것을 꼽으라 한다면 주저 없이 시나위와 산조를 꼽는다. '시나위'는 19세기 말에 완성되었다고 하나, 그 시원은 아마도 우리의 역사의 시작과 같을 것이다. 민속악의 대부분이 그러하듯 '시나위'는 무악(巫樂)에 뿌리를 둔 음악이라 추정하고 있다.

　'시나위'는 독주 혹은 합주로 서로 다른 악기가 악보 없이 즉흥적으로 연주자의 심성과 감성을 자유분방하게 담아내는 열린 형식의 음악으로서, 가장 서민적이고 한국적인 음악이라는 평가를 받는다. 이러한 음악적 형식은 어느 나라에서도 찾아 볼 수 없는 독특한 음악 형식으로 세계무형문화유산으로 등재하여도 전혀 손색이 없는 고도의 예술성을 갖고 있다. 그렇기에 고수들만이 연주가 가능한 까다로운 음악이다.

　시나위 음악은 굿판에서 무당의 춤에 맞추어 음악을 연주하던 악사들에 의해 발전해왔다. 유형에 따라 경기도 남부, 충청도 전역과 전라북도,

전라남도 세 지역으로 나뉘지만 함경도에서도 신아우(시나위)가 연주되었다는 연구 조사가 있다. 시나위 음악은 한강 이남의 세습무 지역에서 발달했으므로 이 지역을 시나위권이라 부르기도 한다. 경기도당굿에서 도살풀이춤의 반주음악으로 연주되는 '경기 시나위'는 흔히 들어왔던 호남권 시나위와 달리 즉흥성이 강하면서도, 세련되고 매력적인 색다른 맛을 느낄 수 있어 좋다. 하지만 가장 인기 있는 시나위는 남도 시나위로 보통 굿거리, 자진모리, 엇모리, 동살풀이 등의 장단으로 구성되는데, 여러 악기가 비슷한 선율로 연주하되 즉흥적인 변화를 주어 제각기 다른 이야기를 들려주려는 듯 하면서도 선율의 진행 방식이 매우 독특하다.

시나위는 원래 향피리, 젓대(대금), 해금 등 관악기만으로 합주하였으나, 차츰 장구와 징이 더해졌고, 최근에는 가야금, 거문고, 아쟁을 첨가해 연주하고 있다. 시나위 선율은 무악(巫樂)의 특징인 무정형 악장(樂章)으로 되어 있어 즉흥 합주연주가 가능한데, 이것은 연주자간에 본청(기본음)을 같게 하여 안전성을 전제로 연주하기 때문이다. 다시 말해 악보가 없는 즉흥곡으로 각 악기가 다른 선율을 진행하지만, 본청의 통일에 의한 불협화음의 조화가 이 음악의 특징이라고 볼 수 있다. 요즘에는 악보로 정리된 시나위를 연주하는 경우가 대부분인데, 이것은 본래의 시나위의 원형성과는 다르기 때문에 진정한 시나위로 볼 수 없다. 시나위 연주는 오디오로 들어도 오묘하고 아름답지만 현장에서 악사들의 연주를 들어야 제맛을 느낄 수 있다.

이러한 음악적 중요성을 인정하여 정부는 1973년 11월 5일 '시나위'를 국가중요무형문화재 제52호로 종목지정 하고 경기 전통음악의 불세출로 불리는 지영희(1909~1979)를 예능보유자로 인정하였다. 지영희는 경기남부

지역인 평택의 세습무 가계 출신으로서 피리, 대금, 호적, 단소, 해금, 북, 장고 등 거의 모든 전통악기 연주에서 명인의 경지에 이르렀던 재인이었다. 그는 악기 연주뿐만 아니라 노래와 춤에도 탁월한 능력을 지니고 있었다. 그가 한성준으로부터 태평무, 승무, 살풀이 등의 춤을 정식으로 전수 받았던 것을 아는 사람은 그리 많지 않다. 그는 또한 참된 교육자이기도 했고 자신이 보유하고 있는 전통적인 가락들을 채보·정리하여 전통음악의 체계를 세웠다. 우리나라 최초의 국악관현악단을 창단하였고, 수많은 창작무용곡이나 창작관현악곡을 남겼을 뿐만 아니라 지영희류 해금산조와 박범훈류 피리산조의 모체가 된 지영희류 피리산조라는 불후의 명작을 남겼다.

그러나 그러한 지영희가 개인적 사유로 1974년 그의 부인인 가야금산조 예능보유자인 성금연과 함께 미국으로 이민을 떠남으로서 그가 보유하고 있던 중요무형문화재 제52호 '시나위'는 그 다음 해인 1975년 5월 3일 종목지정이 해제되었다. 중요무형문화재 종목에서 사라져 오늘날까지 이르렀다는 것은 참으로 애석한 일이 아닐 수 없다.

오늘날 우리나라의 민속음악계를 대표하는 원로 기악연주자인 피리의 최경만, 박범훈, 이종대, 박승률, 김광복, 한상일, 송선원 등, 해금의 김영재, 최태현, 박정실, 신상철, 김무경, 홍옥미 등, 대금의 이철주 등, 장단의 장덕화, 김덕수, 최종실 등은 지영희의 직계 제자들이다. 지영희가 보유한 '경기시나위'는 피리시나위, 해금시나위, 호적시나위, 시나위합주인데 근래에 이르러서는 시나위 합주가 주로 연주되고 있다. 만일 시나위 종목이 그대로 유지되고 있다면 보존·전승 기반도 유지되어 지영희가 보유한 '경기시나위'가 온전히 전승되고 있을 것이다.

지영희

  비록 지영희가 이민을 떠나 이역만리에서 고인이 되었지만 그의 예술
세계를 온전히 계승한 제자들이 있음에도 불구하고 우리나라의 민간 기
악연주곡을 대표하는 '시나위'가 중요무형문화재 종목에서 배제된 채 방
치되어 있는 것은 불행한 일이다. 지금이라도 그의 직계 제자들로 구성된
예술단체를 보유단체로 지정하고, '시나위' 종목을 중요무형문화재로 재지
정하는 것이 우리나라의 전통음악의 자존심을 바로 세우는 길이 될 것이
다.

솟대타기가 보고 싶다

    전승이 단절된 전통연희 종목 중에는, 명칭만 남아있고 연희 양상을 전혀 알 수 없는 것들도 있지만, 문헌자료와 그림자료를 통하여 구체적인 연행 양상을 짐작할 수 있는 것들도 더러 있다. 솟대타기는 후자에 속한다. 문헌상의 기록으로는 솟대타기의 역사는 고려시대로 거슬러 올라간다. 솟대타기는 면면히 전승되어 오다가 일제강점기인 1930년대 전승이 단절되었다. 그 후 복원을 위한 시도가 제대로 이루어지지 않고 있다가 최근 들어서 복원의 움직임이 활발하다는 반가운 소식이 들린다.

    솟대타기는 전문 연희자가 솟대 위에 올라가 연주를 하거나, 솟대 아래에 있는 어릿광대와 재담을 나누고, 삼현육각패의 반주 음악에 맞추어 갖가지 묘기를 펼치는 가무악이 일체화된 연희로서 줄타기와 그 속성이 매우 흡사하다. 솟대란 본래 민속신앙에서 새해의 풍년을 기원하며 세우거나, 마을 입구에 수호신의 상징으로 세운 긴 나무와 장식으로, 종교적 의미가 있기 때문에 연희도구로는 적당하지 않아 솟대타기에서는 별도 제작한 긴 장대를 사용한다.

솟대타기는 주로 유랑 전문예인들인 솟대쟁이패, 초라니패, 대[竹]광대패 등에 의하여 연행되었는데, 연희자들은 솟대에 올라가 솟대 아래에 있는 삼현육각 연주자들의 반주에 맞추어 춤을 추거나 솟대 위에서 물구나무를 서고 매달리는 등 갖가지 기예를 보여주었다. 나아가 솟대에 대금이나 장고 같은 악기를 들고 올라가 연주하거나, 솟대 아래에 있는 어릿광대와 익살스러운 재담을 주고받으며 자신의 묘기를 보다 극적으로 보여주었다.

고려시대로부터 조선조 말까지 그 연행 양상이 구체적으로 묘사된 문헌기록이 여러 곳에 남겨져 있고, 조선조에 그려진 화첩과 감로탱 등에 '솟대타기'의 연행 장면이 그려진 자료도 많이 남아 있어 그 역사가 상당히 오래된 것임을 짐작하게 한다.

대표적인 문헌 기록으로는 고려 말 이색(李穡, 1328~1396)의 〈목은집(牧隱集)〉 33권과 고려가요 청산별곡 7연으로 비교적 자세하게 솟대타기 연행 장면이 서술되어 있다. 〈목은집(牧隱集)〉에서는 솟대 위에서 연희자가 자유자재로 걸어 다니는 묘기를 아래와 같이 묘사하고 있다.

산대를 얽어맨 것이 봉래산 같고(山臺結綴似蓬萊) / 과일 바치는 선인이 바다에서 왔네(獻果仙人海上來) / 연희자들이 울리는 북과 징소리는 천지를 진동하고(雜客鼓鉦轟地動) / 처용의 소맷자락은 바람 따라 돌아가네(處容衫袖逐風廻) / 긴 장대 위의 연희자는 평지에서 걷듯하고(長竿倚漢如平地) / 폭죽은 번개처럼 하늘을 솟네(爆竹衝天似疾雷) / 태평성대의 참모습을 그리려 하나(欲寫太平眞氣像) / 늙은 신하 글 솜씨 없음이

부끄럽구나(老臣簪筆愧非才)

또한 고려조 〈청산별곡〉 7연에는 사슴 가면을 쓴 광대가 솟대 위에서 해금 연주를 하고 있는 모습을 아래와 같이 묘사하고 있다.

　가다가 가다가 드로라 / 에정지 가다가 드로라 / 사스미 짐ㅅ대에 올아셔 / 奚琴을 혀거를 들오라 (사슴으로 분장한 광대가 장대 위에 올라가 / 해금 타는 것을 들노라)

또한 중국 사신을 영접할 때 연희 장면을 그려놓은 화첩인 아극돈(阿克敦, 1685~1756)의 〈봉사도(奉使圖)〉 제11폭과 선암사 감로탱(1736년)에도 솟대 양 옆에 두 줄을 매어 고정하고, 연희자가 솟대 꼭대기에서 한 손으로 중심을 잡는 기예의 그림이 남아있다.

'솟대타기'는 방울받기, 줄타기처럼 세계 어디서나 볼 수 있는 보편적인 연희로 우리나라에만 전승되어온 것은 아니다. 하지만 중국의 솟대타기가 곡예 중심으로 발전되어온 반면, 우리는 재담과 음악과 춤과 곡예가 어우러진 독특한 종합예술의 형태로 발전되어 예술적 의의가 보다 크다고 할 수 있다.

이러한 종합예술의 보고인 솟대타기가 하루 빨리 온전히 복원되어 대중 앞에 그 모습을 보여주기를 간절히 기대해 본다. 솟대타기가 복원된다면 국민들에게는 전통공연예술의 진수를 보여주게 될 것이고, 더 나아가 한국의 대표적인 관광공연예술상품 브랜드로도 손색이 없을 것이다.

전통연희의 백미 줄타기

　몇 해 전 1,230만 명이라는 엄청난 관객을 동원한 영화 '왕의 남자'의
압권은 마지막 장면인 어름산이(줄광대) 장생(감우성 분)과 공길(이준기 분)의
줄타기 장면이었다. 위험한 외줄 위에서 손에 땀을 쥐게 하는 줄광대의
아슬아슬한 묘기, 그리고 풍자와 해학이 넘치는 익살스러운 재담과 소리
(노래)가 어우러진 줄타기는 전통연희의 백미 중 백미다. 줄타기(tightrope-
walking performance)는 전 세계적으로 통용되는 용어로 세계 각국에서
서로 다른 양상으로 전승되고 있다.

　우리의 줄타기는 줄놀음 혹은 줄판이라고도 불리며 줄광대가 줄 위에
서 줄 아래의 어릿광대와 재담을 나누는 2인극 형태로, 관중과 소통하면
서 삼현육각의 반주에 맞추어 줄소리(승도창)와 재담, 잔노릇(곡예)과 춤을
연행(演行)하는 것을 말한다. 줄타기가 연희로 정립된 것은 삼국시대로 보
는 것이 일반적인데, 이때 자생적 전통기반 위에서 중국에서 전래된 서역
계통의 산악백희의 영향을 받아 변화, 재창조되었다. 줄타기에 대한 문헌
적 자료와 연구 자료는 중요무형문화재 제58호 줄타기 예능보유자인 김대

균 선생의 석사논문에 잘 정리되어 있고, 줄타기 연행이 행하여졌던 구체적인 근거는 고려시대 부터의 각종 자료에서 어렵지 않게 확인할 수 있다.

문헌자료에 의하면 줄타기가 신라시대의 팔관회와 연등회에서 연희되었던 것으로 보인다. 고려사 고종(제23대, 1214~1259) 32년 4월 8일 팔관회 때 놀았던 각종 재인들에 대한 자료가 기록되어 있고, 조선 성종(1470~1494) 19년 3월에 명나라 사신 동월(董越)은 "호화스런 놀이 차림과 몸도 가볍게 노는 도약, 승도(繩渡, 줄타기), 사자놀이 등이 갖가지 최고의 기예를 연희하였다"라고 기록하였다. 동(同) 시대 학자 성현은 "날아가는 제비와 같이 가볍게 줄 위에서 돌아간다"고 하여 조선시대의 줄타기는 국빈(國賓) 연희로도 공연되었으며, 그 수준 또한 상당하였음을 알 수 있다. 조선시대 줄타기는 순수하게 줄만 타는 광대줄타기와 남사당패의 놀이 중 하나인 어름줄타기 두 계통이 있다.

줄타기는 관이나 민간의 큰 잔치나 대동제, 단오 등의 마을단위 행사 때에도 공연되었다. 당시에는 솟대타기, 판소리, 죽방울, 땅재주, 판춤 등이 함께 공연되었으며, 행사의 대미는 항상 줄타기가 장식했다. 줄판의 가장 이상적인 형태는 줄을 중심으로 관중이 둥그렇게 자리 잡고 관람하는 것이다. 이런 상태라야만 모든 관중이 줄광대와 협연자의 움직임과 숨소리까지도 포착하는 근거리에서 관람할 수 있다. 또한 줄광대는 관중의 눈과 마음을 통해 교감을 느껴야 신명에 도달하기가 훨씬 수월해진다.

줄타기는 줄광대, 어릿광대, 삼현육각, 관중이라는 4가지 구성요소를 가지고 있고, 줄광대는 자신이 보유한 잔노릇(곡예), 재담, 줄소리 등 연행 능력을 바탕으로, 어릿광대, 관중과 적극적인 의사소통을 하며, 관중 또한 참여가 가능한 열린 구조의 줄판을 형성한다. 어릿광대는 줄 위에 있는 줄광대와 재담을 주고받으며, 줄광대의 연행의 효과를 극대화시킨다. 삼현육각의 악사들은 줄광대와 어릿광대가 각 놀음을 할 수 있도록 반주를 하여 전체 판놀음의 분위기를 상승시켜 주는 역할을 담당한다. 관중은 광대들의 놀음에 추임새로 화답을 하며 광대들과 소통한다. 줄광대는 줄의 탄력과 신체부위를 이용하여 잔노릇을 구사한다. 줄광대가 비상을 하면 줄은 줄광대를 받아줄 준비를 하고 줄이 흔들리면 줄광대는 호흡을 조절하여 줄과 하나가 된다. 잔노릇은 크게 개별동작, 연결동작, 결합동작, 모방동작 등으로 구분하며 이러한 동작은 외홍잽이, 양다리외홍잽이, 코차기, 쌍홍잽이, 겹쌍홍잽이, 옆쌍홍잽이, 겹옆쌍홍잽이, 쌍홍잽이거중틀기, 외무릎꿇기 등 무려 35가지 정도나 된다.

지금까지 밝혀진 줄광대 명인 계보는 200여 년 전 영·정조시대의 김상봉(金上峯)을 필두로 최상천(崔上天), 그리고 2代인 김관보(金官甫)와 이봉운, 그 후 배출된 뛰어난 재인이었던 이동안(李東安), 김영철(金永哲), 김봉업(金奉業), 임상문(林尙文), 이정업(李正業), 오돌끈(吳돌끈) 등이 있었고, 여성 줄꾼으로 임명옥, 임명심, 정유색, 전봉선, 한농선 등이 '줄타기' 명인으로 활약하였다. 현재 줄타기의 명맥을 잇고 있는 사람은 중요무형문화재 제58호 예능보유자로 지정된 김대균 선생과 중요무형문화재 제3호 남사당놀이 6종목 중 하나인 어름(줄타기)의 어름산이(줄광대)이자 이수자인 권원태 선생 등이 있다.

줄타기는 잔노릇, 재담, 줄소리 등이 유기적으로 얽혀 상호작용하는 종합예술이다. 우리의 민속예술의 생명은 즉흥성과 가변성의 발현이라 할 수 있는데, 줄타기는 우리의 민속예술의 속성을 잘 보여주는 전통연희의 백미라고 부르기에 부족함이 없다.

제주에도 제주아리랑이 있다

아리랑은 우리나라 대표적인 민요로서 남북을 통틀어 약 60여종 3천 6
백여 수에 이른다고 한다. 우리나라 각 지역을 대표하는 아리랑으로서는
경기도 지방의 '긴 아리랑', 강원도 지방의 '정선 아라리', 전라도 지방의 '진
도아리랑', 경상도 지방의 '밀양아리랑' 등이 가장 잘 알려져 있다 그러나
좀 더 들여다보면 평안도의 '서도 아리랑', 황해도의 '해주아리랑', 함경도의
'함경도 아리랑', '단천 아리랑', '어랑타령', 강원도의 '강원도 아리랑', 경상도
의 '영천아리랑' 등 각도의 대표적 아리랑이 있다. 그러나 유독 제주에는
아리랑이 없는 것으로 알려져 있다.

그러나 필자가 2004년 문화재청으로부터 제주도의 아리랑 존재 여부
와 전승 양상을 조사해 달라는 의뢰를 받고 2005년까지 현장조사를 해
본 바에 의하면 제주도에도 엄연히 아리랑이 존재하고 있다. 제주도의 아
리랑은 '꽃타령', '잡노래', '조천아리랑(제주도아리랑)', '한라산아리랑', 이렇게
총 4수였다. 4수 중 '꽃타령'은 사설만 전해지고 있었으며, '잡노래', '조천아

리랑(제주도아리랑), '한라산아리랑'은 악곡과 사설을 모두 확인할 수 있었다.

'꽃타령'은 어학자 김두봉 (1890~1961)의 저서인 『제주도실기』에 그 사설이 수록되어 있다. '꽃타령'의 사설은 문학적으로도 상당히 세련된 문장으로 총 17연으로 구성되어있고, 매 연마다 후렴구에 '만화방창(萬花方暢) 생긋 아리랑 아라리요'라는 아리랑의 후렴구가 정확히 배치되어 있어 노래로 불려 졌다는 것을 짐작할 수 있으며, 또한 아리랑의 한 갈래로 보인다. 현재는 안타깝게도 그 사설만이 전해지고 있다.

'조천아리랑'은 MBC 「한국민요대전」에서 최상일 PD 등이 1989년 채집한 것으로 '제주도아리랑'으로 소개되었다. 제주도 아리랑의 대표적 총칭과 구분을 위해 '북제주군 조천읍 조천리' 지역에서 불리는 노래이므로 '조천아리랑'이라고 명명해 보았다. 창자인 고운산 할머니는 이미 돌아가셨으나 녹음된 음원에 창자의 청이 곱고 녹음된 상태가 원만하여 전승의 의지만 있다면 복원 가능해 보인다. '조천아리랑'은 시어머니 등살에 힘겨워하는 며느리의 한탄을 담고 있으며, 할머니에 따르면 1920년대에 조천의 망건을 만드는 일청(공방)에서, 결혼식 후 놀이마당에서 흔히 부르던 노래였다고 한다.

'한라산아리랑'은 총 5절로 되어있으며, 한라산의 경치를 노래하고 있으며 사설에 제주도 사투리가 진하게 배어 나오는 것이 특징이다. 이 노래는 제주 여성 노동요 4수 기능보유자 김태매 할머니가 창작한 '본조아리랑'의 변조형인 신민요로서 그 음악적 특징도 '본조아리랑'과 비슷하나 연결구와 기본 리듬에 있어 당김음이 돋보이는 것이 '본조아리랑'과의 차이점이다.

'잡노래'는 아리랑 연구가 김연갑의 『팔도아리랑 기행1』에 소개된 제주도 아리랑의 하나로 창자(唱者)는 '아리랑'이라 하지 않고 '잡노래'라 하였다. '잡노래'의 사설은 상대방에 대한 짝사랑으로 자신의 사랑을 상대방이 알아주길 원하고 있으며, 상대가 자신을 사랑해 준다면 천리라도 발 벗고 가겠다는 자신의 애정표현을 솔직하게 담고 있다. 창자는 고계향(81) 할머니이며 우도의 해녀이다. '잡노래'는 '밀양아리랑'의 선율 진행을 대부분 변조하여 진행되고 있으며, 사설 면에서는 '밀양아리랑'과 '진도아리랑'과의 유사점이 보인다.

강원도 '정선아리랑'의 경우 1971년에 강원도 무형문화재 제1호로 지정되었다. 이에 따라 보유자가 지정되고 '정선아리랑연구소'가 운영되어 '정선아리랑'의 보존 및 전승에 힘쓰고 있으며, '정선아리랑'과 관련된 사설만 하여도 1,300수가 넘는 가사를 보유하고 있다. 또한 '정선아리랑'과 관련하여 정선아리랑제인 정선의 지방 축제를 개최하여 지역민뿐만 아니라 타 지역의 지역민까지 정선을 찾아오도록 홍보 수단의 역할도 하고 있다.

제주도에서는 '해녀노래', '방앗돌 굴리는 노래', '멸치후리는 노래' 등을 무형문화재로 지정하여 향토민요의 보존과 전승이 비교적 잘 되고 있다. 제주도 아리랑은 그간의 연구가 전무하였다. 더욱이 지금까지의 조사에 의한 제주도 아리랑은 통속 민요이기 보다는 향토민요이기 때문에 그 음악이 전승되는 동안 다양한 변화가 있었을 것이고, 창자의 타계와 함께 사라질 수밖에 없다. 현재 제주지역에는 이곳에서 자생한 아리랑이 불리지 않고 있으며, 그나마 십여 년 전에 남아있던 '조천아리랑'과 김연갑에 의하여 채집된 우도 고계향 노래할매의 '잡노래'도 전승되지 못했다. 또한 제주도 차원에서 제주도만의 향토성과 지역 문화성이 담겨있는 아리랑을 발굴, 보존, 전승하고자 하는 의지나 행위도 보이지 않았다.

따라서 제주도는 지금이라도 멸실 상태에 이르고 있는 '조천아리랑'과 우도 고계향 할머니의 '잡노래'를 지역 차원에서 복원하여 전승시켜야 한다. 창자의 복원의지가 있는 '한라산아리랑'은 전수가 원활하도록 지원하고, 사설만 남은 '꽃타령'도 복원하여 제주지역만의 아리랑으로 전승시켜야 할 것이다.

꽃 타 령

三月東風好時節에
먼저피는 躑躅花야
春光이 덧업서서
넷등걸만난단말가
萬花方暢쌍긋〳
럼후 아리랑〳아라리요
映山紅네얼골은
빗추어서더욱곱다

꽃타령 사설1

낙근고기쒸여들고
借問酒家저杏花야
聲聲啼血 슬피울어
萬花方暢쌍긋〳
피맷친 杜鵑花는
蜀國의 望帝史를
不如歸로을허낸다
萬花方暢쌍긋〳

꽃타령 사설2

恨孟에 一等美色
곱다고자랑마소
담안에崙운빗은
片時春의紅桃花라
萬花方暢쌍긋〳
武士의쯧샌氣葉
櫻花가조킨하나
月下에淡服美人
梨花가잇더하리
萬花方暢쌍긋〳
暗香浮動月黃昏에
消息傳튼寒梅花요
太平聖代應試場에
第一功名月桂花라
萬花方暢쌍긋〳
落日이在山한대
牽衣惜別女郎花
가는님挽留말고
넘는해를못잡으럼
萬花方暢쌍긋〳
漢挐山別曲

꽃타령 사설3

당당한 토속 신앙, 무속

내가 얼마 전까지 가지고 있던 직함 중 하나가 〈한국귀신학회〉 부회장이었다. 많은 사람들이 귀신학회 부회장이라고 하니 귀신을 크리스트교에서의 말하는 악령의 개념으로 받아들여 이상한 눈길을 보냈다. 그래서 '한국귀신학회'에서는 주위의 쓸데없는 오해를 사지 않기 위해 얼마 전 '한국무교학회'로 명칭을 바꿨다.

요즘엔 악령을 쫓는 사람을 뜻하는 퇴마사(퇴마록이라는 소설의 영양이 컸다)라는 용어가 일반화되어 있는데 우리의 전통 무속문화에는 퇴마사라는 개념이 없다. 왜냐하면 우리 무속문화의 귀신은 영험력을 갖고 있는 신격으로, 신령(神靈), 신명(神明) 등으로 불렸다. 하지만 성정이 욕심이 많아 대접을 극진히 해주면 복을 주지만, 서운하게 하거나 박대를 하면 그에 따르는 벌을 주므로 무당을 통하여 극진히 모시고 잘 달래야만 했다. 우리나라에서 굿 문화가 발달한 것은 모두 이런 연유 때문이다.

얼마 전 〈한국무교학회〉와 서울구파발당굿보존회 공동 주관의 제1회

서울 구파발 금성당 당굿의 사회를 맡아 은평문화예술회관에 다녀온 적이 있다. 당굿은 당연히 신당에서 굿을 해야 하지만, 서울 은평구 진관외동에 자리 잡고 있는 금성당(錦城堂, 중요민속자료 제258호)이 은평 뉴타운 개발로 현재 복원공사 중이어서 부득이하게 자리를 옮기게 되었다.

금성당은 단종의 숙부인 금성대군(1426~1457)이 수양대군에 의해 억울하게 폐위된 단종을 복위시키기 위하여 거사를 도모하다 발각되어 죽자 그의 충절을 기리고 영혼을 위무하려고 세운 굿당이다. 1880년경에 건립된 것으로 추정되며, 민속신앙과 관련된 건축물 가운데 서울은 물론이고 경기도에서도 찾기 힘든, 조선후기 전통 당집양식의 원형을 고스란히 보존하고 있는 굿당이다. 내부에는 삼불사 할머니 등 무신도와 각종 무구류(巫具類) 등이 잘 보존되어 있어 희귀성이나, 건축사적으로 문화재적 가치가 매우 높아 국가지정문화재 중요민속자료 제258호로 지정되었다. 국가지정문화재 중요민속자료 중 무속관련 문화재는 금성당이 서대문 무악재에 있는 국사당(國師堂)과 더불어 단 두 군데뿐이다.

우리의 역사와 함께 시작된 토속신앙은 생활문화 깊숙이 자리 잡고 있고, 민족문화의 정체성을 고스란히 담고 있는 소중한 문화유산이며, 전통예술의 모체이기도 하다. 그럼에도 불구하고 일제 강점기의 우리 문화 말살정책과 해방 후 서구문화의 무분별한 유입을 거치면서 미신으로 폄하되어 무속이라는 명칭 아래 아직도 정당한 평가를 받고 있지 못하고 있음이 너무나도 안타깝다.

불교와 기독교 등 외부로부터 유입된 종교가 우리 땅 위에서 당당히 대접받고 존중되고 있음에도 불구하고 우리 역사의 시작과 함께 면면히 숨쉬어 온 토속신앙이 폄하되고 존중되지 못하고 있음은 분명 주객이 전도

된 일이다. 아무쪼록 우리 토속신앙이 제 자리를 찾아 정당하게 평가 받고 존중되어 이 땅위에 모든 종교가 함께 어우러져 상생하여 나아가기를 바랄 뿐이다.

독창적인 우리나라의 극예술, 여성국극

　여성으로만 구성된 여성국극은 창, 춤, 전통음악 등 전통공연예술을 바탕으로 판소리 다섯 마당, 설화, 전래동화 등 연기와 스토리텔링이 어우러지는 대중적인 공연양식으로 발전한 독창적인 우리나라의 극예술이다

　여성국극의 기원은 20세기 초 중국의 경극(京劇)이나, 일본의 가부키에 영향을 받아 전통음악인 판소리에 가무악을 결합한 무대음악극으로 재창조된 창극에 기원을 두고 있으나 우리나라 최초의 여성국극은 1948년 10월 박녹주, 김소희, 박귀희 선생 등 명창들에 의하여 결성된 '여성국악동우회(女性國樂同友會)'의 창립공연으로 보는 것이 일반적이다. 서울 '시공관'에서 공연된 '옥중화(獄中花)'는 박녹주, 김소희, 박귀희, 임춘앵, 김진진, 조금앵 등 수많은 주연급 배우들을 배출하였다.

　여성국극은 5, 60년대 최고의 전성기를 누리며 수많은 단체들이 난립했으나 그 인기는 오래가지 못했고, 지금은 1986년 '서라벌국악예술단'에서 출발하여 1993년에 사단법인으로 등록된 홍성덕 선생의 '한국여성국

극예술협회' 등에서 근근이 명맥만 이어가고 있는 실정이다.

인근 중국과 일본에서 여성국극과 유사한 장르의 성공사례로는 중국의 경극(京劇)과 일본의 '가부키(歌舞伎)'를 들 수 있다. 중국의 '경극(京劇)'은 중국의 유구한 역사와 함께하며 인물, 언어, 노래, 연기, 화장(化粧), 무술 등 중국 전통 문화의 다양한 특징을 표현해 국극(國劇) 대접을 받고 있고, 나아가 중국의 대표적 명품 관광 공연상품으로 성장하였다. 일본의 '가부키(歌舞伎)' 역시 일본의 대표적 전통극예술로 에도 시대에 집대성되었으며 가무악과 연기가 결합된 대중적 극양식으로 중국의 경극과 마찬가지로 일본의 대표적 명품 관광 공연상품으로 성장하였다.

여성국극은 전통예술의 원형질에 기반을 둔 소중한 문화유산일 뿐만 아니라 고부가 가치를 창출하는 한국의 대표적인 브랜드 관광 문화상품으로 성장할 가능성이 매우 큰 종합무대예술이다. 그래서 여성국극이 공연예술로서 이룩한 성과에 대한 체계적인 정리와 평가가 필요하며, 나아가 여성국극의 보존, 계승을 위한 방향을 모색하고 진흥 및 발전을 위한 정책적 지원 방안을 모색해봐야 할 시기이다. 하지만 무엇보다 먼저 선행되어야 할 것은 대중들의 문화적 욕구에 부응할 수 있도록 여성국극의 전문 대본작가, 작곡가, 안무가, 전문 연출가 등의 전문 인력을 양성하는 것이다.

여성국극의 질적 향상이 이루어진다면 그 어느 예술장르보다 경쟁력 있는 우리나라 브랜드 공연예술 상품으로 부각될 수 있다. 정부에서도 관심을 갖고 여성국극의 발전을 위한 행정, 재정지원 강화를 통해 국립여성국극단 창단, 여성국극 전용극장 구축 등도 긍정적으로 검토해 볼 때가 되었다고 생각한다. 여성국극의 제2의 부흥을 기원해 본다.

'아리랑'의 어원과 그 상징성

　우리나라의 대표적인 민요가 '아리랑'이라는 것에는 그 누구도 이의를 제기하지 않을 것이다. '아리랑'은 외국인들에게도 한국을 대표하는 민요로 잘 알려져 있다. '아리랑'은 '아리랑' 또는 이와 유사한 음성이 후렴에 들어있는 민요의 총칭으로 남북을 통틀어 약 60여종 3천 6백여 수에 이른다고 한다. 대표적인 '아리랑'으로는 평안도의 '서도 아리랑', 강원도의 '강원도 아리랑', '정선 아리랑'이 있고 함경도의 '함경도 아리랑', '단천 아리랑', '어랑타령'이 있으며 경상도의 '밀양 아리랑', 전라도의 '진도 아리랑', 경기도의 '긴 아리랑' 등이 있다. 그 밖에 지역마다 각기 다른 '아리랑'이 있다.

　그러나 외국인이 우리들에게 '아리랑'이 무슨 뜻이냐고 묻는다면 선뜻 설명하기는 힘들다. 일반 대중들은 그렇다 하더라도 전통음악을 전공으로 하고 있는 사람들에게 똑같은 질문을 하였을 때도 마찬가지라면 이것은 참으로 문제가 아닐 수 없다. 물론 '아리랑'의 어원에 대한 이론이 워낙 많고 정설이 없는지라 답답한 것이 현실이다. 지금까지 연구된 '아리랑'의 어원에 대한 대표적인 설은 다음과 같으며, 각기 제 나름대로의 주장이 있지만 무리한 해석이 많다.

1) 南師古(1509-1571)의 亞裡(아리)嶺설

2) 이승훈(1790)의 啞魯聾(아로롱)설

3) 황현(1900)의 阿里娘('아리랑')설

4) 김지연(1930)의 閼英(알영)설

5) 권상노(1941)의 啞而聾설

6) 이병도(1961)의 樂浪(아라)설

7) 양주동(1962)의 아리(明)嶺설

8) 원훈의(1977)의 아리다(疼痛)설

9) 임동권(1980)의 後斂(助興)설

10) 정선 설화(1987)에서의 아리오(알리오)설

11) 김연갑(1988)의 메아리('메'의 탈락)설

12) 박민일(1988)의 啞剌唎(아라리)-阿賴耶(아라야)설

13) 정호완(1991)의 아리다-쓰리다('아리랑'〈알ㅎ〉-쓰리랑〈슬ㅎ〉)설

14) 정익섭의 얄리얄리얄라리설(국어국문학사전)

15) 김덕장의 我離娘(나는 아내를 여의었다)설

16) 남도산의 我耳聾(나는 귀가 먹었다)설

17) 강대호의 我難離(나는 가정을 떠나기가 어렵다)설

19) 일인 학자의 아미일영(俄-美-日-英을 경계하자)설

20) 최재억의 卵郎(卵娘)설

21) 김재수의 阿娘(아랑 전설)설

22) 이능화의 兒限偉(상량문의 아랑위 포랑동에서 유래)설

23) 이규태의 아린(여진어 차용)설

24) 서정범의 알(卵)아리요설

그러니 워낙 많은 이론들 사이에서 '아리랑'의 어원이 무엇이라고 분명히 하기는 힘들지만 국악인이라면 최소한 '아리랑'의 뜻과 상징성 정도는 설명해 줄 수는 있어야 한다고 생각한다. 지금까지 초·중등학생들과 만날 기회가 있을 때마다 '아리랑'의 어원과 그 낱말이 가지고 있는 상징성에 대하여 질문을 던지면 유감스럽게도 대답하는 학생들이 거의 없었다. 이것은 우리의 초·중등교육에 허점이 있었다고 지적하지 않을 수 없다. 그래서 나는 학생들이나, 일반 대중들이 국제교류 현장에서 외국인들로부터 똑같은 질문을 받았을 때 당황하지 않고 '아리랑'의 어원과 그 낱말이 갖는 상징성에 대하여 설명할 수 있도록 해 주어야겠다고 생각하여, 사람들과 만날 때 마다 내 나름대로 연구하였던 '아리랑'의 어원과 그 상징성에 대하여 설명해 주었다.

물론 내가 전문적으로 어원에 대하여 연구하는 학자가 아니므로 학문적 오류가 있을 수 있으나 '아리랑'에 대하여 어차피 굳어진 정설이 없고 내 나름대로의 설명의 근거가 있는 만큼 나는 감히 나의 주장을 피력해 왔다. 내가 연구하고 생각해 온 '아리랑'의 어원과 상징성은 다음과 같다.

'아리랑'이라는 낱말은 각 지방 '아리랑'의 후렴구로 자주 등장하는데 그 낱말의 구성은 진도 '아리랑'의 가사(아리 아리 랑 쓰리 쓰리 랑 아라리가 났네)에 나타난 것처럼 '아리'+'랑'으로 이루어져 있다. 그렇다면 '아리'라는 말은 무슨 뜻이고 '랑'은 무슨 뜻을 갖고 있는 것일까?

그런데 아래 광개토대왕비문(廣開土大王陵碑文) 을 보면 수도 서울을 가르고 흘러가는 오늘날의 '한강(漢江)'을 '아리수(阿利水)'라는 명칭으로 부르고 있다.

……, 殘不服義, 敢出迎戰, 王威赫怒, 渡**阿利水**, 遣刺迫城, ……

(……, 잔불복의, 감출영전, 왕위혁노, 도아리수, 견자박성, ……)

- 광개토대왕비문(廣開土大王碑文) 2면 3행

釋文 : ……, 백잔은 의에 복종하지 않고 감히 나와 영전했다. 왕은 위엄으로 대로하여 **아리수**를 건너 선두부대를 보내 성으로 진격했다.

아리수(阿利水)라는 명칭의 구성도 '아리'+'수'일 것이다. 지금과는 달리 옛날에는 강(江)이라는 말을 사용하지 않고 수(水)라고 불렀으니 '아리'+'수'가 틀림없다. 광개토대왕비에 나타난 '아리(阿利)'라는 한자 자체가 아무런 의미도 갖지 못하는 것으로 보아 순수한 우리말 음(音)을 한자로 차용하여 쓴 것일 것이다. 그렇다면 '아리수(阿利水)'의 '아리(阿利)'라는 우리말은 무슨 뜻을 가진 것일까? 또한 '아리'라는 낱말은 한강의 '한(漢)'과는 어떠한 관계를 갖고 있을까?

오늘날 한강의 한자표기 '한(漢)'은 '큰', 혹은 '위대한'이란 뜻으로 쓰인 순수 한국 고대어 '한'의 차음(借音) 표기라는 설이 지배적이며 중국에 있는 강인 한수(漢水)의 이름을 차용했다는 설도 있다. 또한 한강 양안에 살던 고대인들은 한반도에서 원시 농경단계에 먼저 들어간 선진부족이었으며 '한'부족으로 불렸고 이들의 일부가 고조선 건국에 참가했다고 한다. 이 '한'부족이 그 후 한문자(漢文字)로 韓, 桓 등 여러 글자로 차음 표기됐다고 한다. 한강의 '한(漢)'을 우리의 고유한 말인 '한의 한자 차용어라는 주장을 받아들인다면 '한'과 '아리'는 같은 뜻이거나 비슷한 뜻이었을 가능성이 높다. 그렇다면 '아리'는 '크다'는 뜻으로 생각해 볼 수 있다.

'아리랑'의 '랑'은 어떤 뜻을 지닌 말일까? '아리랑' 뒤에 항상 등장하는 낱말이 있는데 그것은 다름 아닌 고개라는 낱말이다. 왜 각 지방의 '아리랑' 다음에는 반드시 고개라는 낱말이 따라 나올까? '랑'과 '고개'는 어떠한 관련성을 가지고 있을까 하는 의문이 생긴다. 어느 날 여행 중 대관령 고개를 우연히 넘다가 나의 뇌리를 치는 것이 있었다. 그것은 다름이 아니라 우리말에는 같은 뜻의 형태가 겹쳐 글에 군살을 끼게 만드는 비경제적 동의중복(同意重複) 표현인 겹말이 많다는 것이다. 이는 한자어와 고유어의 동의어가 많다보니 생긴 현상이다.

예를 들어 추풍령고개('령'과 '고개'중복), 동해바다('해'와 '바다'중복), 약숫물('수'와 '물'의 중복), 무궁화꽃('화'와 '꽃'중복), 농번기철('기'와 '철'), 황토흙('토'와 '흙'중복), 초가집('가'와 '집'중복), 역전앞('전'과 '앞'중복), 족발('족'과 '발'중복), 고목나무('목'과 '나무'중복), 단발머리('발'과 '머리'중복) 등에서 동의 반복 현상을 흔히 볼 수 있는데, 추풍령의 '령(嶺)'은 고개 '령(嶺)'인데 그 뒤에 또 고개라는 같은 뜻의 우리말을 습관적으로 붙여 말하고 있듯이 '아리랑 고개'의 '랑'은 고개 '령(嶺)'의 변음(變音)으로 '랑' 다음에 고개를 습관적으로 붙여 사용하고 있는 것은 아닐까? 다시 말해 '아리랑'의 '랑'을 고개 '령(嶺)'의 변음으로 본다면 자연스럽게 '아리랑 고개'는 '크고 높은 고개'로 해석되는 것이다.

옛날 우리 조상들의 마을에는 임을 보내고 가신 임을 기다리는 고개가 어디에나 있었다. 고개는 이별과 기다림의 의미를 지닌 특별한 장소였다. 각 지방에 퍼져있는 '아리랑'의 가사를 보면 떠나는 임을 아쉬워하고, 돌아오지 않는 임을 원망하고 목 놓아 기다리는 한(恨)의 정서가 잘 배어 있다.

정리해 본다면 '아리랑'이라는 낱말은 '아리+랑'으로 이루어진 것이며 '아리'는 '크고 높다'는 뜻을 가진 우리의 순수 고대어이며 '랑'은 고개 '령(嶺)'의 변음으로서, '아리랑'은 '크고 높은 고개'라는 뜻이다. 고개라는 것이 우리 조상들에게 이별과 기다림의 장소였으므로 '아리랑'이 갖는 상징성은 이별과 기다림, 그리고 한(恨)이다. 그러기에 우리나라 각 지역에 퍼져 있는 '아리랑'은 그 곡조와 가사가 서로 달라도 공통적으로 이별과 기다림을 노래하고 있다.

이러한 주장도 물론 오류가 있을지 모른다. 허나 우리나라 사람이라면 '아리랑'의 어원과 그 낱말이 갖는 상징성에 대하여 한번쯤은 심각하게 고민해보았으면 한다. 어린 자식들이나 혹은 외국인들이 물었을 때 옹색하나마 나름대로 답변할 말은 준비해두었으면 하는 소박한 바람이다.

'아리랑 박물관' 건립이 필요하다

영화 '아리랑'에서 자신의 여동생을 겁탈하려던 오기호를 죽인 영진이가 수갑을 차고 일본 순사에 끌려 아리랑고개를 넘어가는 마지막 장면에 구성진 변사의 설명 뒤로 절절히 흐르던 주제곡 아리랑은 우리 국민들의 마음을 흔들어 놓았으며 마음속 깊이 아리랑을 새겨 놓았던 것이 계기가 되었던 것이다.

나운규의 영화 '아리랑'의 주제곡이기도 한 '아리랑'은 전래 민요인 아리랑을 기반으로 나운규가 작사하고, 나운규의 의뢰로 당시 단성사 악대의 바이올린 주자이며 변사로도 유명했던 김서정(본명 김영환)이 나운규의 노래를 편곡하여 만든 곡으로 알려져 있다. 김서정은 '암로', '세 동무', '봄노래', '강남제비' 등과 영화 '낙화유수'의 주제곡 '강남 달'을 작곡한 천재 작곡가였는데 안타깝게도 39세의 나이로 요절하였다.

1926년 이후 전국에 산재한 민요 아리랑은 통한(痛恨)의 노래이기도 하였지만, 때로는 기쁨의 노래이기도 했다. 또한 아리랑은 저항의 노래였고,

고달픈 삶을 달래주던 노래였고, 망향의 노래였고, 기다림의 노래였던 것이다.

아리랑은 전국 방방곡곡 구석구석에 다양한 가사와 선율로 존재한다. 남북한은 물론이고 한국인이 살고 있는 곳이면 세계 어느 곳에서도 아리랑이 있다. 아리랑은 남북을 통틀어 약 60여 종 3천 6백여 수라고 하나 그보다 훨씬 많을 것이다. 아리랑은 분단 조국의 남과 북을 이어주는 공통 언어이며, 세계 도처에 흩어져 있는 재외동포들과 조국 대한민국을 이어주는 공통 언어이기도 하다.

현 정부가 출범하면서 유네스코 세계인류문화유산으로 지정된 아리랑을 국민통합의 구심점으로 하겠다고 천명한 것은 아주 적절한 조치라고 생각한다. 그러한 총론은 있는데, 어떻게 아리랑을 국민통합의 구심점으로 할 것인가에 대한 각론이 빈약하다.

아리랑을 국민통합의 구심점으로 하는 일에 있어서 국가가 나서서 정책을 수립하고 직접 시행하기 보다는, 민간 차원에서 이루어지고 있는 다양한 아리랑 콘텐츠 사업을 적극적으로 돕고 지원해주는 것이 바람직하다고 생각한다. 어쩌면 민간 차원에서 아리랑을 기반으로 하는 다양한 콘텐츠의 생성과 소멸에 방해를 하지 않는 것이 가장 큰 도움일지도 모른다. 아리랑과 관련된 우수한 콘텐츠의 생성을 위해서는 끊임없이 노력하고 고민하고 현실에서 부딪히는 민간 차원의 도전 정신이 우수한 아리랑 콘텐츠를 만들어내는 가장 중요한 원동력이라고 볼 수 있다.

그러나 반드시 해야 할 사업 중에서 민간 차원에서 수행하기 어려운 사업이 있다. 그것은 다름 아닌 '아리랑 박물관의 건립'이다. 아리랑 박물관은 국민대통합을 구현하기 위한 컨트롤 센터로서의 기능과 전국 각지와 각 기관에 산재해 있는 아리랑 관련 자료를 통합하여 아카이브를 구축하고, 관련 자료를 연구·발굴·보관·전시·체험할 수 공간으로서의 기능을 가져야 한다.

위의 기능 이외에도 아리랑 박물관은 아리랑의 생활 음악화와 창작 활성화의 산실로서의 기능을 수행하도록 해야 할 것이다. 또한 아리랑 관련 음반 제작과 연구 책자 발간, 관련 기념품 개발을 주도하도록 하고, 아리랑을 통한 남북 문화 및 학술교류, 그리고 아리랑 세계화의 주관기관으로서 역할도 수행하도록 해야 한다. 또한 아리랑 박물관 내에는 공연장과 영화관, 그리고 전시실을 두어 아리랑 관련 융복합 공연물 및 영화 그리고 전시물의 산실로서의 기능을 수행해야 한다.

우리나라 사람이라면 아리랑이라는 유전자가 몸속에 흐르고 있다. 아리랑을 국민대통합의 구심점으로 하겠다는 생각은 매우 적절하다. 그것을 구현하기 위한 컨트롤 타워로서의 기능과 체계적 연구 및 활용 공간을 갖추는 것은 민간 차원에서는 어렵다. 따라서 그러한 종합 기능을 갖는 '국립 아리랑 박물관'의 건립을 심각하게 고려해야할 때다.

우리 춤의 백미 살풀이춤

한중일 동북아시아 삼국 중에 가장 작은 영토를 가진 우리 한국은 오랜 세월동안 중국의 영향을 강력히 받아 왔음에도 불구하고 우리 민속춤은 3국의 춤 중 예술성이 가장 높다. 시나위 가락에 맞춰 슬픔을 환희의 세계로 승화시켜 인간의 감정을 아름다운 춤사위로 표현해 낸 살풀이춤은 우리 민속춤의 백미이다.

살풀이라는 말이 무속의식(巫俗儀式)에서 액(厄)을 풀어낸다는 살(煞)을 푸는 것을 의미하지만 살풀이춤 속에서는 무속의 형식이나 동작은 보이지 않는다. 살풀이춤의 독특한 점은 수건을 들고 추는 것인데 수건을 들고 춤을 추는 데에는 여러 가지 설이 있다. 살풀이춤을 만들어 낸 소리광대들이 판소리를 할 때 땀을 닦거나 멋을 내기 위해 사용했다는 주장, 춤꾼이 자기의 감정을 표현하기 위한 수단으로 사용했다는 주장, 혹은 티벳족이나 몽고족이 축복의 의미로 사용하는 '하다'라는 긴 수건과 연관되었다는 주장 등이 있지만 정설은 없다.

살풀이춤은 한국무용의 시조로 불리는 한성준(韓成俊)이 1936년 부민관에서 제1회 한성준무용발표회를 개최하면서 수건춤, 산조춤, 입춤, 혹은 즉흥춤이라는 이름으로 방안에서 추던 춤을 극장무대에 올려 최초로 '살풀이춤'이라는 명칭을 사용하였다.

그 뒤 점차 본격적인 공연예술작품으로 명무들에 의하여 계승되어오다가 1990년에 중요무형문화재 제97호로 지정되어 계승되고 있다. 경기지방에서 발전되어온 살풀이춤으로는 이동안(李東安)류, 김숙자(金淑子)류, 한영숙(韓英淑)류가 있으며, 호남지방에서 발전되어 온 살풀이춤으로는 이매방(李梅芳)류 등이 있는데 각각 춤과 음악적 특성이 모두 다르다.

김숙자류 살풀이춤은 경기도 무악(巫樂)인 도살풀이곡에 맞추어 추는 교방 계열의 춤이며, 한영숙류 살풀이춤은 그녀의 조부인 한성준의 춤을 개작한 것으로 섬세하고 우아하며 깔끔한 것이 특징이며, 이매방류 살풀이춤은 남도의 시나위가락에 맞춰 추는 춤으로 한과 멋, 흥을 위주로 하여 즉흥성을 띠고 있는 것이 특징이다.

10여 년 전 명무 이매방 선생이 프랑스의 아비뇽 축제에 초대되어 살풀이춤을 추었는데 프랑스 사람들이 그의 춤을 보고서 완전히 매료되어 격찬을 아끼지 않았고, 프랑스 정부에서는 문화훈장까지 수여했다고 한다. 아직까지 제대로 추어진 명무의 살풀이춤을 못 보았다면 예술을 논하지 마시라.

국악운동의 선구자
기산 박헌봉 선생

  기산 박헌봉 선생은 한평생을 민족예술 부흥에 헌신한 분이다. 1906년 경남 산청의 유림 가문에서 태어나 일제강점기에는 민족정신의 고양으로 국악을 지켰고, 광복 이후에는 민족음악에 대한 지배계층 음악 중심의 전근대적 인식을 탈피하여 국악의 정체성을 민속음악 중심으로 확립하는 데 기여하였다. 그는 이와 같은 국악의 정체성을 바탕으로 향사 박귀희 선생 등 국악 명인들과 함께 1960년 현 국립전통예술중고등학교의 전신인 '국악예술학교'를 설립하고 초대교장을 역임한 국악계의 큰 스승이다. 또한 그는 전국에 흩어져 인멸되어 가고 있던 민속예술을 발굴하여 무형문화재로 지정하여 보존하게 함으로써 국악예술의 폭을 넓히고 깊이를 더했다. 오늘날 국악이 전통예술의 중심에 설 수 있게 된 데에는 박헌봉 선생의 헌신적인 노력이 그 밑바탕을 이루고 있다고 할 수 있다.

  얼마 전 나는 남사예담촌에서 개최된 기산 박헌봉 선생 생가 복원 건립 고유제 참석차 산청에 다녀왔다. 선생의 생가를 복원하는 것은 그분의 위대한 국악운동 업적과 생애를 기념하고, 더 나아가 '민족예술의 창조적 발전'이라는 선생의 유지를 계승하기 위해서다. 또한 국악의 발전과 산청군의 문화발전을 위하여 관람, 공연, 전시, 교육, 관광 등의 다목적 문화체험 공간으로 개발한다는 마스터플랜이 세워져 있다. 생가 복원이 이루어지면 선생의 유품 및 업적 전시관, 대청마루 극장과 마당극장, 연수시설 및 연습 공간, 한옥체험 공간 등이 들어서게 될 것이다. 선생의 생가 복원을 위한 37억 5천만 원의 건립 재원을 마련하고, 건립 고유제가 있기까지 참으로 길고 긴 여정이었고 여러 국악계 인사의 노력이 있었다.

선생이 세상을 떠난 후 선생의 업적을 상기시키고, 유지를 계승해야 한다는 주장을 한 분은 바로 나의 스승 홍윤식 박사다. 홍윤식 박사는 선생께서 설립한 국악예술학교 초창기에 역사교사로 재직하면서, 당시 문화재위원직을 맡고 있던 기산 선생님을 지척에서 보좌하여 수많은 무형문화재를 발굴해 국가중요무형문화재로 지정하는데 큰 역할을 하셨다. 그 후 대학으로 자리를 옮겨 대학 강단에서 역사학과 교수로 재직하다 정년퇴임을 하고 다시 국악예술학교의 후신인 서울국악예술중고등학교 학교장으로 부임해 벌인 첫 사업이 잊혀져가던 기산 선생의 업적을 다시 일깨우는 작업이었다.

당시 홍윤식 선생 밑에서 교감으로 일하던 나는 기산 선생의 업적을 기념하고 유지를 계승하려는 교장 선생님의 뜻을 구체화시키기 위하여 당위성과 논리를 개발하고, 상당히 긴 기간 동안 많은 곳을 찾아다니고 많은 사람들을 만나 그들을 설득하고 도움을 요청하였다. 그러한 우리의 마음과 행동이 기산 선생님이 설립하신 예술학교 총동문회와 선생이 태어난 산청군 관계자들을 한 마음으로 만들어 재원을 확보할 수 있었고, 선생님의 생가 복원을 위한 고유제까지 이루어내게 되었다.

생가 복원 고유제가 있기까지 총동문회 회장인 최종실 교수와 산청군 이재근 군수, 산청 출신으로 기산 선생의 일가이기도 한 박계동 전 국회의원의 공로가 가장 컸다. 선생 생가 복원 건립과 운영을 위한 구체적인 계획은 내가 운영하는 (사)전통공연예술연구소에서 세우기로 했다. 개인적으로도 큰 보람이고 기쁨이다.

산청을 넘어 우리나라 전통공연예술의 상직적인 장소가 될 기산 박헌봉 선생 생가 복원이 원래의 계획대로 이루어지고 운영되기 위해서는 기산 선생의 제자, 전통공연예술계의 원로 및 예술인 전통예술 관련 학자들, 산청군 공무원과 군민 모두가 사적인 욕심과 집단 이기심을 버려야 함은 물론이다.

국립전통예술고등학교의 어머니
향사 박귀희 선생

 국립전통예술고등학교 설립의 양 날개를 꼽으라하면 한쪽은 기산 박헌봉 선생이고, 또 한쪽은 향사 박귀희 선생이다. 오늘은 향사 박귀희 선생의 15주기 추모식이 교내 향사기념관에서 열렸다. 선생님의 제자인 박범훈 총장과 김덕수 총동문회장 등 내빈들이 참석하였고 재학생들과 교직원들이 한자리에 모여 선생의 업적을 기리고 추모하였다.

 향사 박귀희(본명 오계화) 선생은 기산 박헌봉 선생과 함께 국립전통예술고등학교 설립에 중추적인 역할을 한 분이다. 기산 박헌봉 선생은 아악(궁중음악)에 비해 부당하게 폄하되었던 민속악에 대한 사회적 인식을 전환시키고 보존과 계승·발전을 위한 지원을 얻기 위하여 이론을 정립하고 행동으로 투쟁하였다. 박귀희 선생은 손꼽히던 당대의 명창으로 편안한 삶을 살 수 있었음에도 불구하고, 예술 활동과 사회 활동을 통하여 박헌봉 선생과 함께 민속악중흥운동에 나섰다. 또한 민속악의 발전과 교육발전을 위해서라면 자신의 모든 것을 버릴 정도로 실천하는 삶을 사셨던 분이었다.

선생께서는 박헌봉 선생과 함께 학교를 설립한 후에도 학교 운영과 발전을 위해 헌신적이었다. 국가의 지원이 미비했던 때라 재정난으로 학교가 존폐 위기에 처할 때마다 자신의 사재를 아낌없이 헌납하여 학교를 회생시켰다. 1988년 좁고 낡은 석관동 교정을 버리고, 금천구 시흥동 소재 국립전통예술고등학교(당시 서울국악예술고등학교)로 신축이전을 할 때에는 재원 마련이 교착 상태에 빠지자 가지고 있던 운당여관(당시 시가 약 20억 원)을 기증하여 1992년에 현 교정에 터를 잡게 되었던 것이다.

오늘날 멀리 안양천이 보이고 적당히 산을 끼고 있는 녹지가 도시와 균형 있게 시야에 들어와 많은 이들이 부러워하는 관악산 기슭의 국립전통예술고등학교 교정은 그녀의 결단이 있었기에 가능했던 일이다. 그리고 73세가 되던 1993년 초에는 자녀들에게는 재산을 한 푼도 상속하지 않고 오로지 학교발전기금으로 운니동 사택(200평) 및 대지와 현금 전액을 기증하고, 1993년 7월 14일 유명을 달리하셨다. 요즘 유행하는 '노블리스 오블리주'의 표상으로 불리기에 충분한 분이다.

이제 당신께서 설립하신 민족사학이 국립학교로 우뚝 서게 되었으니 이름만 국립학교가 아니라 이름에 걸맞게 한국을 대표하는 전통예술 영재교육기관으로 거듭나는 것이 선생의 유지를 온전히 받드는 길이라 생각한다.

국악의 노래

어젯밤에는 평소 친분이 두터운 국악인 몇 분과 어울려 특별한 시간을 보냈다. 모임에 어떤 특별한 이유가 있었던 것이 아니라 서로 바쁘게 지내다 보니 만날 기회를 마련하기가 어려워 오랜만에 서로 얼굴도 볼 겸 급히 연락을 하여 모임을 가졌다.

모임은 약간의 술을 곁들여 가며 잔잔한 담소를 나누며 시작하였으나 취기가 돌자 각자 노래를 한 곡씩 부르기로 하였다. 모두들 각각 전통공연예술계의 전문 영역에서 내로라하는 분들이라 그런지 흘러간 대중가요 한 곡을 불러도 그 안에 우리 소리의 창법이 배어 있어서 소리의 맛을 더하였다.

흥이 돋우어지자 우리의 전통 춤사위가 더해지고 국악인 중 한 분이 기산 박헌봉(1907~1977) 작사, 향사 박귀희(1921~1993) 삭곡인 〈국악의 노래〉를 부르는 것이었다.

"박차여라! 나아가세! 어두운 거리에 횃불을 밝혀라! 잃었던 국악을 다시 찾자!"

그러자 누가 먼저라고 할 것도 없이 좌중의 모든 사람들이 〈국악의 노래〉를 목 놓아 함께 따라 부르기 시작하였다. 〈국악의 노래〉는 가사의 내용이 좋고 작곡도 훌륭하여 나이가 지긋한 국악인들이 즐겨 부르는 노래라 자연스럽게 합창으로 이어졌던 것이다.

〈국악의 노래〉의 작사가인 박헌봉과 작곡가인 박귀희는 전 생애를 국악의 보급과 발전을 위해 바친 훌륭한 분들이다. 국악이론가인 박헌봉의 묘비명에는 그의 생전의 공적에 대하여 다음과 같이 기술되어 있다.

민족 음악의 중흥을 위하여 평생을 바치신 기산 박헌봉(岐山 朴憲鳳) 선생이 이곳에 영원히 잠들고 계시다. … (중략) … 선생은 일제의 학정을 무릅쓰고, 민족 음악의 수호에 진력하셨으며, 광복 후에는 국악원, 국악예술학교, 국악관현악단을 창설 그 발전에 진췌(盡悴)하시었다. 또한 문화재위원으로 전통 문화의 선양에 크게 공헌하시는 한편 창악대강(唱樂大綱)도 공간하시었다. 이러한 공적으로 선생께서는 국민훈장 동백장(冬栢章)과 금관문화훈장(金冠文化勳章)을 받으셨다. 이어 선생은 국악대관(國樂大觀)의 저술에 힘쓰시다가 1977년 5월 8일 아직도 많은 일을 남겨 두신 채 세상을 뜨셨다. 선생의 빛나는 공적을 기리는 뜻에서 몇 분의 성의를 모아 여기에 비를 세운다.

중요무형문화재 제 23호 가야금산조 및 병창 예능보유자인 향사 박귀희는 가야금병창의 일가를 이룬 예인으로서 우리 전통음악의 정체성 확립을 통하여 국악의 예술적 발전과 세계적 진출을 꾀하게 함으로써 한편으로는 국악의 위상을 더 높여 나갔고, 다른 한편으로는 국악교육의 정상화를 기하는데 큰 역할을 하였다. 전 시립대 교수인 한명희는 그녀에 대하여 다음과 같이 평가하였다.

"… 어찌 보면 향사선생은 천부적으로 선구자적 기질을 갖췄음에 분명타고 하겠다. 그의 화통한 성격이 그렇고, 선이 굵은 도량이 그렇고, 먼 곳을 조망하는 혜안이 그렇고, 강인한 의지와 추진력이 또한 그러하다. 이 같은 남다른 선구자적 기질로 향사는 끝내 남들이 감내하지 못할 두 가지의 커다란 기념비적 유물을 국악사에 세웠다. 하나는 지극히 한국적이고도 수려하기 그지없는 가야고 병창의 수려한 누각이 그것이고, 다른 하나는 유구한 역사를 이어갈 민속음악의 요람 국악예술학교의 위용이 그것이다."

박헌봉과 박귀희는 해방 직후 우리국악의 미래를 이끌어갈 인재를 양성하기 위한 전문교육기관 설립의 필요성에 깊이 공감하고, 서로의 의기를 투합하여 갖은 난관을 극복해가며 1960년에 현 국립전통예술중고등학교의 전신인 국내 최초의 민족사학 국악교육전문기관 〈국악예술학교〉를 함께 설립하였다.

오늘날 세계적인 연주가로 활동하고 있는 사물놀이의 심덕수와 최종실, 국내 정상급 작곡가이자 지휘자로 명성을 떨치고 있는 박범훈, 지영희류 해금산조의 명인 최태현, 고법의 장덕화, 국가중요무형문화재 예능보유자로서는 거문고산조의 김영재와 서도소리의 김광숙, 서울시무형문화재 예능보유자로서는 판소리의 이옥천과 삼현육각의 최경만, 이철주, 김무경 등은 두 분이 개교 초기에 배출한 영재들이다.

그래서 〈국악의 노래〉는 모든 국악인들의 국악 진흥을 위한 충정이 깃들어 있는 노래로서 자연스럽게 〈국악예술학교〉의 교가가 된 특별한 노래이다. 〈국악의 노래〉는 언제 들어도 가슴이 뭉클해지고, 피를 끓게 하는 명곡이다. 잘 모르는 분들을 위해 꼭 소개해드리고 싶다.

국악의 노래

박헌봉 작사 / 박귀희 작곡

1. 고운 산과 맑은 물 금수강산 이 나라
예의미풍 노래하니 문화민족이 이 아니냐.
2. 씩씩하고 순결하게 삼천만 겨레 피가 뛴다.
같은 혈맥 나의 겨레 웃음의 융화도 우리 국악.
3. 고유전통 이어오는 반만년 역사가 장할시고
생활정서를 나타내는 향토의 예술이 우리 국악.
4. 억압천대 물리쳐라 불멸의 치욕이 어인 일고
그릇된 망념 씻어 버려라 새로운 문화를 건설하세.
5. 우리나라 오랜 나라 우리 문화 빛난 문화
문화예술을 발전시켜 세계만방에 자랑하세.
(후렴)
박차여라 나아가세

어두운 거리에 횃불을 밝혀라.

잃었던 국악을 다시 찾자.

국악계의 한 시대를 풍미하고 떠나간
풍강 최종민

    국악이론가이자 방송인으로서 국악의 저변 확대와 대중화에 힘써온 풍강 최종민 선생이 일 년이 넘는 뇌종양 투병 끝에 2015년 5월 14일 이 세상을 떠났다. 그는 국악을 방송과 무대를 통하여 명쾌하고도 쉽게 풀어내어 많은 사람들이 국악에 쉽게 다가갈 수 있게 하였다. 구수한 경상도 사투리로 조곤조곤 해설을 해주던 최종민 선생의 다정다감한 목소리가 아직도 귀에 맴돌고 있는 것 같다.

    그가 지병으로 타계하게 된 경위는 다음과 같다. 고인은 평소 건강관리를 철저히 하는 편이어서 칠순이 넘은 나이에도 젊은이 못지않게 건강한 편이었으나 2014년에 들어서서 평소 매끄럽게 진행하던 국악방송의 생방송 프로그램인 '최종민의 국악산책'에서 약간 어눌한 말투와 진행으로 애청자들 사이에 그에게 건강에 이상이 있는 것이 아닌가하는 걱정 어린 말들이 나돌았다. 급기야 2014년 1월 12일 생방송 중에 목소리가 이상하게 나와 놀란 방송진행 PD들이 최선생에게 검진을 해볼 것을 권유하여 검진 결과 뇌종양임을 알게 되었다. 서울대병원에서 종양 제거 수술을 하고 상당기간 항암 치료와 건강 회복을 위한 각별한 노력을 하였으나 결국 1년간의 투병 끝에 애석하게도 2015년 5월 14일에 운명하였다.

그는 악성뇌종양 제거 수술 후에도 '광대의 자질을 타고 난 박정욱의 배뱅이 굿'(2014. 5. 8), '유교음악과 풍류와 정악의 관계를 어느 정도 파악하도록 합시다'(2014. 5. 10)를 써가며 재기의 노력을 하였으나 '개인을 존중하는 한국의 음악문화'(2014. 5. 18)를 끝으로 그의 칼럼을 다시 볼 수 없게 되었다. 그가 운영하던 모 포털사이트 인터넷 카페인 '최종민의 국악세상'에 2014년 7월 13일에 그는 아래와 같은 마지막 글을 남겼다.

……(전략) 하여간 나는 금년(2014년) 그런 치료는 재발하지 않도록 치료기간을 6개월 가져야 된다고 해서 아직 치료 중이고 보수용 약을 먹고 있는 것입니다. (2014년)10월2일이면 모든 공식 일정을 마치게 되는데 끝나고 나면 또 다시 할 일들이 많아서 언젠가는 다시 방송도 조금은 할 것이라고 생각합니다. 그럴 때 다시 만났으면 좋겠습니다.

이때만 해도 그가 회복의 희망을 놓지 않았기에 안타까움이 더한다.

최종민은 1942년 강원도 강릉에서 태어나 경북 풍기에서 자랐다. 그래서 그가 자랐던 풍기의 풍(豊)자와 출생지인 강릉의 강(江)자를 따서 스스로 아호를 풍강(豊江)이라 지었다 한다. 그는 풍기초등학교, 안동사범병설중학교와 안동사범학교를 졸업했고 서울대학 음악대학 국악과에서 국악이론을 전공하였고 서울대학교대학원 국악학과를 졸업하였다. 그리고 성균관대학교 대학원 동양철학과에서 예술철학을 전공하였고 박사학위를 취득하였다.

그는 1968년 안동교육대학 교수로 출발하여 1970년 강릉교육대학 교수, 1982년 전남대 교수, 1983년 한국정신문화연구원 교수, 1998년 남원정보국악고등학교 교장, 2000년 국립창극단 단장, 그리고 타계하기까지 동국대학교 문화예술대학원 겸임교수를 역임하였다. 한때는 서울대학교·이화여자대학교·성신여자대학교·덕성여자대학교 강사로서 강단을 떠돌기도 했다. 특히 말년에 동국대학교 문화예술대학원에는 14년간 겸임교수로 있었지만 실제로는 과주임처럼 매학기 강의를 개설하고 강사를 섭외하는 등 행정업무의 일부까지 맡아 많은 제자들을 배출하였다.

최종민 교수와 나와의 인연은 각별하다. 오래된 이야기이지만 최종민 교수는 나의 학위 논문 심사위원이기도 하였고, 평소 세미나나 학술회의를 통해서 서로 알고 지내는 사이였다. 내가 현 국립전통예고의 전신인 서울국악예고의 학교 국립화 추진 실무 책임을 맡아 국립화를 반대하는 세력과 외롭게 싸우고 있을 때 전면에서 나를 지지해준 것이 인연이 되어 급속히 가까워졌다.

내가 학교 국립화를 이루고 학교를 나와 사단법인 전통공연예술연구소를 개소하였을 때도 개소식에 친히 참석하여 힘을 실어주었다. 또한 2011년에서 2012년까지 서울시문화재위원회 제3분과인 무형문화재 분과에서 함께 위원으로 활동하여 관계를 돈독히 하였다. 특히 내가 최종민 교수를 구례 동편제소리축제 축제추진위원장으로 구례군에 추천하여 '구례 동편제소리축제'를 다른 축제와 차별화되는 축제로 위상을 높이는데 기여하게 하였으니 최종민 교수와 나는 각별한 인연이 아닌가 싶다.

그의 큰 강점은 친화력이다. 그가 오랫동안 방송인으로 활동하여 인지도가 높은 이점을 활용하여 문화계뿐만 아니라 정관계, 언론계, 재계, 사회 전 분야에 폭넓은 인맥을 유지하였다. 특히 그는 처음 만난 사람들도 편안한 마음으로 그에게 다가갈 수 있도록 만드는 능력이 탁월하였다. 한때 정악계와 민속악계가 대립 구도를 이루고 있었을 때도 어느 곳에도 치우치지 않는 균형감각을 유지하였다. 그리고 그는 국악계의 동료와 후배, 그리고 제자들의 멘토(mento)와 헬퍼(helper)가 되어주는데 주저하지 않았다. 도움을 청하는 이가 있다면 거리에 구애받지 않고 달려가 도왔다.

그는 국악을 보급하기 위하여 방송활동을 많이 하였다. 1977년에서 1988년 까지 KBS TV '국악의 향기', '국악교실'을 진행하며 해설을 하였고, KBS FM이 생기면서 '흥겨운 한마당'을 맡아서 1993년까지 MC로 활동하였다. 1994년부터 2000년까지는 EBS FM의 '우리가락 노랫가락' MC를 하였고, 2000년부터 2002년까지 KBS TV '국악한마당'의 MC를 맡았으며, 2001년 국악방송이 생기면서 아침 9시부터 11시까지 2시간 생방송으로 '최종민의 국악세상'을 맡아 MC를 하였다. 저서로는 공저로 나온 『한국의 민속음악』, 『전통예술을 통하여 본 한국인의 미의식』 등이 있고, 단행본으로는 『국악의 새로운 숨결』, 『국악의 이해』, 『민요-이렇게 가르치면 제 맛이 나요』, 『한국전통음악의 미학사상』 등과 많은 수의 논문을 남겼다.

그는 우리 교육 현장은 우리의 음악언어를 사용하는 능력을 상실한 상태이기 때문에 우리의 음악언어를 가르쳐야 한다고 늘 주장하였다. 한국말이 가장 잘 표현되는 우리노래를 만들고 누구나 쉽게 몸과 마음으로 부를 수 있는 우리노래를 부르도록 해야 하며, 그래야 창의성과 심미안도

길러질 수 있다고 주장하였다. 그러한 생각을 실천하기 위하여 그는 말년에 음악의 모국어를 가르치는 이론과 방법을 책으로 내고, 아울러 교재까지 개발하여 우리나라 음악교육이 명실상부한 한국의 음악언어를 가르치는 교육이 되도록 하고자 준비를 했지만 완성하지 못하고 세상을 떠났다. 누군가는 그가 그토록 원했던 미완의 작업을 완성시켜 주었으면 하는 간절한 소망을 가져본다.

풍강 최종민. 그는 국악계의 한 시대를 풍미하고 떠나갔다. 그가 국악계의 크나 큰 자산이었기에 그의 타계는 국악계의 큰 손실이 아닐 수 없다. 두 손 모아 그의 명복을 빈다.

눈물 나는 그 이름, 공옥진 선생

　얼마 전 '곱사춤'과 '병신춤' 등 1인 창무극(唱舞(劇)의 명인으로 잘 알려진 공옥진(1931년생) 선생이 뇌졸중과 교통사고 후유증으로 예술 활동을 거의 하지 못하고 누워있다는 소식을 들었다. 공옥진 선생은 암담했던 7, 80년대 군사독재정권 치하에서 때론 눈 먼 봉사로, 때론 동물처럼 신들린 듯 거꾸러지고 몸을 뒤틀며 사람들의 아픔을 표현해 수많은 관객을 웃기고 울렸다.

　병들고 외로운 춤꾼의 사연이 방송을 통해 알려진 후 그녀를 무형문화재 예능보유자로 지정해야 하지 않겠느냐는 동정론이 언론을 통해 끊임없이 제기되고 있다. 유인촌 문화체육관광부 장관이 그녀를 위로하기 위해 직접 병문안을 다녀왔다는 기사를 접했다. 전라남도 도청에서도 수개월 내 무형문화재 지정을 위한 현장 재조사에 나설 계획이라고 한다.

　하지만 안타깝게도 현재 그녀의 몸 상태는 고령과 오랜 지병으로 조사위원들에게 예능보유자 인정 실기평가를 위한 춤사위를 보여주기는커녕서 있는 것조차 힘겨워 보인다고 한다. 하지만 그녀의 상태를 차지하고라도 문화재위원인 나의 개인적 소견으로는 그녀가 무형문화재로 인정받기가 어려울 듯하다. 그녀가 종목지정 신청을 한 '1인 창무극'이 오랜 시간 동안 대대로 전승되어 온 전통예능이 아니고 그녀에 의해 창작된 예능이기 때문에 무형문화재 예능종목 지정요건에 맞지 않기 때문이다.

내가 문화재청 문화재전문위원으로 활동하였던 2005년도에 문화재청으로부터 그녀의 전라남도 무형문화재 예능보유자 지정검토 의견서를 요청받은 적이 있었다. 나는 그 당시 그녀의 '1인 창무극'이 무형문화재로 인정받는 것은 무리이지만, 그녀의 판소리 예능이 무형문화재 예능보유자로 인정을 받기에 충분하다고 판단하여 '판소리'로 무형문화재 예능보유자로 인정해주는 것이 타당하다는 의견서를 작성하여 제출한 적이 있다. 당시 내가 제출했던 의견서의 전문은 다음과 같다.

공옥진(1931년생)은 전남 승주군 출신으로 동편제 판소리의 명창인 공창식의 손녀이자 명창 공대일의 차녀이다. 그녀는 13세부터 아버지에게 단가와 판소리 등을 배웠으며, 아버지 이외에 명창 임방울, 김연수, 박록주 등으로부터 소리를 배웠다. 공씨는 〈흥보가〉를 아버지 공대일 명창한테서, 〈심청가〉는 아버지와 고 김연수 명창한테서 배웠다. 그녀는 어렸을 때부터 창극단의 아역으로 출연하였으며 17세 때(군산), 23세 때(정읍), 27세 때(고창) 각각 명창대회에서 수석을 차지하였으며 오랜 예술 활동을 통하여 자신의 기예를 연마하여 무형문화재 판소리 예능보유자의 반열에 오를 충분한 예술적 소양을 갖추고 있음에도 불구하고 아직 무형문화재 예능보유자로 지정을 받고 있지 못하고 있다.

다만, 그녀가 60년대부터 조선조의 광대극에 연원을 두고 독자적으로 발전시킨 '1인 창무극'이 워낙 대중적인 인지도가 높아 그녀의 판소리 공력에 대한 인지도가 낮으나 그녀의 가계가 말해주듯이 그녀의 판소리는 동편제의 효시 송흥록의 정통성을 면면히 이어 받고 있다. 그녀는 판소리와 전통춤, 연기에 두루 정통한 기예를 갖추고 있으며 국악의 대중화에 크게 이바지하였다. 또한 그녀의 판소리에는 소리의 예술적 탁월한 기량뿐만 아니라 우리 전통음악의 특질인 가무악이 자연스럽게 용해되어 있어 그녀의 판소리는 보존 및 계승 가치가 크다.

공옥진 명인은 현재 75세의 고령으로 그가 세상을 떠나면 전라남도 판소리 명문 가계를 이어 받은 그녀의 판소리가 보존·계승되지 못할 가능성이 많으며 그녀가 발전시킨 탁월한 예술 세계도 그대로 소멸될 가능성이 많아 시급히 전라남도 지방무형문화재 판소리 예능보유자로 지정하여 전수체계를 만들어 주어야 하며, 그녀가 보유자로 지정된다면 전수체계의 성립으로 전라남도 지방의 무형문화재의 온전한 전승과 국악의 활성화에도 크게 기여할 것으로 판단된다.

팔순 고령인 명인 공옥진은 한 시대를 풍미하였던 그녀의 '1인 창무극'의 전승자도 남기지 못한 채 언제 우리 곁을 영영 떠나갈지 모른다. 현재의 무형문화재 지정 제도는 예능보유자를 통해 그 원형을 보존하고 전승하는 순기능을 한 것은 인정해야겠지만, 이 제도가 일부 국악인들의 문화권력을 형성하고, 전통공연예술의 건전한 발전에 역기능을 한 것도 사실이다.

현 무형문화재 제도는 예능보유자에게 과도하게 권력이 집중되어 있어,

보유자에게 줄서기를 강요하고 있으며, 보유자의 전승체계에 포함되지 못하고 있는 다수의 예능인과 전승자들은 국가의 보유자에 대한 신분적 권위 부여와 보호에 의해 상대적으로 불이익을 받게 되는 양상이 심화되고 있다. 또한 무형문화재로 종목이 지정되지 못한 무형문화유산 중에서도 보존 및 전승 가치가 큰 종목들이 많은데, 종목 지정이 되지 못하여 보호·지원에서 제외되어 전승의 단절 위기에 처하는 심각한 부작용을 낳고 있다. 어쩌면 명인 공옥진은 무형문화재 제도의 피해자일지 모른다.

파란 눈의 국악인 '해의만' 선생

본명은 Allan. c. Heymann, 독일계 미국인이자 한국인인 '해의만' 선생이 영면하였다. 오늘 세브란스병원 장례식장에 들러 고인의 영전에 분향하였다. 해의만 선생 면모에 대하여 처음 들었던 것은 내가 국립전통예술중고등학교의 전신인 서울국악예술고등학교 교감으로 재직했을 당시 교장이었던 홍윤식 박사로부터였다.

해의만 선생은 외국인이지만 우리 국악에 대해 깊은 관심을 갖고 있었고, 국립전통예술중고등학교의 전신인 '국악예술학교' 설립 당시부터 70년대 초반까지 출강하면서 '영어'와 '동서음악비교론'을 가르쳤다고 한다. 또한 끊임없이 우리의 국악이론을 연구하고 당대의 명인들로부터 장구 장단, 태평소(새납), 가야금 등 국악기 연주를 사사하였는데, 명인들의 음반 녹음 작업에 악사로 참여할 정도로 매우 훌륭한 실력을 자랑했다.

몇 년 전 그분을 꼭 만나보고 싶어 지인들에게 수소문도 해보았지만, 한국에 살고 계신지는 물론 생존해 있다는 사실조차 확인하기 쉽지 않았다. 단지 접할 수 있었던 소식은 1998년 국악인 오정해 씨가 진행하던 'EBS-TV 어린이 국악교실'에 출연했다는 것과, 2001년 국립국악원 개원 50주년을 기념하는 자리에서 국악의 세계화에 기여한 공로를 인정받아 대통령 표창을 받았다는 과거의 족적뿐이었다.

그러다가 2007년 9월, 내가 부회장으로 있는 '한국무교학회' 창립식 때 해의만 선생을 처음 만나게 되었다. 한국무교학회 회장인 양종승 박사가 무속학계의 대선배인 해의만 씨를 스승으로 모시고 있었던 것이다. 그리고 창립식에 그를 공식 초청하였던 것이다. 그 분을 만날 방법을 지척에 두고도 먼 곳으로만 시선을 돌린 셈이다.

그날 그분에 대해 알게 된 것은 국악뿐만 아니라 우리나라의 무속연구에도 심취해, 우리나라의 국악과 무속문화를 세계에 알리는데도 커다란 공헌을 했다는 것, 그리고 꾸준히 우리 전통문화예술의 영역(英譯) 작업을 계속했다는 점, 그리고 한국 여인과 결혼해 슬하에 남매를 두었다는 사실이다. 오랫동안 간절히 원했던 만남이라 많은 이야기를 나누며 친분을 쌓고 싶었지만 아쉽게도 그날 만남은 무척 짧았다.

그러던 어느 날 인터넷 서핑을 하다가 한 인터넷 방송 게시판에 올려진 해의만 선생님에 대한 기사를 읽고, 상당한 충격을 받았다. 사무실에 앉아 연구에 매진해야 할 분이 걸인 생활을 하고 있다는 내용이었기 때문이다. 가족과 문제가 있었나 하는 생각도 들었지만 훗날 확인해보니 한국인 부인도 생존해 있었고, 남매는 사회의 중진으로 활동하고 있었다. 취재 당시 해의만 선생은 70이 넘는 나이에 혼자 자유를 만끽하고 싶어 가족과 떨어져 그렇게 생활하고 있었다고 하니 참 별난 분인 것은 분명하지만 한편으로는 자유로운 영혼과 용기에 부러운 마음이 들기도 했다.

그 후 몇 년 전 그분과의 두 번째 만남이 이루어졌다. 내가 주관한 공연에 해의만 선생이 양종승 박사의 부축을 받으며 나타나셨던 것이다. 마침 그날 공연장에서는 그분이 '국악예술학교'에서 가르쳤던 옛 제자이자 사물놀이의 원조 멤버인 최종실 교수와의 해후도 이루어졌다. 현재 국립 전통예술중고등학교 총동문회 회장인 최종실 교수는 40년 전 은사인 해의만 선생과의 추억을 또렷하게 기억해 냈고, 선생이 궁핍하게 지내고 있다는 사실을 전해 듣고는 즉석에서 지갑을 털어 사은의 마음을 담아 금일봉을 전달하기도 했다. 그리고 '국악예술학교' 설립 50주년 기념식에서 선생을 초청해 공로상을 드릴 것을 약속하였다. 해의만 선생은 우리 전통 문화가 좋아서 한국인으로 귀화하고, 평생을 국악과 무속학을 연구하고, 몸소 국악 연주자로서 활동했고, 우리 전통문화를 세계에 알리는데 지대한 역할을 한 분이기에 당연한 결정이다. 나아가 오늘날 국악이 우리의 민족음악으로 세계에 인정받게 된 데에는 선생의 숨은 노고가 있었다는 것을 결코 잊어서는 안 될 것이며, 그 공적을 인정하여 문화훈장을 추서해도 부족하지 않을 것이라는 생각을 한다.

삼가 고인의 명복을 빈다.

/제3부/

소리꾼 장사익의 노래는 국악인가?

- 우리 전통예술에 대한 제언

소리꾼 장사익의 노래는 국악인가?

끝이 없을 것 같은 겨울이 가고 개나리꽃, 진달래꽃이 만개한 봄이 찾아왔다. 오늘은 일요일. 모처럼 경조사도 없어 휴일의 여유를 맘껏 즐기고 있다. 이런 날이면 소리꾼 장사익의 음반을 꺼내 '꽃구경'이나 '찔레꽃'을 크게 틀어 놓고 들으면 상춘(賞春)의 즐거움은 배가된다.

극장 운영을 했던 나로서는 장사익의 공연을 유치하면 흥행에 걱정을 하지 않아도 되었다. 그것은 지금도 마찬가지일 게다. 환갑을 훌쩍 넘은 그이지만 매력이 철철 넘친다. 그것은 그의 호소력 있고 애절하고 서정성 짙은 창법이 뭇 사람들의 마음을 흔들어 놓기에 충분하기 때문이다.

그는 윤중강 등 국악평론가들 사이에서는 '가장 한국적으로 노래하는 소리꾼'이라는 평을 받고 있다. 또한 1996년 KBS 국악대상 금상, 2006년 에는 국회 대중문화, 미디어 대상 국악상 등을 수상한 바 있다. 그러면 소리꾼 장사익의 노래는 국악인가? 그는 국악창법으로 노래를 부르고 있는가? 그의 창법을 들여다보면 우리의 전통창법의 선법이나 시김새가 없다.

냉정하게 말하면 그의 노래는 국악이 아니다.

그러나 그의 창법을 세밀하게 들여다보면 그의 즉흥적인 가창, 박자 파괴, 틀을 깨는 특유 창법은 국악창법에서나 찾아볼 수 있는 것이다. 또한 그가 노래를 하는 중간 중간에 가락을 붙이지 않고 이야기하듯 엮어 나가는 독백은 판소리의 '아니리'와 닮아있다. 또한 그가 선율을 꾸며가는 방식이 민요의 선율을 꾸며가는 방식과 일체감을 주기 때문에 일반 대중들에게는 그의 노래는 더욱 친근하게 다가온다. 그는 국민가수 장사익이라는 찬사보다는 소리꾼 장사익으로 불리기를 좋아한다. 그는 피리, 대금, 단소, 태평소, 풍물 등을 두루 학습한 바 있으며 한때 국악계에서 활동한 바 있다. 그러니 국악이 자연스럽게 그의 음악세계에 깊이 자리 잡고 있어 그의 창법에도 상당한 영향을 끼쳤을 것이다. 그런 관점에서 본다면 그의 노래는 국악이다.

장사익은 자신의 노래는 물론, 남의 노래도 일단 그가 부르면 우리 고유 가락과 가요의 애잔한 정서를 절묘하게 조화시켜, 그만의 독특한 호소력 강한 창법과 뛰어난 가창력으로 사람들의 마음을 뒤흔들어댄다. 일반 시민들에게 그의 노래가 국악적(國樂的)인가 물어보면 대부분 그렇다고 응답을 한다. 그러니 그의 노래는 국악이 아니기도 하고, 국악이기도 하다.

우리가 요즘 듣고 있는 전통음악들은 만들어졌을 때 당대의 대중들의 정서와 깊이 공감하며 폭 넓게 대중적 인기를 크게 얻은 음악이다. 국악의 대중화를 원한다면 우리 국악을 알아주지 않는 다는 불평을 하기에 앞서 이 시대의 음악의 흐름이 어떻게 가고 있으며, 대중의 귀가 어디에 가 있는가에 대한 분석을 해 볼 필요가 있다.

장사익의 노래처럼 대중들이 듣고 싶어 하는 국악곡이 많으면 국악의 대중화도 자연스럽게 이루어질 일이다. 그렇기 때문에 현 시대를 살아가고 있는 대중들의 정서와 교감할 수 있는 많은 창작 국악곡의 출현을 기대한다. 노래를 만들어도 이 시대를 살아가고 있는 사람들의 애환을 노랫말로 만들어 전통음악에 기반을 둔 이 시대의 창작 노래를 만들어야하고, 연주곡을 만들어도 전통음악에 기반을 둔 이 시대의 창작 국악곡을 만들어 내야 한다.

그러기 위해서는 유능한 국악 작곡가 양성과 교육이 중요하다. 국악이 발전하기 위해서는 풍성한 콘텐츠를 만들어 내야 하는데 그 주역은 작곡가들이다. 훌륭한 작곡가들을 키워내는 것은 단 시간에 되는 것이 아니다. 작곡가의 신예 발굴을 위한 지원의 강화와 국악교육이 활성화되고 정상화되어야 한다. 그래야 국악의 대중화도 꿈꿔볼 수가 있다.

또 하나, 우리의 국악이 대중화하기 위해서는 유아기부터 국악교육의 정상화가 필요하다. 음악적 감수성이 키워지기 시작하는 나이는 2~3세부터 시작하여 5~7세에 결정이 된다고 한다. 그러므로 어릴 때부터 우리 음악, 즉 국악에 대한 감수성을 키워주는 것이 그 무엇보다도 더 중요하다. 가장 좋은 방법은 놀이에 의하여 우리 음악과 가깝게 해주는 것인데 우리 국악 장단과 음정에 기초한 전통 전래놀이와 전래 토속민요, 전래동화 콘텐츠를 개발하여 영유아에게 보급하는 것이다. 또한 어릴 때부터 우수한 국악공연을 관람하도록 해주는 감상교육이 필요하며 우리 국악교육이 방과 후 과외활동이 아닌, 정규 수업시간에 다루어져야 하며 국악교육을 시킬 역량을 갖춘 교사의 제도적 확보가 필요하다.

현 시대를 살아가고 있는 사람들의 정서와 교감할 수 있는 창작 국악곡의 소스는 어디에서 찾아야 할까? 그 소스는 다양하겠지만 기존의 전통음악이 기반이 되어야 한다. 기층민의 음악인 토속민요는 전통음악 중에서 가장 중요한 소스이다. 토속민요 안에는 우리 민족이 반만년 동안 면면히 다져온 삶의 희로애락이 모두 담겨 있기 때문에 오늘날에도 변함없는 생명력을 갖고 있다. 그렇기 때문에 우리의 토속민요 속에는 활용할 만한 음악적 요소들이 풍부하다. 토속민요를 활용하여 창작 음악을 만들어 낼 수 있을 것이다.

요즘 소위 퓨전국악이라는 미명 아래 연주되는 곡들을 듣다 보면 어느 나라의 음악인지 분간이 안 되는 국적불명의 음악들과 빈번히 만나게 된다. 우리 악기로 서양음악을 연주하는 것을 스스로 대견해하며 그것을 퓨전국악이라고 생각하는 사람들도 있다. 퓨전국악이라 하더라도 대전제는 우리 음악으로서의 정체성을 지키는 일이다. 어떤 악기를 쓰느냐가 중요한 것이 아니라 어떻게 악기를 연주하느냐가 중요하다. 피아노로 연주해도 전통적 음악 양식을 따르면 새로운 우리의 음악이다.

요즘 퓨전국악이라고 내놓은 악곡들을 살펴보면 서양 악곡처럼 7음계를 쓰고 화성을 쓰는 경우가 많은데, 이것은 국악기의 연주력 확대라고도 볼 수 있으나, 전통적 표현음의 색채를 7음계 구조로 재해석했는지가 중요하다. 문제가 되는 것은 많은 연주자들이 서양음악에 가깝게 표현하려는 것에 있다. 흔히 동양음악의 정체성을 이야기할 때 5음계, 선법, 단선율, 시김새를 든다. 국악관현악곡도 서양 오케스트라를 모방만 할 것이 아니라 우리 전통음악의 장점인 음악의 미학, 자유로움, 즉흥성을 살려 잘 발효된 한국식 국악관현악곡으로 만들어지기를 기대한다.

한편으로는 국악의 대중화를 위해서 공중파 방송국 주관의 국악가요제, 대학국악가요제, 주부국악가요제 등 다양한 국악가요 경창대회가 만들어진다면 그 파급효과가 클 것이다. 그리고 대중음악, 혹은 클래식 음악을 하는 예술인들이 국악의 대중화에 참여하는 것을 적극 장려, 지원해주어야 한다.

또한 불교의 찬불가, 천주교나 기독교의 찬송가, 정규 교육기관의 교가를 창작 국악곡으로 만드는 것도 장려할 일이다. 우리국악과 대중음악, 클래식, 재즈, 연극, 무용, 문학 등 타 장르와의 융합 및 협업에 의한 창작 공연예술물에도 관심을 가져야한다.

우리국악을 어떻게 대중화하고 정상화하고 진흥시킬 것인가에 대한 점검이 필요한 시기이다. 소리꾼 장사익의 성공은 우리 국악도 얼마든지 대중화할 수 있다는 점을 시사한다.

국악공연의 품격

국악 공연 중에는 공연 자체의 질적 문제보다도 진행상의 문제로 공연의 품격이 떨어져 입방아에 오르내리는 경우가 더러 있다. 하나의 국악공연이 무대화되기 위해서 가장 먼저 선행되어야하는 것은 재원 확보다. 공연 제작자나 기획자가 자체 재원을 투자하여 공연을 제작하는 경우가 더러는 있지만, 규모가 큰 공연들은 중앙정부나 지방정부 혹은 대기업 등의 지원을 받는 경우가 대부분이다. 그런 경우 공연 포스터나 홍보 및 안내 배너, 그리고 리플릿 등에 후원기관을 밝히거나, 공연 전 장내 안내 방송을 통하여 후원기관을 밝히는 경우를 심심치 않게 접할 수 있다. 그 정도는 관람객들도 양해할 수 있는 사항이다.

무대에 라이트가 켜지고 사회자가 박수를 받으며 무대에 올라가면 관객들은 이제 공연이 시작되는가 싶어 사회자의 멘트에 집중한다. 그런데 아뿔싸! 이게 무슨 해괴한 짓인가? 가끔 국악공연에서 다음과 같은 민망한 광경과 마주칠 경우가 있다. 사회자가 출연자들을 한껏 띄어주고 공연을 시작하는 것은 애교로 보아줄 수 있다. 그러나 후원기관의 인사 혹은 공연 지원에 영향력을 끼친 혹은 끼칠 수 있는 내빈들을 객석에서 일어나게 하여 관객들로 하여금 박수를 치도록 유도하거나, 한 발 더 나아가서 후원기관의 인사를 무대 위에 올려 인사말이나 축사를 하도록 하는 경우도 있다. 그것은 재정을 지원해준 후원기관에 대한 공연 제작자 혹은 기획자의 공개적 아첨이거나, 후원기관이 생색을 내려고 공연 제작자나 기획자에게 시킨 일이라고 볼 수밖에 없다. 굳이 사회자를 두었다면, 사회자로 하여금 공연의 배경에 대하여 설명하게 하면 되고, 이런 저런 거룩한 분들이 이 자리에 오셨다는 정도만 멘트하고 지나가면 된다.

자신들이 기획한 공연을 무대화하기 위하여 후원자들을 설득하여 재원을 확보해야하는 공연 제작자나 기획자들의 고충은 충분히 이해할 수 있다. 그래서 지원 기관이나 후원 기관의 유력한 인사들에게 잘 보이고 싶은 것도 이해할 수 있다. 그러나 극장은 예술 공간이지, 공연 제작자, 혹은 기획자와 후원자 간의 사교장이 아니다.

이왕 말이 나왔으니 공연에 사회자를 꼭 두어야 하는지 따져 보고 싶다. 클래식 공연에는 대부분 사회자가 없다. 가끔 지휘자가 한 곡의 연주가 끝나면 해설을 곁들이는 것이 고작이나 그것도 흔하지 않다. 유독 국악공연의 경우 사회자를 두는 경우가 많은데 왜 그럴까? 그 이유는 작품 자체가 아닌 기획자의 아주 복잡한 계산이 깔려 있다고 생각한다.

예술 공연에 사회자를 두는 것은 그리 바람직하지 않다. 공연 안내 리플릿에 충분한 설명을 담아 두면 된다. 외국의 경우 보충 해설을 듣고 싶은 관객들을 대상으로 공연 개시 1시간 전 쯤 극장의 한 공간을 정해 전문가의 해설 시간을 갖곤 한다. 그것으로도 부족하면 작품으로 설명하면

된다.

　무대와 객석 간의 쌍방향 소통형 성격의 공연이라면 관객을 무대 위로 불러올릴 수 있다. 그것도 공연의 일부라고 볼 수 있기 때문이다. 그러나 그러한 이유가 아님에도 불구하고, 공연 전(前)도 아니고, 공연 중에 내빈을 무대 위로 불러올려 관객들로 하여금 무대 위로 오른 그 내빈을 향하여 박수를 치도록 유도하는 볼썽사나운 일도 벌어지곤 한다. 그것은 과잉 의전이라고 밖에는 볼 수 없으며, 관객들로 하여금 그들의 잔치에 들러리를 서게 하는 아주 무례한 행위이다.

　공연장에서 관객들에게 박수를 받아야 할 사람은 오직 무대에 오르는 공연 예술인들이지, 공연에 직간접적으로 행·재정적으로 지원을 해 준 인사들이 아니다. 거룩한(?) 내빈들이 공연에 결정적인 행·재정적 지원을 해 준 일은 기획자나 주요출연진에게 감사한 일이겠지만, 그 감사한 마음을 표현하는 것은 공연이 끝나고도 다양한 방식으로 얼마든지 할 수 있는 일이다. 다음 제작될 공연에 그 내빈들로 하여금 다시 재정 지원을 해주도록 족쇄를 채우고자 하는 마음도 이해가 가지만, 공연의 품격을 떨어뜨리면서까지 할 일은 아니다. 내빈들이라는 사람들도 아무리 출연자가 무대 위로 올라오라 하여도 응해서는 안 될 일이다.

　때때로 지자체 행사 때 의식행사 후 공연이 이어지는 경우가 흔히 있는데, 관객들이 오래 기다리지 않도록 의식 행사는 가급적 간단하게 하도록 배려해야 한다. 따라서 축사는 가급적 짧게 하고, 내빈소개는 진행자가 내빈자의 명단을 낭독하거나 영상 자막으로 처리하는 것이 관객에 대한 최소한의 예의이다. 공연에는 저마다 품격이 있다. 국악공연의 품격은 국악인들이 스스로 지켜야 하리라.

'국악로'에 서서

지금은 역사의 뒤편으로 사라졌지만 한 때는 우리나라를 대표하는 극장으로 명성을 날렸던 '단성사'와 '피카디리' 극장이 자립잡고 있던 종로3가 사거리에서 창경궁 정문인 돈화문까지의 길을 '국악로'라고 한다.

'국악로'는 조선시대부터 일제강점기를 거쳐 해방 후까지 관혼상제 물품이나 징·꽹과리 등을 파는 만물상들이 자리 잡고 있었다. 1907년에 주승희가 발의하고 안창묵과 이장선이 합자하여 2층 목조 건물로 세운 '단성사'는 처음에는 주로 전통연희를 위한 공연장으로 사용되었고 1910년 중반 광무대 경영자 박승필이 인수하여 상설 영화관으로 개축되었다. 1926년 나운규의 영화 '아리랑'이 개봉된 곳으로 유명하다.

'국악로'라는 명칭이 붙여지게 된 것은 1994년이다. 서울시가 '서울 정도 600년'을 맞이하여 1994년을 서울시가 국악의 해로 정하고 이 거리를 '국악로'로 명명하였던 것이다. 이곳에서는 전국의 국악인들을 대표하는 민간조직인 '사단법인 한국국악협회'가 주관하고 있는 '대한민국국악제' 등 각종 국악과 관련된 다양한 행사가 열리고 있다.

이 거리가 '국악로'라는 명칭을 얻게 된 배경은 이곳이 역사적으로 국악인들이 많이 거주하였고, 아직도 국악인들의 소통 공간이기도 하려니와 국악을 교습하는 학원들과 국악기를 파는 상점들이 밀집되어 있기 때문이다. 그러나 '국악로'의 현재 모습은 다소 썰렁하고 을씨년스러워서 국악의 현주소를 보는 것 같아 조금은 씁쓸하다. 그래도 '사단법인 한국국악협회'가 '국악로'와 가까운 종로구 익선동에 자리 잡고 있어서 '국악로'의 상징성을 높여주고 있다.

'국악로'에는 현재 국악 학원과 국악기 상점이 많다고는 하나, 듬성듬성 자리하고 있어 다소 쓸쓸하게 보인다. 그러나 한때는 이 거리가 국악인들로 북적거렸고, 국악 학원과 국악기 상점이 지금보다는 훨씬 더 많았던 곳이었다. 지금은 작고한 김소희(1917~1995), 박귀희(1921~1993) 명창 등의 전수소와 고 이창배(1916~1983) 선생이 1957년 개원한 '청구고전성악학원'이 있어서 오늘날의 판소리 및 경서도 민요의 기라성 같은 명창들을 배출하였다. 이곳에 국악인들이 많이 거주하게 된 이유는 여러 가지가 있다.

첫째, 이곳은 궁궐이 가까워 궁궐을 드나드는 궁중악사들이 많이 거주할 수밖에 없었다.

둘째, 이곳이 서울은 물론 전국의 문화예술과 정치의 중심지역인 종로구에 자리 잡고 있어 많은 사람들이 운집하던 지역이었고 단성사 등 공연예술 무대가 있어 국악인들이 활동하기에 적합한 지역이었다.

셋째는 서민들이 즐겨 찾은 주막부터 '명월관', '국일관', '오진암' 등 고급요정들이 종로구에 밀집하고 있어서 국악인들의 수요가 많다는 점이다. 일제 강점기에는 '국악로' 인근에는 '한성권번', '조선권번', '종로권번'들이 자리 잡고 있었고, 거리는 명인, 명창들 혹은 잘 나가는 기생들이 탄 인력거를 심심치 않게 볼 수 있었으며 그들을 찾아 서울은 물론 전국에서 몰려든 풍류객들로 북적거렸다.

'국악로'는 '조선성악연구회'와 '조선정악교습소' 등 근대 한국음악사에 크고 작은 영향을 끼친 국악인들의 자생 단체들도 많았다. 또한 현재 우리나라 국악의 인재 양성의 중심 국악전문교육기관인 강남구 포이동에 소재한 '국립국악중·고등학교'와 금천구 시흥동에 소재한 '국립전통예술중·고등학교'도 이곳 종로에서 개교하였다. '국립국악중·고등학교'는 '국립국악원 부설 국악사 양성소로 설립인가를 받아 1955년 4월 1일 종로구 운니동에서 개교하였으며, '국립전통예술중·고등학교'는 1960년 5월 13일 '한국국악예술학교'라는 교명으로 종로구 관훈동에서 개교하였다.

얼마 전 서울시는 국악 인프라 확충 및 대중화 등 4대 분야 「서울시 국악 발전 종합계획」을 발표하였다. 서울시가 남산-국악로-북촌을 하나로 잇는 국악벨트를 조성하고, 새로운 한류 몰이에 나서며, 드라마, K-Pop 등 대중문화 중심의 한류를 넘어 K-culture인 국악을 서울만의 고유한 문화관광 상품으로 개발하고, 신 한류 아이템으로 발전시킨다는 야심찬 계획이다.

특히 '국악로'는 '국악사양성소', '한국국악예술학교' 등 국악교육기관, 국악단체, 국악교습소들의 흔적 및 판소리 명인 사저 등이 있었던 곳으로 무궁무진한 문화유산을 가지고 있지만, 고유 경쟁력을 살리지 못한 채 낙후·침체돼 있기에 창덕궁 돈화문에서 종로3가역까지 770m의 '국악로'를 국악 근대사의 성지이자 상징거리로 탈바꿈 하겠다고 했다. 다시 말해서 국악 상징거리로서 현재는 그 명맥만 유지하고 있는 '국악로'를 문화지구로 지정하고, 국악기 공방 등 전통문화시설 권장·육성과 국악행사 활성화, 환경개선 지원 등을 통해 국악의 메카로 조성한다고 한다.

예컨대 창덕궁 정문인 돈화문 맞은편에 핵심시설로 '국악예술당'과 '전통문화전시관'을 건립하고, 단계별로 민요박물관, 국악박물관 등 국악 인프라를 확충해 국악 진흥을 위한 토대를 마련할 예정이라고 한다. 한옥의 아름다움 속에서 국악을 선보이는 국악전문공연장인 '돈화문 국악예술당'이 2016년에 문을 열었다. '돈화문 국악예술당' 건너편에 지어질 '전통문화전시관'은 사물놀이 등 전통문화를 새롭게 해석하고 재창조하는 다양한 전시, 공연, 퍼포먼스, 교육 등이 가능한 열린 문화사랑방으로 지어져 운영될 예정이다. 또 인사동, 대학로와 같은 문화지구 지정을 추진해 환경개선의 전기를 마련한다고 한다. 또한 국악명소를 발굴, 스토리텔링과 연계한 도보관광코스로 개발해 국내외 관광객들이라면 꼭 들르고 싶어 하는 관광지로 육성하는 한편, 청계천로·연세로와 같이 유동인구가 많은 보행전용 거리에서도 국악 공연이 일상적으로 펼쳐지도록 지원한다.

이와 더불어 '남산국악당'에서 '서울 아리랑'을 볼 수 있도록 하여 유네스코 문화유산으로 등재된 우리의 아리랑, 판소리를 세계인이 체험하고 널리 확산하는 상설공연으로 자리매김 시킨다는 계획이다. 그 외에도 초·중·고에 국악분야 예술 강사 파견을 확대하고 시민대학 운영, 신진 국악인 발굴을 위한 창작경연대회가 처음으로 시도되는 등 국악의 대중화와 저변확대 방안도 동시에 실행할 계획이라고 한다.

가장 한국적인 우리 문화인 국악을 대표 문화관광 상품으로 육성하고, 전통과 현대가 조화된 문화도시 서울을 만들어 나가겠다고 밝힌 이러한 서울시의 「서울시 국악 발전 종합계획」은 매우 다행스럽고 기쁜 일이다.

서울시가 추진하는 「서울시 국악 발전 종합계획」이 완성되는 미래의 '국악로'를 하루라도 빨리 보고 싶은 것은 나만의 소망만은 아닐 것이다.

이왕 서울시가 「서울시 국악 발전 종합계획」을 수립하여 실행단계에 들어섰으니 사업 효과의 극대화를 위하여 관련 기관과의 협업 네트워크를 구축할 필요가 있다. 다시 말해서 국악 활성화 사업이 성공하기 위해서는 서울문화재단, 서울시교육청, 문화체육관광부 공연전통예술과, 국립국악원, 전통공연예술진흥재단, 한국문화예술위원회, 한국문화예술교육진흥원, 문화재청 무형문화재과, 국립무형유산원, (재)문화재재단 등 유관기관과 업무공유, 정책조율 등 소통 네트워크 시스템을 구축하여야 한다.

사업 추진을 위해서 서울시가 2014년도에 3억원의 예산을 투입한 바 있고, 2015년도에는 8억원, 2016년도에는 15억의 예산을 투입할 계획이라고는 하나 보다 많은 예산 확보가 필요하다. 국악 활성화 사업이 성공하기 위해서는 시민이 체감할 수 있는 정책, 시민의 접근성을 높이고 시민이 참여하는 정책이 수립되어야 하며, 서울시민들의 공감대 형성을 위해 홍보가 강화되어야 한다. 이를 위해서 국악방송, 교통방송과의 홍보 네트워크가 구축되어야 한다.

국악 활성화 사업을 위한 몇 가지 구체적 방안들을 추가로 제안하고자 한다.

첫째, '국악로'에 설치된 가로등을 국악의 이미지에 맞는 가로등으로 디자인하여 설치하기를 바란다.

둘째, 현재 '국악로'에 상주해 있는 상가들의 조잡한 간판의 디자인을 '국악로'의 이미지에 어울리도록 통일하고, 모든 간판을 한글로 하여 설치하도록 한다.

셋째, 현재 인사동과 신촌의 명물거리처럼 토요일과 일요일에는 '국악로'를 '차 없는 거리'로 지정해주기를 바란다.

넷째, 하루 중 시간을 정해 '국악로'에 국악방송 오픈스튜디오를 운영해보는 것도 좋을 것 같다.

다섯째, '국악로'에 국악 선인 명창, 명인들의 동상 또는 국악 관련 조형물을 설치해 '국악로'의 분위기를 '국악로'답게 꾸며보는 것도 좋을 것 같다.

여섯째, '국악로'에 국악기를 체험하거나 국악을 배울 수 있는 국악교육 공간 구축과 운영 시스템이 필요하다.

일곱째, '국악로'에는 매주 수준 높은 상설 거리 공연 및 실내 공연이 필요하다.

여덟째, '국악로'에 국악 관련 상점을 위주로 한 재정비가 필요하다. 그렇게 하기 위해서는 국악 관련 상점에 인센티브를 부여하는 것도 검토해봐야 한다.

위 제안을 실천하기 위해서 서울시가 나서야 할 일과, 문화체육관광부와 산하 관계기관이 나서야 할 일, 여러 기관이 협업해야 할 일들이 있다. 그러한 것들을 포함하여, 위 제안 이외에도 '국악로' 활성화를 위한 많은 좋은 방안들이 있을 것이기 때문에, 이에 대한 활발한 논의가 이루어지기를 희망한다.

대중들이 쉽게 다가갈 수 있는
국악을 만들어야 한다

우리의 전통음악 중 수제천이나 영산회상은 마치 새벽 솔밭 오솔길을 홀로 걸어가는 듯이 마음을 고요하고 정갈하게 해주는 매력이 있다. 산조나 시나위 곡을 듣다 보면 나도 모르게 몽환적인 분위기에 빠져들거나 흥에 취하곤 한다. 그러나 요즘 소위 국악 창작곡이라는 이름으로 연주되는 곡에서는 그런 감흥에 젖어들게 하는 곡들은 그다지 많지 않다.

얼마 전 한국문화예술위원회가 주관하는 국악부문 2015 아르코창작음악제에 갔다. 선정된 6명의 작곡가들의 창작 국악곡이 70인조에 가까운 대형 국악관현악단의 연주로 초연되었다. 초연작이라 귀에 익숙하지 않은 탓도 있었겠지만, 솔직히 고백하건데 가슴을 파고드는 곡은 없었다. 그날 발표된 곡들은 하나같이 어렵다는 생각이 들었다. 그래도 선정된 이유가 있겠거니 하고 관객들을 위해서 나눠준 팸플릿에 적힌 심사위원들의 선정 이유들을 읽어 보았다.

"소리에 대한 탐구와 작곡가의 고민의 흔적이 보여 좋습니다", "단단한 구성력의 작품이며 굵은 농현으로 처리한 울음소리와 불협화음으로 비명 소리를 처리한 tone pointing 기법이 훌륭합니다", "국악의 5음계를 잘 활용하였으며, 악기의 특성을 최대한 표현했습니다", "다소 현대적인 어법들이 보여지나 안정된 곡의 구성과 작곡기법이 두드러집니다", "안정된 관현악법과 짜임새가 안정적입니다", "한국의 정체성과 국제적 보편성을 함께 담은 작품입니다", "전통을 바탕으로 철저한 재해석과 작곡가의 개성이 뚜렷하게 표현되었습니다", "작품 전개 발전법이 전통을 유지하면서도 현대적으로 잘 발전시킨 작품입니다", "작품의 구성이 매우 탄탄하며 대금의 특수기법 개발에 공력이 높습니다", "일반 대중과 음악전문가 모두를 아우르는 작품입니다" 등의 선정이유가 있었다.

선정이유가 매우 모호하게 느껴졌다. 발표된 창작곡들의 미학적 분석과, 인간의 심성에 어떻게 접근하고 있는가에 대한 분석은 어디에도 찾아볼 수가 없었고, 심사평이 작곡기법적인 것에 집중되어 있어 실망감이 들었다. 어쩌면 그런 선정 기준이 우리 국악 창작곡들을 대중들과 더 멀어지게 하는 것은 아닌가 하는 생각이 들었다. 어쨌든 그날 연주된 곡들은 나의 가슴을 흔들지 못했고 내가 소화해 내기에는 어려웠다.

나는 우리 국악 창작곡이 현대 음악으로서 대중들에게 좀 더 가까이 다가가려는 노력을 해야 한다고 생각한다. 그 날 음악을 들으면서 수없이 반문하였다. 왜 우리 국악 작곡가들은 대중들이 듣기에 편하고도 가슴을 흔들어주는 곡들을 내놓지 않고 있는가? 꼭 이렇게 어려운 곡들을 만들어 내야 실력 있는 작곡가로서 인정을 받는 것인가? 듣기에 편안한 친절한 곡들부터, 품격 높은 창작곡, 그리고 실험적인 창작곡들까지 다양한 창작곡들을 내놓지 않는 것일까? 왜 음악을 작곡하는가? 자기만족을 위해서인가? 아니면 자신이 작곡한 작품을 들어줄 음악애호가를 위해서인가? 자기만족적인 부분도 있겠지만 결국은 음악 애호가들을 위하여 작곡을 하는 것이라면 좀 더 다양한 창작곡들을 만들어야 내야 한다고 생각한다.

시의 경우에 쉽게 쓰면 실력 없는 시인으로 오인될까봐 그러는지 암호문을 써놓은 것처럼 어렵게 시를 쓰는 시인들이 더러 있다. 사실은 쉽게 시를 쓰는 일이 더 어려운 일이다. 명작 시 중에는 짧고 단순한 시들이 얼마든지 많다. 그림도 그렇다. 거꾸로 매달아 놓아도 모를 정도로 난해하게 그리는 작가들이 있다. 국악 창작곡 중에는 난해한 곡들이 너무도 많다. 몇 번을 읽어도 모르겠는 시는 가짜 시이고, 아무리 보아도 모르겠는 그림은 가짜 그림이며, 아무리 들어도 감흥이 없는 음악은 가짜 음악이다. 좋은 음악은 처음 들어도 좋으며, 쉽게 곡을 쓰는 것이 더 어려운 일이라고 생각한다.

국악이 다양한 문화적 욕구가 있는 대중들과 좀 더 가까워지기 위해서는 다양한 형태의 국악 창작곡들이 공급되어야 한다. 우선은 일반 대중들이 쉽게 따라 부를 수 있으면서도 사람의 심성에 호소하는 국악 성악곡 혹은 국악가요들이 많이 나와야 한다고 생각한다. 또한 가볍게 즐길 수 있는 기악연주곡들도 나와야하며, 특히 생활음악으로서 창작 국악곡이 다양하게 활용되어야 한다. 그리고 좀 더 새로운 창작 국악곡을 듣기를 원하는 마니아들을 위하여 좀 더 작품성 높은 창작곡들도 제공되어야 하며, 원형 전통음악을 좋아하는 마니아들을 위한 전통성악, 혹은 전통기악 연주곡들도 제공되어야 한다.

그런 의미에서 전통을 기반으로 하되, 전통을 넘어서는 새로운 음악을 꿈꾸는 젊은 음악인들의 축제인 '21세기 한국음악프로젝트'는 살갑게 다가온다. 국악방송이 주관하고 있는 '21세기 한국음악프로젝트'는 그간 역량 있는 국악작곡가를 양성하고 전통음악의 대중화에 이바지할 국악창작곡 개발에 앞장서서 수많은 국악스타를 배출한 바 있는 국내 최고의 신인 등용문이자, 명실상부한 대한민국 대표 창작국악 축제로 자리매김하고 있기 때문이다.

국악의 대중화는 가능할까?

서울 강남의 대표적인 문화공간은 단연 '예술의 전당'이다. 문화체육관광부 산하 공공기관이기도 한 '예술의 전당'의 공연예술 공간은 2,000여 석의 '오페라극장', 1,000여 석의 'CJ 토월극장', 280여 석의 '자유소극장'이 자리 잡고 있는 '오페라하우스'와 2,500여 석의 '콘서트홀', 600여 석의 'IBK 챔버홀', 350여 석의 '리사이틀홀'이 자리 잡고 있는 '음악당', 그리고 1,000여 명의 관객이 관람할 수 있는 '신세계스퀘어 야외무대'로 구성되어 있다. 예술의 전당 공연장은 국악을 제외한 뮤지컬, 클래식, 연극 등이 공연되며 고가의 입장료를 지불한 관람객들이 연중 문전성시를 이루고 있다.

'예술의 전당' 오른쪽에는 전통공연예술의 본산이라 할 수 있는 '국립국악원'이 자리 잡고 있다. '국립국악원'의 공연예술 공간은 800여 석 규모의 국악전용극장인 '예악당'과, 300여 석 규모의 '우면당', 1,300석 규모의 야외공연장 '연희마당'과 약 130석 규모의 좌식형 실내 소극장 '풍류사랑방'이

자리하고 있는 '연희풍류극장'이 있으나 관람객 유치에 늘 몸살을 앓고 있어 '예술의 전당'과는 대조를 이룬다.

솔직히 말하자면 대중음악 및 클래식 음악이나 뮤지컬 등은 대중들의 사랑을 받고 있는 반면에 국악은 일부 국악 애호가들을 제외하고는 대중으로부터 아직도 관심을 끌고 있지 못하다.

국악계에서는 국악의 '대중화', '현대화', '세계화'를 부르짖고 있다. 세계화에 대해 언급하자면 우리 국악은 세계 음악시장에서의 존재감은 아직도 미미하다. 중남미나 스페인, 그리스, 아일랜드, 터키, 인도의 전통음악은 세계화에 어느 정도 성과를 거두고 있다는 것은 주지의 사실이다. 일본, 중국 등의 전통음악은 세계화까지는 아니지만 민족 음악으로서 존재감은 보이고 있다. 국악이 이렇게 대중화, 현대화, 세계화에 성과를 거두고 있지 못한 데에는 다음과 같은 원인이 있었다고 생각한다.

첫째, 우리 민족의 문화 정체성이 담긴 전통문화를 말살하려 했던 일제 강점기를 거치면서 우리 국악의 진화가 중단된 것이 가장 뼈아픈 점이다. 해방 후 우리 국악이 진화되어 재창조된 형태로는 1970년대 후반에 탄생된 '사물놀이'가 있으나 더 이상의 진화를 보이지 못했다. 그러나 '슬기둥', '공명', '그림', '노름마치', '숙명가야금연주단', '정가악회' 등 국악 연주단체들의 시도와 박범훈, 손진책, 김성녀, 국수호의 '마당놀이'의 출현과, 김영동, 김수철, 임동창 같은 작곡가들의 출현, 정수년, 강은일, 김정림 등의 개인 연주자와 소리꾼 장사익, 김용우, 남상일, 박애리, 이자람 등의 대중화 노력은 평가할만하다.

둘째, 지금은 많이 나아졌지만 한때는 국악이 현 시대를 살아가는 사람들의 현대의 음악으로 재창조하고자 하는 노력을 도외시한 채 정악과 민속악이 서로 대립하며 허송세월을 보낸 점이다. 국악곡을 서양음악의 형식에 맞춰 작곡한다거나, 클래식음악이나 대중음악을 국악기로 연주하는 것은 재창조가 아니며 단지 재미거리일 뿐이지 국악의 진화는 아니다. 진화의 전제는 우리 국악의 DNA가 바탕에 깔려 있어야 한다는 것이다. 그렇다고 원형 전통음악을 박물관에 넣어야 한다는 것은 아니다. 원형의 보존과 연행은 필요하다. 원형 전통음악은 우리 국악의 가장 큰 자산이며 그 자체로서도 경쟁력을 갖고 있다. 음량기기를 배제한 국악 전용극장에서의 연행 등 자연 환경 그대로에서 연행되어야 경쟁력을 가질 수 있다.

셋째, 일제강점기와 광복 후 서양음악이 정규 교육에 편성되어 교육된 반면에 우리 국악은 유아기부터 정규 교육에 편입되지 못하여 매우 아쉽게도 우리 국민들이 어려서부터 우리 국악과 자연스럽게 만날 수 있는 기회를 놓쳤다는 점이다. 서양음악에 길들여진 후에 우리 국악을 좋아하게 하는 것은 너무나도 힘든 일이다. 태교음악에서 유아, 청소년, 청년, 장년, 노년을 거쳐 장례음악까지 우리 국악이 일상생활에 자연스럽게 자리 잡게 하는 제도적 노력 또한 필요하다.

넷째, 국악을 이끌어가는 인재 양성, 즉 국악 전문교육 방식이 잘못되었다는 점이다. 우리 국악은 가무악이 융합된 특성을 갖고 있어 1인 다기(多技)의 가무악 융합교육을 시행했어야 하는데 1인 1기의 전공 위주의 교육방식을 시행하고 있으며, 창의 교육과 다양한 경험을 제공해 주는 것을 도외시한 채 입시 위주의 산조와 영산회상의 원형 답습 공부에 치중하고 있다는 점이다.

다섯째, 국악 작곡가들의 양성에 소홀했다는 점이다. 우리 국악의 장단 원리와 특질 및 다양성을 잘 이해하는 작곡가의 양성이 필요하다. 그러기 위해서는 교육 시스템의 구축과 제도적인 지원이 필요하다.

여섯째, 세계 공연예술의 트렌드와 변화에 대한 무관심하고 레퍼토리를 개발할 때 타 장르와의 융합 노력이 부족했다는 점이다. 대중음악을 하는 뮤지션들이 우리 국악을 소스로 하여 음악 작업을 하는 것도 권장할 일이다. 이러한 측면에서 서유석, 김정호, 조용필, 정태춘, 김태곤, 주병선, 서태지 등의 국악과의 융합 노력은 평가할만하다.

지금까지 우리 국악이 대중화, 현대화, 세계화되지 못한 원인에 대하여 언급하였다. 그 원인의 뒷면을 살펴보면 그 해결책이 보인다. 이제라도 구체적이고 치밀한 대책을 세우면 국악의 대중화, 현대화, 세계화는 늦지 않다. 필자가 원인으로 지적한 내용 중에 혹여 마음을 상하신 분이 있다면 필자가 우리 국악의 발전을 위한 충심에서 나온 말실수라 여기고 이해를 해주십사 정중한 용서를 구한다.

국립국악원이 가야할 길

국립국악원이 김훈의 소설 '현의 노래'를 올 11월에 국악극으로, 조선시대 정순왕후와 셰익스피어의 희곡 '맥베스'의 스토리를 접목한 국악극 '정순왕후-레이디 맥베스'를 12월에 초연할 계획이라는 보도를 접하고 참으로 참신한 기획이라는 생각이 들었다. 그러나 이러한 형태의 레퍼토리 제작이 국립국악원이 해야 할 일인가에 대해서는 고개가 갸우뚱해진다. 이러한 형태의 레퍼토리 제작은 이미 국립극장에서 상당 기간 동안 노력을 기울여 이미 성과를 내고 있기 때문이다. 국립국악원과 국립극장은 문화체육관광부 소속 기관으로 서로 다른 설립목적과 기능과 역할이 있기 때문에 갈 길이 다르다.

국립극장은 '전통을 기반으로 한 동시대적 공연예술의 창작으로 삶의 질 향상에 기여하는 한국공연예술 대표 레퍼토리 제작극장'임을 스스로 천명하고 운영하고 있다. 2012년에 안호상 국립극장장이 취임하면서 전통을 기반으로 한 창작레퍼토리 개발과 동시대 기술 활용 및 장르 간 협업을 통한 융·복합 공연을 지속적으로 제작하는 레퍼토리 시즌제가 시작되었다. 이러한 국립극장 레퍼토리 시즌제는 이제는 정착기에 접어들었으며 한국공연계에 새로운 흐름을 선도하면서 관객수, 작품 편수 등 양적 성장은 물론 장기공연 정착, 유료관객 확대 등 질적 성장을 지속하고 있다. 그리고 대중들에게 상대적으로 소외되어 있던 창극, 우리춤, 국악관현악을 공연계의 중심으로 이동시켰다는 평을 받고 있다. 지난 한해만 하더라도 국립국악관현악단의 '임헌정과 국립국악관현악단', '좋은밤 콘서트 야호', '리컴포즈', '마스터피스', 국립무용단의 '적', '완월', '회오리', '향연', 국립창극단의 '코카서스의 백묵원', '적벽가', '변강쇠 점 찍고 옹녀', '적벽가', '아비, 방연' 등을 무대에 올려 관객들의 호평을 받은 바 있다. 또한 최근에는 서양 라이센스 뮤지컬 중심의 연말연시 공연계에 〈심청이 온다〉, 〈춘향이 온다〉 등 국립극장 마당놀이를 장기공연으로 선보이며 전통공연예술의 새로운 시장을 성공적으로 개척하고 있다. 이러한 성과로 판단해볼 때 국립극장은 '전통에 기반한 동시대적 공연예술의 창작으로 국민 삶의 질 향상에 기여하는 한국공연예술 대표 레퍼토리 제작극장'으로서의 본연의 업무를 충실히 수행하고 있다고 평가할 수 있다.

반면에 국립국악원은 순수예술의 가치와 감동을 전하는 "국악 공연", 생활 속에 국민행복을 주는 "국악문화 보급", 그리고 전통예술의 기반을 견고히 하는 "국악학술 연구"를 3대 중점과제로 내세우고 있다. 예악당, 우면당, 그리고 풍류사랑방이라는 훌륭한 공연시설을 보유하고 있는 국립국악원으로서는 당연히 고품질의 공연을 제작하고자하는 생각을 할 수 있다. 그러나 국립국악원이 제작하고자 하는 '현의 노래'와 '정순왕후-레이디 맥베스'는 국립극장이 지금껏 주력하여 왔던 전통을 기반으로 한 창작 레퍼토리와 차별성을 찾아볼 수가 없어 국립국악원이 지향해야 할 레퍼토리는 아닌 것 같다.

차라리 국립국악원이 스스로 천명한 바와 같이 '순수예술의 가치와 감동을 전하는 국악공연'을 제작하는 것이 옳지 않을까? 국립국악원의 레퍼토리인 정조대왕이 그의 어머니 혜경궁 홍씨의 회갑을 축하하기 위해 마련했던 궁중연회를 상세히 기록한 '원행을묘정리의궤'를 바탕으로 복원·재현한 전통예술 궁중연례악 '왕조의 꿈, 태평서곡'은 성공적이었다. 최근 부산국악원이 전통춤과 음악을 기반으로 한 무용극으로 춘앵전, 무산향을 비롯한 궁중정재와 고성말뚝이, 아미농악과 밀양백중놀이로 대표되는 영남지역의 춤과 연희로 구성하여 호평을 받고 있는 '왕비의 잔치' 또한 국립국악원의 성공사례로서 국립국악원이 추구해야하는 것이 무엇인지 보여준다.

국립국악원은 스스로 밝히고 있듯이 '생활 속에 국민행복을 주는 국악문화 보급'을 위해서 '생활 속 국악을 즐기는 다양한 프로그램을 개발'하고 보급하며, '온라인 국악교육 운영으로 문화격차를 해소'하고, '국악자료의 수집 및 공공이용 확대로 서비스를 제고'하여 '국악의 세계화로 케이-컬처(K-Culture) 확산 기여'하는 데 보다 많은 노력을 기울여야 할 것이다. 또한 '전통예술의 기반을 견고히 하는 국악학술 연구'에 매진하여 '국악학 연구 심화 및 근현대 국악사를 정립'하고, '국악교육 환경 개선 및 전통문화 저변 확대'와 '국악기 연구 및 국악유물의 체계적 관리'에 매진하는 것도 본연의 임무 중 하나일 것이다. 전통예술의 원형을 발굴하고, 보존하고, 전승함에 있어 문화재청 및 광역단체와의 정책 연계 네트워크를 구축함은 물론, 미래의 전통예술계를 이끌어 갈 국악인재의 육성을 위해서 교육인적자원부 및 유·초·중·고·대학은 물론 국악전문교육기관과의 네트워크를 통한 협의 조정자로서의 역할도 해야 할 것이다.

또한 국립국악원은 기존의 역할을 지속적으로 추진하되 지역의 다양한 콘텐츠를 개발하는 분원들의 역할을 지원하고 관리, 조정하는 역할을 확대할 필요가 있으며 전통공연예술 콘텐츠 중심의 연구, 개발 기능을 확대하고 지방 분원의 역할을 관리, 조정하는 역할을 확대할 필요가 있다. 그리고 지방국악원은 '지방 무형문화유산의 원형을 발굴·보존하고 지역 전통 공연예술의 발전시키겠다는 설립목적을 충실하게 지켜 서울 본원과 차별화, 특성화되어야 한다. 지방 국악원이 설립목적에 충실할 수 있는 여건을 갖추고 운영되고 있는가에 대한 면밀한 점검과 대책이 마련되어야 할 것이다.

국악방송에 바란다

　국악방송은 대한민국의 문화적 정체성이 함축된 국악만을 전문으로 취급하는, 세계에서도 유례가 없는 국악전문채널이다. 전통문화방송이라는 전문성과 문화경쟁시대의 국민문화향유권의 촉매제로서 의의를 지니며, 세계화 시대에 한국의 문화와 음악을 알리는 중요한 역할을 하고 있다. 또한 '한국문화의 중심채널'로서 '청취자 만족', '국악의 생활화', '전통문화 저변확대'를 비전으로 제시하고 있다.

　국악방송은 2001년 3월 개국하여 청취권역을 서울·경기일원으로 방송을 시작하여 그해 6월 남원국악방송, 2006년 7월에 남도국악방송, 2010년 4월에 경주국악방송, 2011년 10월에 전주국악방송과 부산국악방송, 12월에 강릉국악방송과 대구국악방송이 개국했고, 2015년 12월에 제주국악방송과 서귀포 국악방송이 개국되어, 이제는 가청인구 2,000만 명에 이르는 전국 방송으로 성장하였다.

　국악방송은 현재 전통음악·창작국악·세계전통음악·월드뮤직 등 국악과 관련된 여러 분야의 음악을 집중적으로 방송하고 있다. 문화계 인사를 초청하여 다양한 문화 관련 이야기를 들어보는 대담프로그램, 연주회·국악경연대회·국악페스티벌 등의 실황 중계 프로그램, 어린이나 교사들을 위한 특별프로그램, 방송국 자체기획 공개음악회·가족음악회·찾아가는 국악방송 등을 마련한다. 국악음반의 산업화와 민족음악의 체계적 자료 수집·보존을 위해 전통음악의 음원녹음 및 음반제작을 하고 있다. 국악방송은 방송내용을 '국악과 친해지기', '국악 즐기기', '국악 깊이 알기'의 3단계로 나누어 프로그램을 편성하고 있다고 밝히고 있다.

국민과 함께하는 공영방송으로서 국민들이 체감하는 국악전문 FM 방송으로 제 기능과 역할을 하고 있는가에 대해서는 "그렇다"고 자신 있게 이야기 할 수는 없을 것 같다. 국악방송의 청취율은 개국 초기에 비해서 괄목한 만한 성장을 보였으나 아직도 국악방송이 있는지를 모르거나, 존재는 알고 있으나 국악인들이나 즐겨 듣는 방송쯤으로 치부하는 국민들이 많을 것이기 때문이다.

그에 반해서 교통방송은 신속한 교통정보를 필요로 하는 수요층들이 많고, 이에 부응하는 실시간의 정보를 제공하고 있고, 편성 내용이 대중 친화적이기 때문에 많은 청취자들을 확보하고 있다. 교통방송의 성공에서 얻을 수 있는 교훈은 무엇일까? 국민들의 니즈를 정확히 이해하고 그것에 부응해야만 청취를 이끌어낼 수 있다는 것이다. 그런 면에서 교통방송은 어느 정도 성공한 방송이다. 그렇다면 현재 국악방송의 방송내용은 국민의 니즈에 정확히 부응하고 있는가? 국민들이 국악에 대한 정보에 목말라 하지도 않고, 그다지 흥미를 느끼지 않고 있기 때문에 국민들의 니즈에 부응하는 방송을 할 도리가 없는 것이다. 참으로 답답한 노릇이다.

국악방송에 묻고 싶다. 국악이 현 시대를 살아가는 국민들의 정서와 소통할 수 있는 현대의 음악으로서 풍부한 레퍼토리를 갖고 있는가? 국악방송에서 방송하고 있는 레퍼토리의 대부분은 조선조 지배계층의 음악이 아니면 19세기말에서 20세기 초 당대의 기층민들이 열광하고 사랑하던 곡들이 대부분이고 현 시대에 만들어진 우수한 창작곡들이 그리 많지가 않다. 그러니 국민들은 국악이 옛날의 것이라는 고정관념에 사로잡히기 쉬운 것이며 아직도 낯설고 어려운 음악으로 생각하는 것이다.

국민들이 듣고 싶은 국악방송은 현 시대를 살아가고 있는 고달픈 자신들의 정서와 소통할 수 있는 국악방송이다. 마음을 치유해주고 동반자가 되는 국악방송을 기대하고 있다. 국악방송은 가청권 확대와 영상 채널권 확보라는 당면과제도 중요하지만 그와 병행하여 현대인의 정서, 감성과 공감할 수 있는 국악방송이 되도록 노력해야 한다. 따라서 국민들의 마음에 치유가 되고 친구가 될 수 있는 창작 국악곡들이 발굴되어 방송될 수 있도록 노력해야 할 것이다.

인재양성을 위한
국악 전문교육 개혁의 필요성

　전통예술은 문화의 원형을 이루며 오늘날 다양한 문화예술의 근간이 되고 있다. 이는 우리가 전통예술을 계승·발전시켜야 할 이유이자 의무인 것이다. 원형의 보존과 함께 그 '맥'을 이어나갈 인재의 양성은 국악교육의 당면한 과제이다.

　과학기술의 발전과 함께 빠르게 성장하고 있는 현대 사회에서 대중들은 더욱 새롭고 다양한 문화적 충족을 기대한다. 그에 부응하려는 다양한 시도와 노력에도 불구하고 국악에 대한 이해와 관심은 미미하다. 국악의 계승과 발전의 필요성을 인식하고 있지만 흥미를 느끼지 못하고 있다.

　국악은 가무악이 종합적·총체적·입체적으로 어우러져 발전했다. 현대예술의 경향이 장르를 뛰어 넘는 종합 예술시대로 전환되고 있는 시점에서 가무악이 자연스럽게 융합되어 있는 전통예술의 원형이 온전히 회복된다면 세계 문화시장에서 더욱 경쟁력이 강한 공연예술이 될 수 있다.

따라서 가무악이 종합적으로 어우러져 있는 전통예술의 특성을 회복하고, 구전심수(口傳心授)의 전통적 예술교육 방식을 회복하는 것은 매우 중요한 일이라 하겠다.

국립으로 운영되고 있는 국립 중등 국악 전문교육기관으로는 국립국악중·고등학교와 국립전통예술중·고등학교가 있다. 그 이외의 예술중·고등학교는 모두 30여 개에 이른다. 이 중 두 국립교육기관만이 일정 수준 이상의 학생들을 받아들여 국악교육을 비교적 충실하게 수행하고 있고, 나머지 예술중·고등학교의 경우 국악 전공자가 없거나 있어도 매우 미미한 수준이다.

현행 국악교육은 기악 중심으로 편중되어 있다. 전국 각 지역에 기악중심의 국악관현악단이 운영되고 있지만, 가무악을 고루 아우르는 전통예술단은 몇 개 되지 않는다는 것이 이를 반증한다. 다양성과 그를 통한 종합적 재창조가 전통예술의 커다란 본질 중의 하나라고 할 때, 안정적인 국가의 지원을 확보한 국립 중등 국악교육기관의 역할은 전통예술의 다양성을 확산하고 전통예술 전문 인력양성의 기반을 보다 공고하게 하는 역할을 해내야 한다.

유감스럽게도 현재 전통예술 인재 육성의 기반은 너무도 열악하다. 대학 입학 전형의 실기과제만 보더라도 일부 대학에서 창의적이고 폭넓은 예술적 잠재력을 겸비한 영재들을 선발하기 위하여 평가 방법을 다양화하려는 시도가 보이기는 한다. 하지만 아직도 대부분의 대학 입학 실기전형과제가 정악과 산조 중심으로 이루어져 있어서 창의적이고 폭넓은 예술적 잠재력을 겸비한 영재를 발굴해 내기는 어려운 형편이다. 대학의 입시제도에 종속된 중등교육 과정은 종합적 예능을 보유하지 못하고 단지 실기전형 과제에만 뛰어난 기형적 연주자들을 양산하고 있다.

이를 극복하기 위해서는 현 대학 입학 실기전형제도와 대학교육의 변화가 선행되어야 한다. 국립 중등 국악교육기관들이 언제까지나 현행 입시제도에 종속되어 본연의 교육을 외면할 수는 없다. 대학입학 실적 등 학부모들의 눈치를 보아야하는 사립 예술계 고등학교는 학교운영을 위해서 대학입학 실기전형제도에 종속될 수밖에 없을지 모른다. 적어도 국비로 운영되고 있는 국립 국악교육기관은 입시 제도에 종속되어서는 안 되며, 어려움이 있더라도 본연의 국악교육에 충실해야 한다.

국립학교는 사립학교와는 분명한 차별성과 특성을 지켜야 한다. 그러기 위해서는 국립 중등 국악교육기관의 학교장은 본연의 전통예술교육에 대한 확고한 교육철학과 실천의지가 있어야 한다. 아울러 미래 문화산업 시대가 어떠한 예술인들을 필요로 하는가에 대한 정확한 통찰력을 갖추어야 한다. 국립 중등 국악교육기관은 입학 초기 단계에서부터 학생들로 하여금 가무악에 대한 기초 학습을 탄탄하게 받도록 교육과정을 운영해야 한다. 단일 전공에 대한 심층 학습만을 강조하는 것이 아니라, 가무악극의 유기적 소통을 끊임없이 고민하고 시도해야만 한다. 지속적인 창작의 기획이 가능하다는 인식을 보편화시킬 수 있는 융합교육과정을 마련해야 할 것이다. 영재의 발굴 육성에서부터 가무악에 두루 능한 전문예능인으로 완성시켜가는 유기적 교육과정이 필요하다.

'서편제', '왕의 남자' 등의 영화가 대단한 호응을 받으면서 전통예술에 대한 대중의 관심이 크게 높아졌다. 그러나 그것을 전통예술 자체의 저력이라고 보기에는 궁색한 감이 없지 않다. 경쟁력 있는 소재로서의 전통예술보다는, 그것을 활용하는 영화 제작상의 안목과 기획력에 많은 점수를 줄 수밖에 없다.

이제는 전통예술 자체의 기획력을 키워야 한다. 사물놀이나 난타처럼 세계적 성공 사례를 지속적으로 창출해 내야 할 것이다. 폭넓은 안목의 전통예술 전문 인력을 전략적으로 육성하는 교육체계의 안정화가 반드시 필요하다. 또한 전통예술 안에서의 기획·제작·연출 뿐 아니라, 타 영역의 예술적 자원을 활용하는 데에도 적극적인 시도가 있어야 한다. 문학 영역의 텍스트 자원을 재가공하거나 외국의 예술 자원에 대한 관심과 활용방안을 지속적으로 고민하는 시간이 있어야 한다.

우리 전통예술 향유의 본질은 연행자와 감상자가 열린 공간에서 함께 호흡하는 데에 있다. 전통공연예술의 근본적 성격을 이루는 예리한 시대 정신과 자유분방한 감성적 표현력은 대중의 삶에서 찾아낼 때에 그 창조적 생명력을 유지할 수 있다. 그러므로 전통예술은 끊임없이 대중과 소통해야 한다. 그런데 그것이 잘 이루어지지 않는 까닭은, 대중과의 소통을 주도할 인재가 부족한 탓이다. 가무악에 대한 소양은 물론 기획력과 연출력까지 겸비하여 전통예술을 대중의 생활 속으로 이끌 수 있는 인재의 육성이 필요하다. 국립 중등 국악교육기관에서 융합 교육과정을 발전시킨다면 그것이 가능할 것이다.

국립 중등 국악교육기관의 일차적인 교육목표는 민족고유의 전통예술을 체계적으로 학습하여 미래의 전문예술인을 육성하는 데에 있다. 전통예술가 및 무대 전문 인력을 양성하기 위한 튼튼한 기반이 될 국립 중등 국악교육기관의 개혁과 그 역할을 기대해 본다.

용재오닐이 해금산조를,
양성원이 아쟁산조를

해마다 수만 명의 학생들이 해외로 유학 혹은 연수를 떠나고, 세계 각국으로부터 많은 유학생들 혹은 연수생들이 국내로 들어온다. 세계 각국의 학생들 혹은 연수생들이 모이게 되면 상대방 유학생 혹은 연수생들의 나라의 역사와 문화를 알고 싶어 하는 것은 당연하다.

몇 년 전 문화체육관광부(이하 문화부)의 행정고시 출신의 사무관과 이야기를 나눌 기회가 있었다. 문화부로 발령을 받고 미국 유학의 기회가 주어져, 세계 각국에서 모여든 영재들과 함께 유학생활을 한 적이 있었다는 것이다. 유학생활을 하던 어느 날 저녁 한자리에 모여 자기 나라의 역사와 문화에 대하여 돌아가면서 소개를 할 기회가 주어졌는데, 그 날 자리에 모인 유학생들이 자신의 나라의 역사와 문화에 대하여 너무나도 해박하게 설명하고 모국의 전통음악을 멋지게 연주 혹은 노래하여 깜짝 놀랐다는 것이다.

마침내 자기 차례가 되어 한국의 역사와 문화에 대하여 이야기를 해주었더니, 한국이 5,000여년의 역사를 가진 국가로서, 세계문화유산으로 지정될 정도로 수준 높은 유무형의 문화유산을 많이 보유한 나라라는 것에 무척 놀라워하는 분위기가 느껴져 어깨가 으쓱해졌다고 한다.

그런데 어느 한 외국 유학생이 한국의 노래를 불러달라고 해서 가곡 '선구자'를 불러 주었는데, 노래를 듣고 있던 도중에 고개를 흔들며 그런 서구의 노래 말고 한국의 노래를 불러달라고 하여 무척 당황스러웠다고 했다. 그 외국 학생이 듣기에는 '선구자'는 음악어법이 서구 음악어법이므로, 한국의 전통적인 선율 음계로 구성된 한국의 노래를 듣고 싶었을 것이라는 생각이 들었다고 했다.

그 사무관은 자기 자신은 입시위주의 공부에 매몰되어 공부를 해왔기 때문에 전통음악에 대해 교육 받은 것이 별반 없어서 관심조차 갖지 못했다고 하였다. 그러나 막상 외국에 나가보니 한국 사람이라면 단소 등 간단한 악기로 간단한 전통음악 하나쯤 연주할 줄 알고, 우리 민요 하나쯤, 혹은 판소리 단가 하나쯤 부를 줄 알고, 기본 전통 춤사위 정도는 출 수 있도록 정규 교육과정에 꼭 반영해야 한다고 생각하게 됐다는 것이다.

나는 가끔 이런 상상을 해본다. 세계적인 비올리스트 용재오닐과 바이올리니스트 정경화가 해금 산조를, 첼리스트 양성원이 아쟁산조를, 플루티스트 최나경이 대금산조를, 트럼페터 안희찬이 피리산조를 연주하고 있는 모습을 상상해 본다. 과연 불가능한 상상일까? 이들의 서양악기 연주 실력은 가히 세계적인 정상급 수준으로서 자랑스럽긴 하나, 결국 서구의 작곡가들이 작곡한 곡을 연주하는 것이고 이들만큼 연주를 잘하는 연주가들은 세계 도처에 많다.

그러나 이런 한국이 낳은 세계적인 연주가들이 최소한 우리나라의 전통악기 하나쯤 연주할 수 있다면 세계의 어느 연주가들보다도 더욱 경쟁력 있는 세계적인 연주가가 될 수 있다고 생각한다. 윤이상이 세계적인 작곡가가 된 것은, 백남준이 세계적인 비디오 아티스트가 된 것은, 박생광이나 이응노가 세계적인 미술가가 된 데에는, 서구(西歐) 예술가들이 갖지 못한 한국의 전통예술의 원형질이 그 대가들의 밑바탕을 흐르고 있었기 때문이다.

서양음악을 전공으로 하더라도 먼저 자기 나라의 전통음악의 기본을 바로 알고 서양음악을 공부해야 한다고 생각한다. 이들이 미국으로, 유럽으로 서양음악 공부를 하러 갔을 때, 그리고 서구 무대에 서서 한국의 전통음악을 선보여 달라고 요청 받았을 때, 멍하니 당황스러운 모습을 보여줄 것인가, 아니면 멋들어지게 산조 한 장단을 연주해 보여 문화민족의 자존심을 보여줄 것인가는 조금만 생각해 보아도 답이 나올 것이다.

왜 국악의 발전이 이리 더딜까?

바쁜 일정 속에 쫓기듯 하루하루를 보내다 오늘은 모처럼 한가로운 시간을 갖게 되었다. 시간이 나서 책장에 아무렇게나 꽂아 둔 책들을 유형별로 정리하다가 국악의 발전 방안을 모색해 보는 관련 세미나 및 학술회의 책자들이 눈에 띄어 이것저것 꺼내어 훑어 읽어 보았다.

오래된 것들은 10년이 훨씬 넘은 것들도 있고, 비교적 최근의 것도 있었다. 제기된 문제점이나 개선 및 발전 방안들도 오래된 것이나 최근의 것이나 내용면에서 거의 대동소이하였다. 나도 모르게 한숨이 새어 나왔다. 끊임없이 문제 제기를 하고 발전 방안을 제시하였지만 예나 지금이나 거의 달라진 것이 없기 때문이다. 그간 20여 년 간 각종 세미나나 학술회의에서 제시된 발전 방안 중 눈에 띄는 것은 대략 이러하다.

"국악을 생활 속에 살아있는 음악이 되도록 해야 한다."
"유능한 작곡가의 양성이 필요하다."

"무대 전문 인력을 양성해야 한다."

"서양음악이나 대중음악적인 어법이라 할지라도, 그것이 보편적인 한국정서와 부합되는 것이라면 신중하게 한국음악이나 한국악기 속에 수용해야 한다."

"사물놀이의 진화, 판소리와 산조의 공연 형태 변용, 대중음악인들이 시도하였던 전통음악적 접근의 사례들이 대중화에 완벽하게 도달하지 못한 원인을 규명하여 구체적인 대안을 제시할 필요가 있다."

"웰빙산업이나 실버산업의 추세에 따라 생활음악으로서의 전통음악 활용방안이 필요하다."

"젊은 세대와 다양한 음악적 체험을 원하는 층에게 국악기를 이용한 퓨전음악과 월드뮤직을 제작하여 공급해야 한다."

"전통음악을 모든 세대를 아우를 수 있는 방송, 영화, 뮤지컬, 광고, 인터넷 등의 미디어 활용을 위한 효과 음악으로 활용해야 한다."

"한국의 전통음악도 월드뮤직 외국 전통음악과의 교류와 벤치마킹을 통해 발전되어 나가야 한다."

"우리의 산조와 리듬이 세계 사람들의 가슴 속에 진정으로 자리 잡을 수 있으려면 먼저 우리가 변해야 한다."

"대중음악의 전통적 접근이 필요하다."

"전통과 현대라는 두 긴장의 축을 바탕으로 새로운 음악적 질서를 창출해 내야 한다."

"다양한 한국음악을 전략적으로 제공해야 차별화된 대중화, 세계화가 가능하다."

모두 백 번 천 번 지당한 말씀이다. 그러면 왜 이 지당한 말씀이 실행되지 못하고 있는 것일까? 정부에서도 전통예술 진흥 정책을 수립하여 한 해도 빠짐없이 막대한 재원을 쏟아 붓고 있는데 왜 이렇게 변화가 더딘 것일까?

여러 가지 이유가 있겠지만 결국 사람이다. 다시 말해 국악의 발전을 견인해 나갈 전문인력의 양성에 고질적인 문제가 있어서이다. 전문인력 양성의 견인차 역할을 해야 할 대학이 변화하지 않고 있기 때문이다. 몇몇 대학의 국악과가 변화를 모색 혹은 시도하고 있기는 하지만, 대부분의 대학의 국악과가 요지부동으로 변화하지 않고 있기 때문이다.

오죽했으면 음악 평론가 윤중강은 어느 한 세미나에서 "대학의 국악과가 바뀌어야, 국악이 산다"라는 제목으로 발제를 했을까? 그는 발제문에서 "국악과가 달라지기 위해서는 그 중심적인 역할을 해야 할 교수진이 달라져야 한다"고 하며, "교수가 자신이 알고 있는 것과 나에게 익숙한 것을 가르치는 시대는 지났으며, 학생이 원하는 것과 그들에게 필요한 것을 전달할 수 있는 능력이 있는 사람이 좋은 교수라고 생각한다"고 했는데 나는 그의 말에 전적으로 공감을 하며 동의한다.

교육은 백년지대계(百年之大計)라고 했다. 결국 모든 일은 사람이 하는 것이며, 사람을 변화시키는 것은 교육이다. 평론가 윤중강의 15년 전의 발제문을 인용하면서 내 글을 마치고자 한다. 굳이 그의 발제문을 인용하는 이유는, 그가 15년 전에 문제제기를 하였을 때의 상황이나 지금이나 그게 상황이 달라진 것이 없다는 것을 말하고 싶어서이다. 그래서 더 답답하다.

"이렇게 변화될 음악환경 속에서, 국악과의 역할은 매우 중요하다. 21세기야말로 지식이 모든 산업의 기반이며, 대학은 이를 추진할 중심 센터가 될 것이 틀림이 없는데, 지금과 같은 '닫혀 있는' 국악과에서는 기대하기 어렵다. 국악과는 이제 전통에서 현대로, 전승에서 창조로, 한국에서 아시아로, 민족에서 세계로, 그 음악적 개념을 확대할 때가 왔다. 이제, 국악과는 한국음악의 새로운 패러다임을 제시해야 한다."

대학의 전통공연예술 관련 학과가
변해야 한다

장기간의 경기침체로 사회 전반이 사활을 건 생존의 몸부림을 치고 있다. 공연예술계도 예외가 아니어서 빙하기에 접어들었다는 자조 섞인 이야기를 하고 있다. 그 중 전통공연예술계의 사정은 더욱 어렵다. 전통공연예술계가 악전고투를 하고 있는 이유는 대중화되지 못한 데 있다. 다시 말해 그들의 예술적 행위가 현 시대를 살아가고 있는 사람들의 정서와 공감대를 이루지 못하고, 상당한 눈높이에 와 있는 관객들의 요구 수준에 미치지 못한 것이다.

그 이유가 무엇일까? 전통공연예술인들의 예능 수준이 부족한 것일까? 아니다. 전통공연예술인들의 기예는 결코 부족하지 않다. 우리의 전통공연예술은 정부의 문화재 제도에 힘입은 바가 컸다. 수많은 예능종목과 그 전승자들이 지속적인 행·재정적 지원을 받고 있다. 그 이외에도 국립 중등 전통예술 교육기관들과 각 대학 국악과와 무용과 등 전통예술 관련

학과에서 매년 수많은 전통공연예술인들을 배출하고 있어 우리 주변에서 탄탄한 예능을 보유한 전통공연예술인들을 찾아보는 것은 그리 어려운 일이 아니다. 또한 원재료에 속하는 우리 전통공연예술 유산이 그 어느 나라에도 뒤처지지 않는다는 것은 종묘제례악, 판소리, 남사당놀이, 가곡, 줄타기, 농악 등 인류무형문화유산 등재의 사례를 보면 자명하다. 전통공연예술인들의 예능 수준이 문제가 아니라면 그 이유는 무엇일까? 그 이유는 여러 가지가 있다.

첫째, 기획력이 부족하다. 무슨 공연을 준비하든 먼저 철저한 환경 분석이 선행되어야 한다. 그리고 올리고자 하는 공연이 관객의 공감과 감동을 이끌어낼 수 있는 예술성·작품성·독창성이 있는가를 철저히 점검하고, 그 작품의 출연진이나 연출가 등이 가지고 있는 강점으로 보아 타 공연에 비하여 과연 경쟁력이 있는가를 면밀하게 점검해야 한다. 또한 공연 시기의 적절성과 사업성, 시장여건 등을 두루 점검해야 하는데 그 점이 늘 허약하다.

둘째, 제작 능력이 부족하다. 원재료에 해당되는 전통문화유산을 관객의 눈높이를 뛰어 넘을 수 있는 가공능력, 즉 재창조 능력이 부족하다. 그러기 위해서는 전문 인력이 필요한데 그것이 늘 부족하다. 가장 아쉬운 부분은 우수한 작곡가층이 부족하다는 것이다. 현재 전통공연예술계는 작곡가 양성 시스템이 없는 것은 아니나 작곡가를 길러내는 양성 기반이 허약하다. 그리고 작품의 아이디어를 무대작품으로 만들어 낼 수 있는 대본 작가와 전문 연출가 층이 빈약하다. 전통공연예술 연출가는 전통공연예술 전반에 걸친 깊은 이해와 폭넓은 지식을 갖추고 있어야 함은 물론 작품을 관객의 눈높이를 능가하는 작품으로 만들어낼 수 있는 창의력과 구성력을 갖추고 있어야 한다. 연출가의 의도를 극대화시킬 수 있는 무대 기계, 조명, 음향, 영상, 의상, 소품 등의 전문 인력 층도 매우 부족하다. 이러한 전문 인력을 키워낼 수 있는 시스템 마련이 필요하다. 문학의 경우 좋은 작품을 많이 읽어야 좋은 작품을 쓸 수 있다. 전통공연예술의 경우도 마찬가지이다. 다양하고 퀄리티 높은 공연예술 작품을 많이 보아야 좋은 작품을 만들 수 있다. 성공한 공연들이 어떠한 점들 때문에 성공을 한 것인지 면밀하게 분석해 보아야 한다.

셋째, 홍보와 마케팅 능력이 부족하다. 홍보와 마케팅은 관객에게 다가가기 위한 의사소통이다. 아무리 좋은 작품을 만들어 놓아도 고객을 설득하여 관객으로 창출해내는 노력이 부족하면 흥행에 실패하기 마련이다. 그러기 위해서는 표적 고객의 취향과 기대심리를 자극하는 다양한 매체를 통한 홍보 전략이 필요하다. 그리고 입장권 구입으로 연결시키는 고객 중심의 다양한 마케팅 전략이 늘 빈곤하다.

지금까지 전통공연예술이 왜 현 시대를 살아가고 있는 사람들의 정서와 공감대를 이루지 못하고, 상당한 눈높이에 와 있는 관객들의 요구 수준에 미치지 못하고 있는가에 대한 원인과 이유를 살펴 보았다. 그 이유를 알아내었다면 대책을 마련하면 되는 것이다.

결론적으로 전통공연예술계의 기획력 및 제작능력, 그리고 홍보와 마케팅 능력을 높이면 된다. 문제는 무대에 오르는 전통공연예술가가 아니라, 작품을 기획하고, 만들어내고, 널리 알려, 고객을 극장으로 오도록 하게 하는 전문 인력의 부족이 문제인 것이다. 다시 말해 전통공연예술 작품을 기획하고 제작하고, 홍보와 마케팅을 전담하는 전문 인력이 문제인 것이다.

사정이 이러함에도 불구하고 전국 각 대학에 산재한 대부분의 국악과와 무용과는 아직도 예능실기 중심으로 교육이 이루어지고 있다. 이렇게 실기 중심의 교육만을 받고 사회로 진출한 전통공연예술가들이 전문적인 지식과 경험 없이 주먹구구식으로 공연을 기획하고 제작하고 홍보하고 마케팅을 하고 있으니 제대로 된 작품이 만들어질 수 있겠는가?

이제는 대학에서 실기인만 양성해낼 것이 아니라 전문적인 기획, 제작, 홍보, 마케팅에 대한 전문 인력을 양성해 내야 한다. 일단 사회에 나온 후에는 너무나 늦다. 국악과와 무용과 졸업생들이 일단 대학을 졸업한 후에는 생업에 뛰어 들어가야 하기 때문에 사회에 마련된 전문 교육기관에서 그간 접해 보지 못한 전문교육을 받아 숙달되기는 쉽지 않다. 게다가 문제인 것은 문화부 산하 전통공연예술진흥재단에 전통공연예술 전문 교육 시스템이 마련되어 있기는 하나, 전문가를 키워낼 수 있는 본격적인 시스템으로 보기는 어렵고, 본격적인 전통공연예술 기획, 제작, 홍보, 마케팅 전문 사회교육기관은 현재 전무하다고 보아도 좋다. 또한 국악 작곡 전공이나 안무 전공의 경우, 대학을 졸업하고 나오면 이들의 재능을 신장해주고 진로를 열어줄 수 있는 투자와 시스템 마련이 필요하다.

이러한 모든 문제점들을 해소하기 위해서는 대학이 변해야 한다. 대학이 변해야 한다는 지적은 십년 전에도 똑같이 있었다. 그러나 아직도 고쳐지지 않고 있다. 그러나 그러한 지적은 고쳐질 때 까지 계속되어야 한다. 그래야 우리의 전통공연예술이 현 시대의 예술이 되고, 세계 공연 시장에 경쟁력 있는 공연예술로 우뚝 서게 될 것이다.

거기 누구 없소?

올 2월 대학 국악과 졸업을 앞둔 K양은 앞길이 캄캄하다. 직장을 구하지 못했기 때문이다. 가야금 전공자인 K양은 대학 재학 중에 전국 규모의 국악경연대회에서 당당히 입상한 바 있었지만 국공립 관현악단 정단원은 고사하고, 여러 국공립 국악관현악단 인턴단원 공모에도 선발되지 못했다. 선발 시험장에 가보니 자신과 비슷한 기량을 가진 응시생들은 물론이고, 자신 보다 기량이 뛰어 난 응시생들이 수없이 많았다고 한다.

지난해 한국문화예술교육진흥원이 주관한 예술강사 활동 희망자 모집에도 응모했으나, 같은 대학, 같은 학과를 함께 졸업한 친구들은 선정되었지만 K양은 선정되지 못했다. 문화체육부 산하 공공 기관의 인턴 사원 모집 공모에서도 모두 고배를 마셨다. 면접시험 때 시험관이 악기 이외에 무엇을 잘 하냐는 실문에 아무런 대답도 못했고, 대학 재학 중에 공연장이나 축제 행사에서 봉사활동이나 기획보조 활동 경력이 없냐는 질문에도 아무런 대답도 못했고, 혹시 엑셀, 워드, 파워포인트를 능란하게 할 줄 아냐는 질문에도 역시 아무런 대답도 못했다. 면접 대기 장소에서 재학 중 이미 공연예술 현장이나 여러 공공기관에서 경력을 쌓은 응시생들이 주로 선발되는 것을 보고 그는 절망감에 빠졌다.

잘 나가는 민간 전통공연예술단체에서 활동하고 있는 선배들에게 신입 단원으로 써줄 수 없는지 타진을 해보았지만 연락이 없었다. 천신만고 끝에 선배와의 전화연결에 성공하였지만 선배로부터 가야금 외에 어떤 악기를 다룰 수 있는지, 노래를 잘 부르는지, 타악기를 잘 다루는지 물어 피아노는 좀 칠 줄 안다고 대답하자 시큰둥한 반응을 보이고는 아무런 연락이 없다.

K양은 자기와 비슷한 처지의 동기생들과 만나 예술단체를 만들어 볼 상의도 해보았지만 함께 모여 연습할 공간 마련도 막막하고, 일자리를 구할 때까지 부모님으로부터 자금을 받아 내는 것도 녹록지 않다. 답답한 현 상황을 타개하기 위한 상의를 할 적당한 멘토도 없다. 이럴 줄 알았다면 대학원 진학이나 하는 건데 하고 후회를 해보지만 사실 대학원 진학도 쉬운 일이 아니고, 4년 동안 대학 등록금 마련하느냐 고생 고생하신 부모님께 다시 대학원 등록금을 요청 드리기가 여간 죄송스러운 일이 아니다. 대학을 졸업하고 커피 전문점이나 편의점 아르바이트 자리를 구해 들어갈 수밖에 없는 자기 자신의 처지가 한심하기만 하다.

무엇이 문제일까 곰곰이 생각해보면 그는 너무나도 사회를 몰랐고, 사회가 어떤 자질을 갖고 있는 인재를 원하는지 정보에 깜깜했던 것이다. 관현악단을 가려면 초견(악보를 보는 능력)에 능하고 정악과 산조를 고루 잘해야 했고, 18현 가야금도 잘 다룰 줄 알아야 했는데 그 점에 대한 준비가 부족했다. 한국문화예술교육진흥원에서 주관하는 초중고 예술 강사 선정 기준에 최근 3년 이내 예술 활동이나, 문화예술교육 프로그램 참여 경력을 쌓아두면 가점(加點)이 된다는 것을 몰랐다. 교육계획서 작성 요령도 배웠어야 했고, 가점(加點)이 되는 문화예술교육사자격증이나 교원자격증을 따두지 못한 것이 후회가 되었다. 문화체육관광부 산하 공공 기관의 예술행정 요원이 되려면 문화예술에 대한 폭넓은 이해와 상식을 쌓아두어야 하고, 엑셀, 워드, 파워포인트 정도는 능수능란하게 다룰 줄 알아야 되고, 대학재학 중 공연예술과 관련된 동아리 활동이나, 공연예술이나 축제 현장 봉사활동 등 경력을 쌓아두는 것이 유리하다는 것을 몰랐던 것이다. 민간 전통공연예술단체의 단원이 되려면 자신의 주 전공 악기는 물론이고 1인 다기(多技)의 수준 높은 예능을 보유해야 한다는 것을 몰랐다.

이제 K양은 자신의 부족한 역량을 만회하기 위해서는 입산수도하는 마음으로 강도 높은 학습에 들어갈 수밖에 없다는 것을 깨달았다. 그러나 어디에서, 누구로부터, 어떻게 교육을 받아야 할지 막막하기만 하다.

"거기 누구 없소? K양을 이끌어줄 이, 거기 누구 없소?"

전통공연예술계, 생존의 원칙

얼마 전 어느 민간 전통공연예술단체의 젊은 연주가들을 만날 기회가 있었다. 그들의 나이는 29세에서 32세 사이의 젊은이들로서, 서울의 메이저 대학 중 비교적 커리큘럼이 잘 짜여 있다고 입소문이 난 대학의 국악과를 졸업한 재원들이었다.

그 정도의 연령이라면 결혼을 막 했거나 결혼을 준비해야할 나이로서 살림살이를 걱정해야하는 나이다. 그들이 속한 단체는 민간 전통공연예술단체 중 비교적 인지도가 높은 단체라 단원들의 월평균 수입도 그리 나쁘지 않을 거라고 생각은 하였지만 궁금하기도 하여 평균 월수입을 물어보았는데 약 150만 원 정도라는 대답을 듣고 자못 놀랐다.

월 150만원이라는 돈은 음악가로서 품격 있는 삶을 살아가기에는 턱없이 적은 금액이며, 그 정도의 돈은 허리띠를 졸라매고 아껴 쓰고 아껴 써야 겨우 한 달을 살아갈 수 있는 최저 생활비이기 때문이다. 비교적 잘 나간다는 단체의 연주가들이 이 정도라면 다른 전통공연예술단체들의 실상은 더 열악할 것이 분명하다.

그 단체의 연주가들의 월수입이 그 정도밖에 안 되는 데는 단원들의 수가 많은 것도 이유 중의 하나였다. 공연이 끝나면 출연비가 단체에 통으로 지급이 되는데, 그러면 출연 비용에서 일상 경비를 뺀 금액을 출연자 인원수로 나누어 개인별 개런티를 지급하게 되는데 단원 수가 많으면 많을수록 분배액이 적어지기 때문이다. 공연계에서는 흔히 n 분의 1이라는 표현을 쓰곤 한다.

그래서 사회적으로 성공한 전통공연예술단체들은 연주자의 개런티 배분율을 높이기 위하여 최소한의 출연자 수로 최대한의 효과를 만들어내도록 기획을 한다. 또한 그런 단체들은 변화하는 사회 환경에 기민하게 적응할 줄 알고 탄탄한 기획력과 치밀한 홍보 및 마케팅 능력을 갖추고 있는 것이 특징이다. 그런 단체의 연주자들은 자신의 주 전공은 물론이며, 1인 다기(多技)의 다양한 예능을 겸비하고 있고, 인접 장르에 대한 이해력과 융합능력이 탁월하여 소수의 출연자로 최대의 효과를 거두어들일 줄 안다.

잘나가는 기악 연주자들은 시창과 청음에 능하고, 피아노, 기타, 오카리나, 하모니카 등 서양 악기 한두 개 정도는 연주할 줄 안다. 또한 반주 장단은 기본이고 소리(노래)와 기본 춤사위에도 능하고, 작곡과 편곡, 심지어 지휘까지 능하다. 게다가 꽹과리, 장고, 북, 징 등 기본적인 사물연주는 물론 꽹과리를 치며 구성지게 고사덕담(비나리)을 노래할 줄 안다. 가야금 연주자들은 정악, 민속악 가야금에 두루 능하고, 25현 가야금에도 능하다. 피리와 대금 연주자들은 태평소, 소금, 아쟁 등 모든 관악기 연주에 두루 능하고, 해금연주자는 중국악기 얼후(二胡) 연주에 능하고, 아쟁 연주자도 해금 연주에 능하다.

그들은 보통 동종의 장르뿐만이 아니라 인접 장르, 인문학, 언론계의 훌륭한 멘토 그룹을 알고 있고, 다양한 충고에 수용적이다. 그들이 냉엄하고 비정한 사회의 현실을 극복하고 성공할 수 있었던 이유는 좋은 스승과 멘토와의 만남이 있었기 때문이다. 사회에 나와 그런 훌륭한 분들과 인간적 관계를 새롭게 가질 수도 있지만, 생존의 전쟁터 같은 사회에서는 좀처럼 그런 분들과 인간적 관계를 형성하기가 어렵다. 중·고등학교 때는 입시전쟁에 매몰되어 있는 시기라 더 어렵다. 결국은 대학이다.

대학은 직업훈련소는 아니지만 사회 환경이 어떠하며 사회가 어떠한 인재를 필요로 하고 있는지에 대한 정확한 정보를 제공해 주어야 한다. 그래야만 학생들이 졸업 후의 냉엄하고 비정한 사회 환경에 대처할 수 있는 준비를 할 수 있다.

국악, 서양음악, 연극을 전공하고 매년 학부를 졸업하고 사회로 쏟아져 나오는 고급인력의 수는 엄청난데 비하여 안정적인 일자리는 좀처럼 찾기가 어려운 것이 현실이다. 국악도 상황이 좋지 않지만 서양음악, 미술, 문학 분야는 더 안 좋다. 상황이 이렇다 보니 자생력이 강한 전통공연예술단체나 전통공연예술인들만이 살아남을 수가 있게 되었다. 자신이 속한 장르에 있어 타 전통공연예술단체 혹은 전통공연예술인들과 확연히 차별화된 특성과 수월성 없이는 살아남을 수가 없다.

길을 잃으면 높은 곳으로 올라가 가야할 방향을 찾으라는 말이 있다. 전통예술 전문교육을 받고 있는 학생들과 젊은 전통공연예술인들은 사회 환경이 어떠한지, 미래의 예술 생태계가 어떻게 변화해 갈지를 정확히 파악, 예견하여 철저한 준비를 해야 한다. 또한 성공한 단체나 성공한 예술인들의 성공 요인이 무엇인가를 정확히 분석 파악하여 자신의 부족한 부분을 보완해 나가야 한다. 남과 차별화되는 창의성과 우수한 예술적 역량은 전통공연예술인이 가져야할 필수 조건이다. 이러한 것을 명심하고 학부를 마치기 전에 피나는 자기 수련에 매진해야 한다.

학부 4년이라는 시간은 그리 넉넉한 시간은 아니다. 그러니 죽어라고 열심히 노력해야 한다. 중·고등학교 시절에 이러한 것을 깨닫고 준비한다면 금상첨화가 아니겠는가? 사회에 나와 늦게라도 이러한 것을 깨달았다면 그것도 다행이 아닐 수 없다. 요즘에는 생체 연령이 길어졌으니 늦게 공부를 시작해도 그리 늦은 것이 아니다. 지금은 작고하셨지만 여창 가곡의 최고봉에 오른 김월하(1918~1996) 선생은 35세에 시조를, 40세에 가곡 공부를 시작하여 1973년 55세에 중요무형문화재 제30호 가곡 예능보유자가 되셨다. 그러니 늦었다고 포기하지 말고 노력해라. 피와 땀 없이 얻어지는 것은 없다.

제4부

문화로 행복하기

정조(正祖)의 매력

수원은 세계문화유산인 수원화성이 있는 도시다. 모두가 알고 있듯 수원화성은 조선조 제22대 왕인 정조의 큰 업적 중 하나이다. 수원화성은 정조의 명을 받아 조선조 실학사상의 거두인 다산 정약용 동서양의 기술서를 참고하여 만든 「성화주략(1793년)」을 지침서로 하여 축성된 것으로도 유명하다.

조선조의 역대 왕 중 가장 훌륭한 업적을 남긴 왕을 꼽으라면 단연 세종을 내세울 수 있지만 정조의 업적 또한 만만치 않다. 세종과 정조의 공통점은 인재들을 알아보고 그들을 중용하여 업적을 남겼다는 것이다. 세종은 성삼문, 신숙주, 박팽년 등 집현전 학사들을 중용하여 많은 업적을 남겼다. 정조 또한 개혁과 개방을 통해 부국강병(富國强兵)을 주장한 한국 최대의 실학자이자 개혁가인 정약용을 중용하여 수원화성(水原華城) 등 수많은 업적을 남겼다.

한국에는 적지 않은 고성(古城)이 있으나 수원화성이 그 중 인정을 받는 데는 그만한 이유가 있다. 수원화성은 조선이 병자호란과 임진왜란을 겪으면서 드러난 취약점을 충분한 연구와 치밀한 계획에 의해 동서양 축성술을 집약, 보완하여 축성하였기 때문이다.

정조의 업적 중 또 하나를 꼽으라면 그가 완성한 무예도보통지(武藝圖譜通志)가 있다. 무예도보통지는 24기의 전투기술을 중심으로 한 실전 훈련서로 이론 위주인 당시의 무예서들과 차별화된다. 당시의 무예와 병기에 관하여 종합적인 조감을 할 수 있는 중요한 가치를 지니고 있는 무예서이다. 또한 조선조의 전통무예 뿐만 아니라 중국과 일본의 무예 중 받아들일 만한 무예를 담고 있어 정조의 실학사상과 호국강병의 의지를 엿볼 수 있다. 무예도보통지는 한·중·일 3국 중 유일하게 국가에서 편찬한 무예서이자 동아시아 무술학의 귀중한 자료로서 충분히 세계기록유산으로 등재될 가치가 있다.

정조는 원통하게 돌아가신 생부 사도세자의 명예를 회복시켜드리고 못다한 효를 실천하기 위하여 대신들의 반대를 무릅쓰고 아버님의 묘소를 수원 융릉(隆陵)으로 이장하고 원찰인 용주사를 중창했다. 또한 수원화성 행궁에서 어머님의 환갑에 거대한 진찬연(進饌宴)을 바칠 정도로 정조의 효심은 조선조의 어느 역대 왕보다 뛰어나다. 군주가 효행을 몸소 실천하여 보인바 백성들이 정조의 효행을 본받은 점이 컸음은 두 말할 나위가 없다.

정조는 재위 당시 백성들을 무척 사랑하였으며 백성들에 대한 배려심이 컸다. 조선조의 왕이 가는 길에는 백성들이 감히 왕의 거마를 올려다볼 수 없었으며 왕의 행렬이 완전히 지나갈 때 까지 땅바닥에 머리를 조아렸다. 허나 정조는 백성들을 사랑하고 배려하여 아버님의 능행차길에 백성들로 하여금 왕의 거마행렬을 자유롭게 보도록 하였다. 그것은 정조의 능행차 모습을 사실 그대로 그려놓은 화성원행반차도(華城園幸班次圖)에 그대로 나타나 있다. 또한 정조는 화성 축성 당시에 축성 작업에 노역한 백성들에게 후한 임금을 주도록 명령하여 시행하였다. 봉건왕조인 당시에는 있을 수 없는 파격적인 조치였다. 또한 그의 어머님의 환갑잔치인 진찬연에도 수원에 거주하고 있는 노인들을 초청하여 술과 음식을 배불리 먹게 하였다. 정조의 애민 사상은 도처에도 찾아볼 수 있다.

내가 정조에게 매력을 느끼는 것은 수원화성과 무예도보통지라는 걸쭉한 업적을 남기고 효행을 몸소 실천한 점도 있지만 그의 애민사상 때문이다. 요즘 "나라가 국민들을 걱정하는 것이 아니라, 국민들이 나라 걱정을 하는 시대"라는 자조적인 말들이 나돌아 다닌다. 정치지도자들이 국민들은 안중에 없이 눈만 뜨면 당리당략에 눈이 어두워 서로 물고 뜯는 모습들을 바라보는 것에 국민들은 신물이 날 지경이다. 국민들을 보살피고 소통하려는 기미는 보이지 않고, 경제는 날이 갈수록 어려워져 국민들은 나라걱정을 많이 한다.

그렇기 때문에 정조대왕의 애민사상이 오늘날에 더욱 깊이 다가온다. 10월 8일부터 9일까지 창덕궁 돈화문 앞에서 화성행궁까지의 능행차 재현 행사가 있다. 정조대왕 능행차 재현이 220년 만에 재현되는 것이다. 그러나 능행차의 재현만으로는 의미가 없다고 생각한다. 이번 능행차 재현은 정조대왕의 효사상과 애민사상을 현대적 의미로 되살리는 행사가 되어야 한다.

'축제'의 명칭, 이대로 좋은가?

오늘날 전국 어디에서나 지자체가 중심이 되어 각양각색의 축제를 경쟁적으로 개최하고 있다. 전국의 지역 축제가 무려 7~800여 개라고 하니 우리나라는 가히 '축제의 나라'라고 불러도 좋을 듯하다. 예부터 우리나라 사람들은 어울려 놀기를 좋아하고 가무악을 즐기기를 좋아한다는 것은 누구나 아는 사실이다. 전국 어느 곳에 가도 노래방이 성업(盛業)하고 있으며, 관광버스 안에서 노래하며 춤추는 것을 금지할 정도로 노래 부르기와 춤추기를 좋아한다. 이러한 우리의 민족성이 축제의 분위기를 한층 더 높여주는 주요 요소가 되기도 하고 많은 축제가 생성되는 요인이 되기도 한다.

전시성, 소모성 축제라는 곱지 않은 시선을 받으며 비판을 받고 있는 축제도 많으나, 제법 성공을 거두어 국제적 축제로 발돋움한 축제도 더러 있다. 게다가 과거에는 주민이 단순히 구경꾼으로 머물렀던 축제였음에 반하여, 이제는 주민이 주인이 되고 실행자가 되는 축제로 전환되고 있다.

우리나라의 축제가 시작된 것은 우리 민족이 한반도에서 거주하면서 시작되었을 것으로 미루어 짐작할 수 있겠으나 문헌상으로는 상고시대인 부여의 영고(迎鼓), 고구려의 동맹(東盟), 예의 무천(舞天)을 시원(始原)으로 여기고 있다. 이러한 축제들은 공히 농경사회의 풍년과 안녕을 기원하는 제천의식(祭天儀式)에서 가무희가 연행(演行)되었으며, 축제를 통하여 백성들이 함께 모여 함께 즐기고, 이러한 행사를 통하여 사회적 통합과 미래로 나아갈 수 있는 동력(動力)을 창출해내었다고 볼 수 있다. 그래서 우리나라의 전통축제의 기본 정신은 대동(大同), 동락(同樂), 상생(相生)이다.

특히 북을 치고 음악을 연주하면서 신을 맞이하던 부여의 영고(迎鼓)는 일종의 '맞이굿'으로서 풍년과 마을공동체의 안녕을 기원하는 '마을굿'으로 발전하였다. 마을굿은 목적에 따라 당산굿, 걸립굿, 판굿, 지신밟기굿, 마당밟이굿, 뜰밟기굿 등으로 분류가 되고 연행시기에 따라 대보름굿, 백중굿, 호미씻기굿 등이 있으며 우리 전통축제의 기본 모형이 된다.

'굿'이라는 용어는 무속 의식으로서의 용어로만 사용되는 것으로 잘못 알려져 있는 것도 사실이지만, '굿'의 사전적 의미는 '여러 사람이 모여 떠들썩하게 신명 나게 놀거나 구경할 거리'를 말하며 모든 지방에 걸쳐 일반적으로 쓰이는 말로 '굿친다'라는 표현을 쓴다. 굿의 의미는 원래 '모인다'는 뜻을 갖고 있다. 따라서 '굿'은 모여서 공동체 안의 모든 일을 의논하고 풀어 가며, 공동체적 바람을 집단적으로 빌며 집단적 신명으로 끌어 올려 새로운 삶의 결의를 다지는 일련의 과정을 담아내는 순수한 우리말이다.

오늘날 축제(祝祭)의 명칭에 대해서도 제전(祭典), 축전(祝典), 잔치 등이 축제라는 용어와 함께 혼용되어 쓰이고 있는데 국어사전적 의미를 살펴보면 다음과 같다.

축제(祝祭) : 1. 축하하여 제사를 지냄 2. 축하하여 벌이는 큰 규모의
잔치나 행사

제전(祭典) : 1. 제사의 의식. 2. 문화, 예술, 체육 따위와 관련하여 성
대히 열리는 사회적인 행사

축전(祝典) : 축하하는 뜻으로 행하는 의식이나 행사

잔치 : 기쁜 일이 있을 때에 음식을 차려 놓고 여러 사람이 모여 즐기
는 일

축제가 이렇게 다양한 언어로 혼용되어 사용되고 있는 것에는 축제라
는 용어가 일본식 용어로서 일제문화의 잔재라는 비판을 받고 있고, 용어
의 무분별한 사용에 대한 반성에서 일정 부분 영향을 받았기 때문이다.

축제의 '제(祭, 마쓰리)'는 '가모 마쓰리(賀茂 祭)'에서 유래한 말로, '제(祭)'를
일본에서는 '제사(祭祀)'라는 뜻 외에 '축하 잔치'란 뜻으로도 쓴다. 우리나
라와 중국에서는 '제(祭)'는 신이나 고인에게 제사 지내는 일에 쓰는 글자
로서 '기우제(祈雨祭)'나 '추모제((追慕祭)'에 '제(祭)'를 사용하지만 일본에서는
'예술제(藝術祭)'나 '시민제(市民祭)'에서는 '제(祭)'가 제사가 아니라 축하하는
잔치를 뜻한다. 축제와 함께 혼용되어 쓰이고 있는 '제전(祭典)'이란 용어도
마찬가지이다.

따라서 '축하 잔치'의 뜻으로 쓰는 '축제(祝祭)' 또한 어울리지 않는 두 글
자가 결합된 일본식 한자어이기 때문에, 과거 정부에서는 '행정용어순화
편람'에서 '잔치'로 쓸 것을 권유한 바 있으며, 국립국어원의 '표준국어대사
전'에서는 '축전(祝典)'이나 '잔치'로 순화해 쓰자고 했다.

'축전(祝典)'은 '축하하는 뜻으로 행하는 의식이나 행사'로, 1902년 조선조

'고종재위 40년 국민축전'이 역사 속의 하나의 예로서 '2011대장경 천년 세계문화축전'과 '만해축전' 등은 이러한 관장에서 명명되어졌으며 전국체육대회도 '체육축전'이란 뜻으로 '체전(體典)'이라 명명되었다.

요즘에는 '축전(祝典)'도 한자 용어이므로 순수한 우리말을 사용하는 것이 바람직하다는 인식도 확산되어 '잔치' 혹은 '큰 잔치'라는 용어를 사용하기도 하며 '경주 떡과 술잔치'처럼 '잔치' 혹은 '부평풍물한마당'처럼 '한마당'이라는 용어를 쓰고 있는 행사도 있다.

향후 생성되어지는 축제는 일제 문화의 잔재(殘在)라고 비판 받고 있는 '축제(祝祭)', '제전(祭典)', '-제(祭)'이라는 용어 대신 '축전(祝典)', '(큰) 잔치', 혹은 '한마당'이라는 명칭이나 다른 적절한 용어로 명명되어지도록 기획 단계에서부터 공동체의 의견을 폭넓게 수렴하여 축제 명칭의 용어를 신중하게 선택해야 할 것이다.

어떠한 무대예술센터가 필요할까?

우리나라에 무대예술센터가 있다는 것을 아는 공연예술가들이 얼마나 될까? 안다 해도 무대예술센터가 무엇을 하는 곳이고, 어디에 있다는 것은 알고 있는가? 아마도 국립 공연예술단체에 몸담고 있거나, 과거에 몸담았던 공연예술가들 중 무대세트, 의상, 소품에 관여했던 소수 예술가들 정도만 알 것이고, 대부분의 공연예술가들은 잘 모를 것이다.

그도 그럴 것이 경기도 여주시 외곽에 자리 잡고 있는 무대예술센터는 현재 국립공연예술단체와 소수 공립 공연예술단체들의 무대세트, 소품, 의상 등의 보관 공간으로 활용되고 있는데 보관 공간이 부족해서 민간 공연예술단체들과 아마추어 단체들에게는 아무런 역할도 하지 못하고 있다. 가까이 하기엔 '너무나 먼 당신'이다.

무대예술센터는 2003년도에 국가보조금 28억을 들여 경기도 여주시 외곽에 약 16,500㎡(약 5,000평) 규모로 건립되었다. 건립 후 지금까지 문화체육관광부 산하 공공기관인 한국문화예술회관연합회가 운영·관리하고 있다.

건립 당초 무대예술센터는 국공립 예술단체뿐만 아니라 모든 예술단체를 대상으로 무대세트, 소품, 의상 등을 보관, 제작, 임대하여 무대용품을 재활용하게 하여 공연물의 제작비용을 절감한다는 목적으로 건립되었다. 그러나 공간 부족 등으로 현재는 국공립 공연예술단체의 무대세트, 소품, 의상 등 무대용품 보관기능만 수행하고 있는데 그나마도 포화상태다. 게다가 항온, 항습 조절장치의 미비로 쾌적한 보관환경을 제공해 주지 못하고 있다.

매년 전국적으로 국공립 공연예술단체 및 전국의 전문 공연예술단체, 그리고 아마추어 공연예술단체들의 공연 제작에 많은 비용을 투입하고 있다. 요즘 대중적 인기를 얻고 있는 뮤지컬 제작에 투입되는 공연제작비가 적게는 몇 억, 많게는 수십억 원의 재원이 들어간다는 것은 상식이며, 공연예술 극장 무대에 오르는 연극, 음악, 무용 공연물들의 제작비도 평균적으로 수천만 원의 재원이 투입된다.

일반적으로 공연물을 제작할 때 비용이 가장 많이 들어가는 부분은 무대세트, 의상 그리고 소품 제작비용이다. 선진국들은 무대용품을 보통 10년에서 30년 이상 재사용할 것을 염두에 두고 제작하고 있으나, 우리나라 대부분의 공연예술단체들은 재정 상태가 열악하여 자체 보관 공간이 없다. 따라서 공연이 끝나면 무대세트, 의상 그리고 소품 등을 보관하고 관리할 공간이 없어 재활용되지 못하고 폐기되는 일이 대부분이어서 전국적으로 통합해보면 경제적 손실은 막대하다. 오늘날 공연예술은 작품수와 공연 횟수가 현저히 증가하였고 재공연이 많아지면서 무대용품을 재공연 때까지 보관해야 하는데 재공연 때마다 모든 무대용품을 다시 제작한다면 경제적으로도 큰 낭비다.

따라서 무대예술센터는 공간과 시설을 보다 확충하여 모든 공연예술단체에 대하여 보관하는 기능뿐만 아니라 제작, 수선, 임대의 기능까지 수행한다면 단체들의 제작비 절감은 물론 공연 레퍼토리 축적에 기여할 수 있을 것이다. 아마도 영화 제작자, 혹은 텔레비전 드라마 제작자에게도 임대해 줄 것이라 기대해 본다. 장기적으로는 관람, 체험 기능을 추가한다면 문화복합공간으로서 체험, 교육, 관광 자원으로 활용될 수 있을 것이다.

이렇게 된다면 무대예술센터는 우리나라 공연예술, 영화제작, TV 드라마 제작 등에 필요한 무대세트, 소품, 의상 제작에 투입되는 재원을 엄청나게 절약시키는 기능을 하게 될 것이 분명하다. 물론 공연예술의 활성화에도 크게 기여할 수 있을 것이다. 또한 공연예술, 영화예술, 드라마 예술을 주제로 특성화된 전시, 교육, 체험, 편의시설, 공원 공간을 갖춰 학생들의 체험 교육 공간은 물론 국내외 관광객들이 줄지어 찾아오는 관광명소로 거듭나게 되어 막대한 수익 창출도 가능하다.

상상을 해본다. 상상 대학교 연극 동아리 학생들이 올해 대학축제에 올릴 셰익스피어의 '로미오와 줄리엣' 공연을 준비하고 있다. 공연에 필요한 의상과 소품이 필요하다. 의상과 소품을 제작한다는 것은 학생들의 호주머니 사정상 엄두가 나지 않는다. 전문 임대 업소에서 빌릴 수는 있지만 그 비용이 만만치도 않을뿐더러 몸에 맞는 사이즈의 옷을 빌릴 수 있을지도 의문이다. 무대예술센터에는 공연예술동아리 학생들에게 세탁비와 배송비 수준의 비용만 받고 의상과 소품을 임대해주는 특별할인 제도가 있다. 무대예술센터에는 '로미오와 줄리엣' 공연에 필요한 배역 별 의상과 그에 따른 신체 사이즈 별 의상이 준비되어 있으며 소품도 종류별로 다

갖추고 있다. 학생들은 무대예술센터 홈페이지에 접속하여 온라인상으로 의상과 소품 임대 신청을 한다. 며칠 후 그들은 학교 동아리실에서 무대예술센터에 주문한 의상과 소품을 배송받는다. 가능한 상상이 아닐까?

'화락(和樂)'의 축제
-'2016 전통연희 페스티벌' 예술감독으로서의 변(辯)

세월이 참 빠르기도 하다. 전통연희라는 용어도 생소했던 2007년에 나와 사물놀이의 명인 김덕수 선생은 소위 작당이라는 것을 했다. 우리는 국가 규모의 전통연희축제를 열기 위한 주도면밀한 은밀한 계획을 세웠다. 그 계획을 바로 실행에 옮겨 우리는 문화관광부 공무원들에게 용의주도하게 접근하였다. 전통연희는 우리 민족예술의 원형을 가장 잘 간직하고 있고, 음악·무용·기예 및 극적인 요소를 두루 갖추고 있어 현대적 공연 양식으로 거듭날 경우 문화산업화에 크게 기여할 것이라는 점, 문화관광부가 문화산업화의 동력을 얻기 위해서는 국민적 공감대가 필요하고, 그러기 위해는 전통연희축제가 필요하다는 논리를 내세워 집요하게 그들을 설득하였다. 1년여 간의 끈질긴 설득 끝에 '대한민국전통연희축제'가 탄생했다. 마침 그때는 국가적으로 전통예술의 산업화에 대한 관심이 증대되고 있었던 때였고, 문화관광부에서도 전통예술의 산업화를 위한 국민적 관심과 공감대 형성이 필요했던 때라 우리들의 설득에 귀가 솔깃했던 것이다.

그때가 엊그제 같은데 훌쩍 10년이라는 세월이 흘렀다. 전통예술축제는 2007, 2008, 2009년도에는 순항을 하다가 여러 가지 사정으로 중단되었다. 그러다가 전통연희계의 끈질긴 요구가 관철되어 2012년도에 다시 개최되었다가 또다시 중단되는 비운을 겪게 되었다.

전통예술의 뿌리인 전통연희의 대중화 및 창작활성화를 위해서는 전통과 창작을 아우르는 대한민국 대표 축제로서의 전통연희축제가 필요하다는 공감대가 형성되어 우여곡절 끝에 지난해 10월 17일부터 18일까지 '북서울 꿈의숲'에서 개최되었다. 올해도 지난해에 이어 10월 21일부터 23일까지 '월드컵공원 평화의 공원 내 별자리광장' 일대에서 펼쳐질 예정이다.

그간 전통연희축제는 예술감독으로 김덕수 선생과, 안타깝게도 지금은 고인이 된 조수동 감독을 거쳤다. 아직도 조용하고 온화한 성격의 조수동 감독이 전통연희축제를 위하여 동분서주하던 모습이 눈에 선하다. 다시 한 번 고인의 명복을 빈다.

올 2016년 전통연희페스티벌의 예술감독은 내가 맡게 되었다. 서당집 개도 3년이 지나면 풍월을 읊는다고, 지난 10여 년 간 전통연희의 발전을 위하여 현장에서 뛰어 다닌 성실성을 문화체육관광부가 인정해준 것 같다. 금년도 전통연희축제 추진위원의 면모를 살펴보면 서연호 명예교수님이 추진위원장으로, 추진위원으로는 손혜리 전통공연예술진흥재단 이사장, 임병대 문화부 공연전통예술과장, 한국문화예술위원회 이제승 공연예술본부장이 당연직 추진위원이 되고 한국예술종합학교 전통예술원 최창주 명예교수, 전경욱 고려대 교수, 윤중강 음악 평론가, 이병훈 연출가, 그리고 내가 추진위원으로 활동하게 되었다. 모두가 전통연희에 대하여 학식과 경륜이 풍부한 인사들로 위촉되었다.

김덕수 교수 등 정상급 현장 예술가들이 제외된 것은 어떠한 특정 장르에도 치우치지 않는 공평무사한 기획과 집행을 꾀하고자 하는 문화체육관광부의 결연한 의도로 보인다. 그러나 현장 전통연희 예술가들의 입장에서는 다소 서운하다는 생각할 수도 있을 것 같다. 그렇기 때문에 예술감독인 나는 전통연희 지도자들과의 축제 직적까지 지속적으로 폭넓은 소통을 꾀하며 축제를 기획하려고 한다.

또한 이번 축제는 다양한 연희종복들로 이루어진 축제를 통해 전통연희의 대중화 및 문화상품 개발을 위하여 전통의 원형과 창작이 어우러진 한마당 축제가 되도록 할 것이다. 지난해의 줄타기 겨루기 한마당에 이어 올해도 버나(접시돌리기), 살판(땅재주), 솟대타기, 죽방울 치기 등 전통연희의 곡예부문의 겨루기 한마당을 통하여 역량 있는 인재를 발굴하고자 한다. 지난해의 줄타기 겨루기 한마당은 관람객들의 관심도와 반응이 매우 좋았던 인기 프로그램이었다. 올해에는 박지나, 유진호 등 지난해 줄타기 경연 수상자들을 다시 초빙하여 초청공연을 하고자 한다.

또한 현재 전통공연예술진흥재단에서 펼치고 있는 전통풍물 활성화 사업, 창작연희 페스티벌 공모 사업, 한국민속예술축제 사업, 청소년 민속예술축제 사업에서 선정된 단체들의 우수 작품을 전통연희축제에 선보여 전통공연예술진흥 사업 간 연계를 통하여 시너지 효과를 극대화시키려 한다.

이 시대는 갈등의 시대이다. 지역 간 갈등, 계층 간 갈등, 세대 간 갈등, 남과 북의 갈등, 나라와 나라와의 갈등, 종교 간 갈등 등 수도 없는 갈등이 존재한다. 이러한 갈등 속에서 이 시대를 살아가는 사람들은 마음에 크고 작은 상처를 안고 살아간다. 그래서 마음의 치유가 필요하며 서로 화합하고 평화롭게 살아갈 수 있도록 화합과 통합이 필요하다. 나는 예술의 치유와 통합의 기능을 믿는다. 나는 이번 축제에서 전통연희라는 매개체를 통하여 우리 국민들의 상처 난 마음을 치유하고 갈등을 봉합하고 서로 화합하는 '화락(和樂)'의 판을 만들어 가보고자 한다.

그래서 나는 이번 축제를 전문예인 중심의 축제가 아니라, 전통연희 동호인들이나 동아리들의 참여를 대폭 확대하여 이들이 흥겹고 신명나게 놀다갈 수 있도록 삼삼오오 가족단위로 즐길 수 있는 각종 체험, 전시, 교육 행사 등을 펼쳐 볼거리, 즐길 거리, 먹거리를 보다 풍성하게 하는 국민 중심의 치유와 화합의 축제를 만들려고 한다.

10월 21일에서 23일까지 월드컵공원 평화의 공원 내 별자리광장 일대에서 펼쳐질 '2016 전통연희 페스티벌'은 여러분들이 충분히 기대해도 좋다.

무형문화재 원형 보존과 재창조

정부는 '우리의 자랑스러운 문화유산인 문화재를 보존하여 민족문화를 계승하고, 이를 활용할 수 있도록 함으로써 국민의 문화적 향상을 도모함과 아울러 인류문화의 발전에 기여'하기 위하여 1962년에 문화재보호법을 제정 공포하여 현재까지 문화재 보존관리체계를 갖추면서 문화재를 보호·관리하고 있다.

문화재란 '인위적·자연적으로 형성된 국가적·민족적·세계적 유산으로서 역사적·예술적·학술적·경관적(景觀的) 가치가 큰 것'을 말한다. 문화재는 크게 4종류로 분류되는데 건조물(建造物)·전적(典籍)·서적(書跡)·고문서(古文書)·회화(繪畫)·조각·공예품 등과 같이 고정된 형태를 갖추고 있는 유형문화재, 음악·무용·연극·공예기술처럼 눈에는 보이지 않으나 우리 민족의 홍과 멋이 살아 숨 쉬는 무형문화재, 사지(寺址)·고분(古墳)·궁지(宮址)·경승지(景勝地)·희귀 동식물·광물·생성물과 같은 기념물, 풍속·관습과 이에 사용되는 의복·기구(器具)·가옥 등과 같은 민속자료로 나누어진다. 문화재는 관리 주체에 따라서 국가지정문화재와 시·도지정문화재로 나누어진다.

그 중 무형문화재의 전통예능이나 공예기술 등 현대문명 속에서 사라질 우려가 있는 기·예능 종목에 있어서는 기·예능 보유자를 인간문화재(Living Human Treasures)라고 부르며 존중하고 있으며 제도적·체계적으로 무형문화유산을 보호·육성하여 왔다.

UN(국제연합)의 교육·과학 특별기구인 유네스코(UNESCO)가 세계의 문화유산을 보호하기 시작한 것이 1970년대고, 무형문화유산은 1990년대에 들어와서 시작한 것에 비해 한국은 이 분야에 일찍 주목하였으며 한국의 문화재보호제도는 1993년 142차 유네스코 집행위원회에서 각 회원국에게 그 제도를 권장하는 안으로 채택할 정도로 세계적으로 인정받고 있는 제도이다.

그러나 우리의 무형문화재 제도가 전체적으로 호응 받고 있는 것은 아니다. 중요무형문화재 제도가 시행된 지 40년이 지난 현재, 보유자 1세대가 대부분 작고하고 2, 3세대 보유자로 전승되는 과정에서 원형 훼손에 대한 시비가 끊이지 않고 있다. 또한 인기종목의 예능보유자(인간문화재)들이 원형보존 영역과 재창조 영역을 독점하면서 문화 권력화 현상도 심각한 수준에 이르고 있다.

전승자들은 중요무형문화재의 원형보존과 전승에 있어 여전히 제도 및 재정적인 면에서 개선을 요구하고 있다. 가변성이 있는 무형문화재의 원형 전승에 있어서 기능 및 예술적 가치뿐만 아니라 전승자의 예술세세가 함께 전승된다는 점을 함께 고려해야 하며 원형을 온전하게 전승하기 위해서는 종목별로 최소한의 객관적 원형기준이 마련되어야 한다는데 공감대가 형성되고 있다.

그러나 우리의 무형문화유산 중 예능종목은 수천 년 역사를 내려오면서 끊임없이 재창조되어 온 예술작품이며 미래에도 부단히 재창조되어 발전해가는 속성을 가진 점을 감안한다면 무형문화재 예능종목 지정 당시의 원형만을 사진 찍어 놓듯이 전승하는 것만이 바람직한 것인지에 대한 논의가 필요하다.

종목지정의 취지에 맞게 예능종목의 원형은 원형대로 온전히 보전되어 전승되어야 한다. 그러나 그와는 별도로 무형문화유산으로서의 예능종목이 현 시대의 민중의 정서와 동떨어진 박제화 된 고전 예술이 아닌 현 시대의 예술로서 민중의 정서와 함께 호흡되는 전통예술로 발전되어 나가기 위해서는 원형을 바탕으로 재창조와 현대화는 필요하다

또한 전통예술의 창조적 계승과 한국 전통예술의 발전과 원형을 바탕으로 한 창작활동을 활성화시키기 위하여 현재의 무형문화재 보유자 인·지정 제도 외에, 우리나라의 전통예술의 우수성을 세계에 널리 알린 사물놀이의 명인 김덕수 등과 같은 예술성과 기량이 뛰어난 정상급 예술인들을 국가가 엄선하여 보유자와 동등한 예우를 받을 수 있도록 제도적 장치를 보완하여 이원화된 체제로 운영할 필요가 있다.

무형문화재 제도의 명(明)과 암(暗)

문화재는 유형문화재(有形文化財)와 무형문화재(無形文化財)로 구분된다. 탑이나 불상·건조물·회화·조각·공예품 등 같이 일정한 형태가 있어서 눈에 보이는 유형의 문화적 소산으로서 역사적·예술적 또는 학술적 가치가 큰 것을 유형문화재라 하고, 승무·탈춤·판소리·공예기능 등의 예술 활동처럼 일정한 형태가 없어서 눈에 안 보이는 무형의 소산으로서 역사적·예술적 또는 학술적 가치가 큰 것을 무형문화재라고 한다.

1962년 문화재보호법이 시행되고 1964년 최초로 종목별 기·예능보유자가 지정되기 시작한 이래 지금까지 정부는 현대문명 속에서 사라질 우려가 있는 기·예능 종목을 국가지정 중요무형문화재 기·예능 종목으로 지정하고 보유자를 인정하여 현재까지 제도적·체계적으로 무형문화유산을 보호·육성하고 있다. 우리나라의 무형문화재 제도는 유네스코에서 우리의 무형문화재 제도를 영구히 연구·보존·보호토록 하겠다고 할 정도로 세계적으로 인정받고 있는 제도이다. 우리나라의 전통문화를 말살하려했던 일제강점기의 문화정책과 서구 근대문화의 팽창 과정에서 단절 위기에 처해있던 무형문화유산의 복원과 보존에 크게 기여한 바 있다.

그러나 무형문화재 제도가 시행되면서 종목 지정된 예능종목이 전승체계와 전승기반을 구축하여 활성화된 것은 순기능이라 할 수 있으나, 종목 지정 및 보유자 인정제도의 경직성에 의하여 지정에서 제외된 종목들은 전승이 단절되거나 멸실되어 결과적으로 문화예술의 다양성이 훼손되는 역기능도 있었음을 지적하지 않을 수 없다. 특히 그러한 현상은 예능부분의 무용종목에서 심했는데 지정에서 제외된 무용 종목들 중에는 지정된 소수의 종목 못지않게 역사적·예술적 또는 학술적 가치가 큰 것들이 적지 않았다. 기득권을 지키려는 기존 지정 종목들의 저항에 부딪혀 진입이 차단되어 애석하게도 종목 전승의 기반이 무너져 내려 이미 전승이 단절되었거나 단절 위기에 처해있는 종목들이 많다. 오늘날 한국무용의 침체는 한국무용계가 다양한 전통무용 종목들을 배제한 채 살풀이, 승무, 태평무 등 소수 종목에만 매몰되었던 것도 여러 요인 중의 하나라고 생각한다.

우리나라가 무형문화재를 보존하는 방식은 인적 전승체계, 즉 보유자와 그 전승체계의 국가보호와 지원을 통한 무형문화재의 보존 방식 중심으로 운영되고 있다. 이러한 보유자 인정제도는 한국무형문화재 제도의 가장 중요한 특성을 형성하는 것이고, 이제까지의 한국의 무형문화재 정책 성공의 핵심이었다고 할 수 있다.

그러나 그러한 선택된 소수의 보유자를 중심으로 하는 저비용 무형문화재 보존 방식은 정부 재정이 취약했던, 6·70년대에는 적합한 정책 수단이었으나 지금은 한계를 드러내고 있다. 중요무형문화재 제도가 시행된 지 50년이 지난 현재, 예능보유자 1세대가 대부분 작고하고 2, 3세대 보유자로 전승되는 과정에서 원형 훼손에 대한 시비가 끊이지 않고 있으며 인기종목의 예능보유자들이 원형보존 영역과 재창조 영역을 독점하면서 문화 권력화 현상도 심각한 수준에 이르고 있다.

다시 말해서 예능보유자에게 과도하게 권력이 집중되어 있고, 보유자의 전승체계에 포함되지 못하고 있는 다수의 예능인과 전승자들은 국가의 예능보유자에 대한 신분적 권위 부여와 보호에 의해 상대적으로 불이익을 받게 되는 양상이 심화되고 있다. 이러한 문제점은 전통문화의 건전한 전승을 왜곡할 수 있다는 데 더 큰 문제가 있다. 물론, 무형문화재 전반에서 그러한 문제가 나타나고 있는 것은 아니나 일부의 소수 인기 종목에서 나타나는 현상이지만, 그러한 종목들이 전통문화예술의 전체 영역 내에서 차지하는 비중이 크기 때문에 문제가 심각하다.

무형문화재 제도는 개선되어야 한다. 보유자 중심 보존전승이 아닌 무형문화재 자체의 보존전승체계로 전환하는 노력이 있어야 한다. 특정 보유자의 전승체계 내에 있지 아니한 그 이외의 무형문화재 전승자들도 무형문화재 정책의 이익을 볼 수 있도록 해야 한다.

전승활동이 활발한 종목은 종목지정은 인정하되 점차 국가 관리에서 제외하고, 국가에서 지원하지 않으면 소멸될 우려가 있는 분야에 지원 체계를 강화해야 한다. 다시 말해서 무형문화재 제도의 본래의 취지가 전승활성화인 만큼 이미 활성화되었다면 환경변화에 맞춰 제도도 같이 변화해야 마땅하다.

현행 보유자 인정제도가 관계자들 간의 이해관계가 복잡하게 얽혀 있다고 해서 잘못된 것을 영원히 덮어 둘 수는 없다. 무형문화재는 이해관계자들의 소유물이나 독점물이 아니며 국민의 관심과 사랑 속에서 전승, 발전되어야 할 우리의 소중한 전통문화이기 때문이다.

전통예술 경연대회 장관상
상장지원 제도는 변화해야 한다

　매년 전국 규모의 크고 작은 규모의 경연대회가 열리고 있다. 경연대회가 끝나면 순위가 매겨지고 참가자들의 명암이 엇갈린다. 참가자들과 참가자들을 지도한 선생님들이나 학부모들 사이에서는 심사 과정에 뒷거래가 있었느니, 특정 학교 출신 혹은 특정 선생님 문하생인 경연 참가자들에게 특혜가 있었느니, 심사 과정의 공정성에 대하여 수군거리는 소리를 심심찮게 들을 수 있다. 심지어 대회가 끝나면 수상 상금을 경연대회 주관처나 심사 위원에게 돌려주기도 한다는 믿을 수 없는 이야기가 나돌기도 한다.

　현재 전국 규모의 공연 및 전통예술, 그리고 시각예술 경연대회에 문화체육부장관상이 지원되고 있다. 경연대회 주관처들은 경연대회의 권위와 품격을 올리기 위해 문화체육부장관상을 유치하기 위하여 혈안이다. 예전에는 장관상을 유치하기 위하여 지자체장 혹은 지역 국회의원들까지 동원되었다는 이야기도 나돌았다. 경연대회의 내실과 무관하게 장관상이 남발되어 사회문제가 되자 정부는 예술경연대회 상장지원에 관한 규칙을 제정했다. 심사를 위해 문화체육관광부부에 예술분야별 민간전문가 및 관계공무원으로 구성된 상장지원심사위원회를 두고 장관상·정부시상 지원여부 및 시상규모를 결정하기에 이르렀다. 또한 전문가로 구성된 경연대회 평가위원을 위촉하여 현장 실사를 하고, 경연대회 운영 내용을 계량 및 정성 평가를 하여 그 결과를 상장지원 여부에 반영하고 있다. 평가위원들은 대회운영의 전문성, 심사과정의 공정성, 심사위원의 구성, 대회규모의 적절성, 대회의 질적인 정도, 결과투명성, 사업목적 달성도 등 경연대회 운영 및 심사과정에 대한 계량 및 정성 평가를 하여 평점을 내려 문화체육관광부에 제출한다. 기존 지원된 대회로서 평가점수가 최근 2회 연속 60점 미만인 대회와 전회년도 평가점수가 40점 미만인 대회, 그리고 비리 등 사회적 물의를 일으킨 대회는 상장 지원 중단 결정을 내린다.

현재 장관상이 지원되는 전국 규모의 대회를 살펴보면 전통예술 112곳, 음악 16곳, 무용 13곳, 연극 8곳, 미술 39곳, 서예 28곳, 사진 1곳, 공예 9곳, 디자인 5곳으로 전통예술 분야가 압도적으로 많다. 전통예술분야가 압도적으로 많은 이유는 여러 가지 이유가 복합적으로 작용하였던 것으로 보인다. 과거 지역에 기반을 둔 전통예술 분야의 경연 주관 단체들이 지자체장 및 지역 국회의원들을 동원하여 경쟁적으로 장관상을 유치하였던 점, 경연대회 수상 여부가 무형문화재 예능보유자로 가는 과정의 역할을 했던 짐, 경연대회를 치루면서 경연대회 참가자 반주자늘의 일자리가 창출된 점, 경연대회가 있을 때마다 참가자들이 지도 선생님들에게 특별교습비용을 지급하는 등 먹거리 생태계가 형성되어 왔다는 점이 그 요인이다.

일반적으로 전통예술 경연대회는 문화체육부장관상이 1등에게 수여되는 대상에 해당한다. 문화체육관광부장관상을 받아야 예능계 대학 입학 전형에 특혜가 주어지며, 명인의 반열에 설 수 있기 때문에 장관상이 주어지는 경연대회에 경연자들이 몰린다. 그래서 경연대회를 주관하는 단체들은 경연대회의 공정성과 내용을 개선하기 위한 노력보다는 장관상을 유치하기 위하여 보다 많은 노력을 한다. 특히 새로 만들어지는 경연대회는 장관상을 유치하기 위하여 신규 지원 신청을 하고 각별히 경연대회 관리를 하고 있다. 신규 지원 대회는 평가결과 이외에 기존 대회와의 중복성, 참가규모, 대회운영의 건전성 등을 검토하여 지원 여부가 결정된다.

나는 전통예술 경연대회는 현재 시행되고 있는 문화체육관광부장관상 지원제도가 폐지되어야 한다고 생각한다. 경연대회는 경연대회 자체의 권위와 공정성으로 그 품격이 결정되어야 한다. 예를 들어 음악, 무용, 국악 3개 장르를 대상으로 시행하고 있는 동아콩쿠르는 문화체육관광부 장관상이 없어도 국내 최고의 권위를 인정받고 있는 경연대회이다. 시상 훈격은 일반부 금상, 은상, 동상과 학생부 금상, 은상, 동상으로 구별되며 수상자들에게 명인 및 독지가들의 타이틀이 명명된 부상이 수여된다. 세계적으로 권위를 인정받고 있는 퀸엘리자베스 국제콩쿠르, 쇼팽 콩쿠르, 차이코프스키 콩쿠르 등도 그 자체로서 권위를 인정받고 있다.

만일 지금 장관상 지원 제도를 폐지한다고 발표한다면 수많은 경연 주관 단체들로부터 항의가 빗발칠 것이다. 참으로 난감한 일이다. 그렇다면 무엇이 대안일까? 인센티브 전략이다. 스스로 권위를 지키고 공정성 있게 운영하고 있는 모범적인 경연대회에 엄격한 평가를 거쳐 각종 인센티브를 주는 것이다. 그렇게 하면 그러한 단체는 더욱 더 경쟁력을 갖게 될 것이며, 그렇지 못한 단체는 경쟁력을 잃으며 서서히 도태될 것이다.

물론 현재 시행되고 있는 정부시상 예술경연대회 평가 제도는 엄격하게 지속되어야 하고, 문제를 야기시킨 경연대회는 과감히 장관상 지원을 중단해야 함은 물론이다.

전통공연예술의 현황과 정책적 대안

 문화체육관광부가 2014년 발간한 『2014 문화향수실태조사』의 통계자료에 흥미로운 것이 보인다. 문화향유 및 소비에 대한 의지를 권역별로 비교한 것인데 현재 여러 문화행사 중 '직접관람 의향'을 묻는 질문에 대체로 '대중음악'에 대한 관람 의향이 가장 높았으며, '전통예술'은 '대중음악', '뮤지컬'보다는 낮으나 '무용'보다는 높으며, '서양음악'과는 비슷한 직접관람 의향이 있는 것으로 나타났다.

 '전통예술'의 경우, 권역별로는 '강원/제주'의 빈도수가 23.0%로 가장 높았으며, 대경권(대구, 경북)이 18.2%, 수도권이 10.6%, '충청/세종'이 10.2%, 호남권이 9.0%, 동남권(부산, 경남)이 7.6%로 가장 낮았다. 17개 시도별로는 '강원'이 25.4%로 가장 높았고, '경북'이 23.4%로 뒤를 잇고 있다. '대전'이 가장 낮은 3.9%로 문화행사 직접관람 의향률이 지역별로 큰 차이를 보이고 있음을 알 수 있다.

 위의 통계로 보면 거점형 정책지원이 이루어지고 있는 국립국악원 분원이 현재 호남권에 2곳, 부산에 1곳에 설립되어 있는데, 강원, 경북 등 거점형 정책집중이 이루어지고 있지 않은 지역에서의 전통공연예술에의 수요가 매우 높은 것으로 나타나 있어 수요와 공급에 있어 지역별 불균형에 따른 문제점을 해소하기 위한 정책적 대안이 필요한 것으로 나타났다.

2014년 문화행사별 직접관람률을 살펴보면 '대중음악'이 가장 높으며, '뮤지컬'이 그 뒤를 잇고 있다. '전통예술'은 '무용'보다는 높고, '서양음악(클래식음악회/오페라)'과는 근소한 차이로 높았다. 전통예술의 17개 시도별 관람률을 살펴보면 '강원'이 18.4%로 가장 높았으며, '경북'이 11.6%, '제주'가 10.2%, '충북'이 10%, '광주'가 7.9%로 그 뒤를 잇고 있다. '경북'의 경우 '뮤지컬'이 10.2%, '대중음악'이 6.4%로 '전통예술' 분야에 대한 관심이 다른 분야보다 높다. 가장 낮은 수치인 2.3%를 기록한 '대전'의 경우 '전통예술' 분야에 대한 관심이 현저히 낮다. 이러한 수치는 지금의 공연예술 시장의 상황이 전통공연예술계로서는 기회이고, 위기이기도 하다는 신호다.

향후 지출을 늘리고 싶은 항목에서 관람 부분을 살펴보면 1순위가 '영화', 2순위가 '연극/뮤지컬', 3순위가 '대중음악'이며, 그 다음이 '전통예술' 순서로 나타난다. 전통예술은 중간 정도로 볼 수 있다. 전통예술 분야만 보았을 때 17개 시도별로 30.5%인 '경북'이 가장 높았으며, 20.6%인 '대구'와 19.0%인 '충남', 17.6%인 '울산', 17.3%인 '충북'이 그 뒤를 이었다. 대체로 '대구·경북'과 '충북·충남'에서 '전통예술' 관람 의사가 높다. 이러한 통계는 전통공연예술 시장 유통에 매우 유의미한 청신호라 아니할 수 없다. 이에 반해 '전통예술' 항목이 가장 낮은 지역은 '제주' 8.0%, 역시 '대전'이 7.6%로 가장 낮은 것으로 나타나 있다.

받고 싶은 예술교육에서 '서울'은 '전통예술'이 14.9%, '서양음악'이 7.4%,

'연극'이 12.9%, '무용'이 12.4%, '가요/연예'가 10.9%로 분야별로 고르게 원하는 반면에 '전남'이 33.3%로 가장 높은 수치였으며, '인천'과 '전북'이 각각 31.6%로 그 뒤를 이어 '전통예술'이 월등히 높은 수치를 나타내고 있는 것은 매우 고무적인 일이 아닐 수 없다.

한국문화관광연구원이 최근 발간한 『전통 공연예술의 지역 간 균형발전 전략 연구』에서는 문화체육관광부가 발간한 『2014 문화향수실태조사』의 통계적 자료에 근거하여 "첫째, 국민이 누릴 수 있는 문화권을 전통공연예술분야에서 지역별 격차 없이 누릴 수 있도록 전통공연예술정책에서 수요와 공급의 불일치를 해소하기 위한 새로운 사업과 정책의 도입이 필요하다. 둘째, 지역의 콘텐츠가 가지고 있는 특성과 문화적 차이에 따라 다양한 형태로 제시되는 새로운 개념의 국립국악원의 새로운 분원을 설립하여 다양한 지역 문화 콘텐츠의 개발 수요를 충족시켜야 한다. 셋째, 장기적으로 앞의 사업과 기능 확대 나아가 현재의 기관 간의 역할 분담 등을 조정하고 전통공연예술분야의 발전을 지향하기 위하여 '전통공연예술진흥법'의 제정이 필요하다"는 몇 가지 제안을 하고 있는데 모두 유의미한 제안이다.

또한 한국문화관광연구소의 연구 보고서에 따르면 "거점형 국가정책은 전문가 즉 예인(藝人)에 의한 전통공연예술분야에 집중되어 있고, 일반 민중에 의해 전승되고 또한 소멸에 매우 취약한 민속(民俗) 분야의 콘텐츠는 국가의 정책대상이 되지 못한 경우가 많으며 나아가 지방자치단체의 전문성, 예산 및 인력의 부족으로 국토에서 사라지고 있는 위험에 처해 있다"고 지적했다. "현대의 문화콘텐츠가 전 세계 적으로 지역의 다양한 특색을 지닌 지역성과 정체성이 있는 민속과 스토리를 통해 재창조되고 있음을 볼 때 이러한 현실은 우리의 문화콘텐츠의 다양성과 발전을 위해(危害)하는 여건이기 때문에, 전통공연예술이 전국에서 개발되고 발전하여서 문화융성에서 한 발 더 나아가 문화콘텐츠를 통한 창조경제에 이바지해야 한다"는 제언에 주목할 필요가 있다.

왜 지금이
전통공연예술 진흥의 적기인가?

전통예술이라는 용어를 명확히 정의한다면 '전통문화 중 재료나 기교 및 양식 따위에 의한 미(美)의 창작 및 표현예술'이다. 다시 말하면 전통예술은 전 장르의 예술을 대상으로 한다. 그러나 국악계에서는 전통예술이라는 용어를 국악을 대신하는 용어로 흔히 사용하고 있는데, 전통예술이라는 용어가 가지고 있는 모호성을 배제하고 명확성을 기하기 위하여 '전통공연예술'이라는 용어를 사용하는 것이 옳다고 생각한다.

전통공연예술이란 '우리 민족의 고유한 예술적 표현활동으로서 전통음악, 전통무용, 전통연희 등 소리와 몸짓을 주된 요소로 하는 예술행위 및 그 성과'를 말한다. 결국 국악이나 전통공연예술이나 명칭은 다르나 그 내용이 거의 같은 용어라 할 수 있다. 전통공연예술 유관기관으로는 문화체육관광부 소속 국립기관으로서 국립국악원이 있는데 전통음악만을 대상으로 하는 기관이 아님은 물론이다. 문화체육관광부 산하 기타공공기관으로는 (재)전통공연예술진흥재단이 있는데 기관의 명칭이 용어의 명확성을 분명히 하고 있다.

전통공연예술은 민족유산의 정수로서 국민들의 현재의 삶속에 이어질 수 있도록 범국가적으로 정책적 지원과 육성이 필요한 분야이다. 왜냐하면 전통공연예술은 국민의 문화감수성 신장과 자아정체성 확립의 소중한 자원이고, 대대로 이어지는 문화유산으로서 보존·전승·창조적 진화의 대상이기 때문이다. 그래서 헌법 제9조에서도 "국가는 전통문화의 계승·발전과 민족문화의 창달에 노력하여야 한다"고 전통문화에 대한 국가의 지원을 의무로 명시하고 있다.

전통공연예술은 소중한 문화유산으로서 예술 산업의 기반이 될 수 있는 원석과 같은 존재이다. 전통공예술에는 한국적 세계관과 미의식에 기반을 둔 보편적 정서와 세계의 문화적 다양성에 기여할 수 있는 독자성과 특수성이 담겨져 있다. 또한 높은 수준의 예술성을 담보하고 있어, 그 자체가 고부가 가치를 창출할 수 있는 상품이며 변용과 재창조 등을 통해 동시대 문화로 거듭날 수 있는 무한한 잠재력을 가지고 있다. 전통공연예술의 진흥을 위한 환경적 여건이 무르익었음이 도처에서 확인된다. 그 근거는 다음과 같다.

첫째, 종묘제례, 판소리, 아리랑, 농악 등 전통공연예술이 UNESCO 세계무형문화유산으로 됨으로서 우리 전통문화·예술의 국제적 위상이 강화되고 있으며, 전통예술 교육·강습 및 다양한 융합장르(퓨전 등)를 통해 우리 전통예술을 체험하고자 하는 대국민 수요가 형성되고 있는 등 높아지는 우리 전통문화의 세계적 위상과 사회적 요구가 제고되고 있다는 점이다.

둘째, 전통예술은 현재, 높은 의미와 가치는 있지만 일상에서 경험하고 즐기는 데는 정보획득, 인식, 콘텐츠 등 다면적 한계가 있고, 탈장르, 미디어, 글로벌, 한류 등 변화하는 사회 환경에 부응할 수 있는 전통예술 인프라 구축, 인력양성 등 내부역량 강화가 필요하고, 공연, 교육, 홍보, 체험 확대를 전통예술에 대한 인식변화와 아울러 전통예술 수요와 산업화가 요구되고 있어 이해하고 공감하는 전통예술로 변화할 필요가 있다는 공감대가 형성되어 있다는 점이다.

셋째, K-POP, K-Drama로 시작된 한류열풍이 한국문화 전반(K-Culture)으로 확대되고 있으며 한류의 원천으로 전통예술에 대한 관심이 급증하고 있다. 전통문화예술을 소재로 한 문화콘텐츠로 인해 동반 상승되고 있으며, 외래 관광객 1300만 시대에 대응하는 전통예술 소프트 콘텐츠 확대 및 관광 활성화를 위한 전통예술의 역할이 필요한 시점이어서 대외적으로 한류의 원천으로서 우리 전통문화예술에 대한 관심도 함께 높아지는 추세라는 점이다.

넷째, 국가·문화 정체성의 중심으로서의 기능·역할과 아울러 다문화 및 통일에 대비하는 전통문화·예술의 진흥이 필요하고, 새로운 현대문화·예술 창출의 원천으로서 전통예술의 의미와 가치를 높일 수 있는 정책적 기반수립이 요구되고, 외래문화가 범람하는 가운데 우리 전통문화와 정체성의 혼란이 가중되고 있어 이에 대한 정책적 대응이 필요하여 대내외적 환경변화에 대응하는 국가 정책적 차원의 전통문화예술진흥이 요구되고 있다는 점이다.

따라서 지금은 전통공연예술 진흥을 위한 양적성장에서 질적 성장으로 전환이 필요한 시점으로서 보존·계승의 전통예술 중심정책에서 국민들의 일상 속에 밀착하는 전통공연예술로 정책변화가 요구되는 시점이다. 실현 가능하고, 주도면밀한 구체적인 전략 수립이 필요하며, 전통공연예술의 진흥을 통하여 그동안 국민들의 현대적 삶 속에 함께하지 못했던 전통예술을 국민들의 일상 속으로 깊숙이 들어가게 해야 한다. 그렇게 한다면 민족 정체성의 강화는 물론 전통공연예술의 산업화와 한류의 새로운 흐름이 형성될 것이 분명하다.

전통문화교육이 필요한 이유

"우리는 문화천민"이라는 자조적인 말을 하는 사람들이 있다. 듣기에 거북한 이야기지만 우리가 문화천민이라고 불려도 반론을 제대로 하지 못할 증거는 보인다. 바흐나 모차르트의 음악을 모르는 것에는 주눅이 드는 사람들이 많지만, 영산회상이나 산조를 모르는 것에 대해서는 전혀 부끄러움을 느끼지 않는다.

1998년 프랑스 아비뇽축제에서 우리나라 승무의 명무인 고 이매방 선생이 초청되었는데 프랑스 사람들이 이매방 선생의 춤을 보고서 완전히 매료되어 어떻게 저렇게 예술성이 뛰어난 춤이 있을 수 있는지 격찬해 마지않았다고 한다. 그로 인하여 프랑스 정부는 이매방 선생에게 문화훈장까지 수여했다. 그런데 정작 우리는 승무를 보기 위하여 줄을 서 관람권을 사지 않는다.

문화공간을 구축할 때도 관람객의 접근성이나 편의성을 고려하지 않는 사례가 비일비재하다. 서울 서초동에 위치한 예술의전당이나 국립국악원을 가려면 3호선 지하철을 타고 남부터미널역에서 내려 좁은 출구를 나와 마을버스를 타고 가든가, 아니면 15분쯤 가쁜 숨을 쉬며 걸어가야 한다. 장충동 국립중앙극장도 마찬가지이다. 지하철 3호선 동국대역에서 내려서 다시 시내버스를 타고 가든가, 아니면 등산을 하듯 남산 비탈길을 비지땀을 흘리며 20분쯤 걸어서 올라가야 한다. 문화공간의 건립을 설계할 때 접근성을 고려해야 한다는 상식이 무시된 사례이다.

우리의 전통공연예술은 대부분 무대와 객석이 분리되지 않은 소통형 예술이었고, 노래와 음악연주와 춤과 복식과 공예가 융합된 융합형 예술의 특성을 갖고 있었다. 그런데 서구문화예술을 흉내 내어 무대와 객석을 분리시키면서 노래는 노래대로, 음악연주는 연주대로, 춤은 춤대로, 복식과 공예는 복식과 공예대로 떼어 놓아 버렸다. 그 결과 이도 저도 아닌 멋도 신명도 없는 노래와 음악연주와 춤이 되었다.

농현의 아름다움을 지닌 독주음악의 멋과, 작은 공간에서 끊어질 듯 이어지는 정중동의 춤사위를 갖춘 우리 춤의 멋을 살려내지 못한 채 방황하고 있으며, 우리 노래와 음악 연주와 춤에 적합한 전용극장을 몇 군데 밖에 갖고 있지 못하다.

한중일 동북아시아 삼국 중에 가장 작은 영토를 가진 우리 한국의 예술은 오랜 세월동안 중국의 영향을 강력히 받아 왔음에도 불구하고 아주 독특하며, 그 중 기층예술인 민간예술은 더욱 그러하다. 민간예술 중에서도 판소리, 시나위 및 산조 등의 민간음악은 음악적 예술성이 높으며 승무, 살풀이 등의 민속춤은 미학적으로 매우 독특하며 우수하다. 이러한 전통예술을 기반 자원으로 하여 현 시대와 함께 호흡할 수 있는 훌륭한 전통예술을 만들어 나가야 한다.

지금 우리가 접하고 있는 전통공연예술의 작품들의 대부분은 조선 후기에 만들어진 것들이다. 그 유명한 시나위나 산조, 판소리, 살풀이춤, 승무들은 모두 조선 후기에 완성된 것들이다. 1978년에 만들어진 사물놀이 외에는 19세기에 만들어진 작품들을 능가할 만한 작품들이 만들어지지 못하고 있다.

가장 큰 요인은 일제 강점기로 인한 문화단절이다. 참으로 가슴 아픈 과거이다. 지금 우리가 새로운 문화를 만들어내지 못하고 있는 이유는 역량이 부족해서라기보다는 문화의 맥이 단절되었기 때문이다. 게다가 우리는 전통을 잘 알지도 못하면서 그나마 조금 남아 있는 전통문화를 업신여기는 고약한 버릇마저 갖게 되었다.

우리 문화예술을 바로 세우려면 단절된 전통을 다시 이어야 한다. 그 대안은 교육이다. 아기가 태어나서 제일 먼저 접하는 노래와 연주 음악과 춤이 서양 노래와 연주음악과 춤이 되어서는 문화적 정체성을 가질 수 없다. 오늘날의 전통공연예술이 낯선 예술이 되어버린 것은 전통예술 교육이 제대로 이루어지지 못했기 때문이다. 어린 유아교육부터 초·중·고등학교 제도권 교육에서 자연스럽게 온전한 우리 노래와 연주음악과 춤과 만날 수 있어야 한다. 더 나아가 평생교육 전반에 걸쳐 궤를 같이하는 전통문화교육이 이루어져야 한다.

국악 공연, 양(量)의 성장에서 질(質)의 성장으로 가야 한다

예술경영지원센터의 공연예술실태조사(2014년 기준)에 따르면 국내 공연시장 규모는 공연시설과 공연단체 매출액을 합한 금액으로 총 7,593억 원으로 추정된다. 이는 2012년 국내 공연시장 규모 7,130억 원에 대비해 6.5% 증가했으나 성장률은 23.3% 둔화된 수치이다.

이번 실태조사에 따르면 공연시설 매출액은 3,689억 원으로 전년 대비 10.9% 감소했으며 그 주원인은 대학로와 민간(대학로 외) 공연장 등의 매출액 감소인 것으로 분석됐다. 반면, 공연단체 매출액은 2012년 대비 16.2% 늘어난 3,904억 원이었으며, 민간기획사의 매출 실적 증가가 주된 원인인 것으로 나타났다.

소비시장 위축은 민간 시설의 매출 부진으로 이어졌다. 공공 공연장의 매출 규모는 전년 대비 약 1.5% 증가해 상대적으로 경기 영향에 둔감한 것으로 나타난 반면, 민간 공연장은 티켓 판매 수입을 중심으로 총매출이

20.6% 감소한 것으로 나타났다.

2014년 공연시설 수는 1,034개로 전년대비 5.1% 증가했고, 공연장 수는 1,280개로 전년 대비 4.3%가 증가했다. 공연단체 수는 2,284개로 2012년 대비 8.3% 증가했고, 종사자 수는 5만 5,858명으로 9.9% 많아졌다.

전국 공연장에서 2014년 한 해 동안 진행된 공연 건수는 총 4만 7,489건, 공연 횟수는 20만 228회로 전년 대비 각각 5.1%, 0.9% 증가했다. 공연단체 또한 총 4만 5,308건의 작품을 무대에 올리고 총 11만 9,968회를 공연하며 2012년 대비 각각 16%, 1.8% 실적 증가를 기록했다.

반면, 관람객 수는 3,766만 7,737명으로 5.0% 감소했다. 이는 공연시설 및 단체 수, 공연 건수 및 횟수 등 양적 지표의 성장에도 불구하고 2014년 상반기 세월호 참사, 브라질 월드컵 등 대내외적 이슈로 위축된 소비시장이 완전히 회복되지 못했기 때문인 것으로 나타났다.

공연단체수는 총 2,284개로 2012년 대비 7.9% 증가했고 종사자 수는 55,858명으로 9.9% 많아졌다. 장르별 공연단체수는 연극 752(32.9%), 무용 335(14.7%), 양악 677(29.6%), 국악 418(18.3%), 복합 102(4.5%)로서 국악단체 수는 양악에 비해 수적으로는 11.3% 뒤지고 있으나 앞으로도 나라경제가 장기 침체 국면으로 가고 있는 것을 감안한다면 적당한 수로 판단된다.

2014년 전국에서 행해진 공연 횟수는 총 119,968회이고 장르별 공연 횟수를 살펴보면 연극이 61,064회(50.9%), 무용 8,522회(7.1%), 양악 19,065회(15.9%), 국악 21,272회(17.7%), 복합 10,046회(8.4%)로서 국악이 양악을 1.8% 앞서고 있으며, 총 관객수도 36,879,753명 중 연극 10,350,516명

(28.1%), 무용 3,482,390명(9.4%), 양악 7,990,785명(21.7%), 국악 12,421,937명(33.7%), 복합 2,634,123명(7.1%)으로 국악을 관람한 관객수가 전 장르 중 가장 많아 국악이 양적으로 성장하여 청신호가 아닐 수 없다.

그러나 공연시설에서 공연된 총 공연 횟수는 총 200,229회로서 양악 24,597회(12.3%)임에 반하여 국악은 5,161회(2.6%)이고, 총 관객수 37,667,738명 중 양악이 7,754,886명(20.6%)임에 반하여 국악은 1,130,056명(3%)에 그쳤다. 또한 전국에서 행해진 공연 중 양악관람객 7,990,785명 중 97%가 공연시설에서 관람한데 반하여, 국악 관람객 총 12,421,937명 중 9.1%만이 공연시설에서 관람한 것으로 나타나 국악 공연이 양적으로 팽창하였지만 질적으로는 아직도 갈 길이 요원함을 알 수 있다.

다시 말하면 전체 국악 공연 중 90% 이상이 공연시설이 아닌 곳에서 연행되고 있다는 것이다. 농악이나 전통연희처럼 공연장이 아닌 야외에서 이루어지는 종목들이 적지 않다는 것을 감안한다 하더라도 국악공연이 주로 전문 공연장이 아닌 공연환경이 열악한 장소에서 이루어지고 있다는 것을 잘 설명해주고 있어 공연의 질적인 부분에 상당히 심각한 문제가 있음을 여실히 보여주고 있다. 이제는 국악 공연은 양(量)의 성장에서 질(質)의 성장으로 전환해야 한다.

전통공연예술 진흥을 위한
협업 시스템 구축이 필요하다

대한민국헌법 제1장 총강 제9조에는 "국가는 전통문화의 계승·발전과 민족문화의 창달에 노력하여야 한다"고 명시되어 있다. 국가는 헌법에 명시된 바에 따라 주무부처인 문화체육관광부와 문화재청은 관련 공공기관을 설립하여 전통문화의 계승·발전과 민족문화의 창달을 위하여 노력하고 있다.

문화예술 진흥의 책임 부처인 문화체육관광부에서는 제1차관-문화예술정책실-예술정책관(국장) 소속의 공연전통예술과가 전통예술, 즉 국악 발전을 위한 정책을 수립하고 집행하기 위한 컨트롤 타워의 기능을 수행하고 있다. 또한 국악과 관련된 국립기관으로서는 국립국악원이 있으며 국립 공연장으로서는 국립극장과 정동극장이 있고, 국립 학교로서는 국립국악중고, 국립전통예술중고, 한국예술종합학교 전통예술원이 있으며, 산하 공공기관으로서 (재)전통공연예술진흥재단과 (재)국악방송이 있어 국악과 관련된 '전통문화의 계승·발전과 민족문화의 창달'을 위하여 각각 부여된 업무를 수행하고 있다. 문화체육관광부 홈페이지에 접속하면 공연전통예술과에서 다루고 있는 업무가 명시되어 있는데 그 업무가 다음과 같이 방대하다.

국립국악원(민속국악원, 남도국악원, 부산국악원 포함) 관련 업무 / 국립국악중·고등학교, 국립전통예술중·고등학교 관련 업무 / 국악방송, 전통공연예술진흥재단 관련 업무 / 전통공연예술(음악, 무용, 연희 등) 진흥업무 / 전통예술 해외진출 및 관광자원화 관련 업무(고궁공연 포함) / 전통공연예술 시설, 공간 확충 및 국악의 거리 조성 / 경연대회 평가 및정부시상 지원 관련 업무(총괄)

지난 해 문화체육관광부에서는 전통예술진흥정책 수립을 위하여 관계기관 및 학계 전문가들을 초빙하여 여러 차례에 걸쳐 브레인스토밍을 가진 적이 있었다. 1951년 개원한 국립국악원은 서울에 국립국악원 본원과지역 거점이 되는 남원의 민속국악원, 진도의 남원국악원 그리고 부산국악원을 두고 민족음악의 보존 및 창조적 전승, 전통예술의 교육·연구·공연을 통한 진흥, 국민과 함께하는 생활국악의 보급·발전을 그 임무로 하고 있는 국립기관이다.

1950년에 설립된 국립극장은 국립창극단, 국립무용단, 국립국악관현악단의 3개 전속단체들이 특성에 맞게 한국 전통 예술의 현대적 재창조와세계화에 심혈을 기울이고 있다. 아울러 1997년에 전통공연예술의 명품화, 대중화, 세계화를 위하여 설립한 정동극장은 전통예술의 명품 전통공연예술을 통하여 공연관광 자원화, 전통공연예술을 통한 지역공연관광 활성화, 문화 나눔을 통한 사회공헌 확대에 노력하고 있다.

㈜전통공연예술진흥재단은 문화체육관광부 소속 공공기관으로 2007년 2월 1일 법인설립 허가를 받아 국악문화재단으로 시작, 2009년 5월 28일 현 전통공연예술진흥재단으로 명칭 변경되어 전통공연예술의 보존 및 전승을 위한 정책개발 사업, 전통공연예술의 인력양성 및 연수사업, 전통공연예술의 창작활동 및 활성화 지원 등 전통공연예술의 진흥을 위한 사업을 하고 있다.

㈜국악방송은 2000년 개국하여 서울에 본국을 두고 지국인 광주국악방송, 보조국인 부산, 전주, 대구, 경주, 광주, 남도, 남원국악방송을 두고 있다. 국악중심 한류의 개발과 세계화에 기여하고 한국전통문화에 대한 국민 공감 증진을 위해 힘쓰는 문화체육부 산하 공공기관이자 국악전문 방송이다.

국악인재 양성을 위한 국립 국악전문교육기관으로서 중·고 교육기관으로서는 1955년에 개교한 국립국악중·고등학교와 1960년 개교한 국립전통예술중·고등학교가 있으며 대학과정으로서는 1999년 개교한 한국예술종합학교 전통예술원이 있다.

한국예술종합학교 전통예술원 민의식 원장은 홈페이지 인사말에서 "과거 한국전통예술의 명맥을 근근이 이어오던 시대는 지났습니다. 전통예술의 보존에 대한 각고의 노력으로 일궈낸 양적 팽창은 이제 '새로운 전통예인의 전형 창조'라는 새로운 시대에 걸 맞는 과제를 제시하고 있습니다. 완벽한 전통의 체현 위에 자유로운 예술적 상상력으로 무장한 우리시대의 진정한 예인, 그들로부터 전통예술의 대중화와 세계화는 가능할 것입니다. 전통예술원은 이러한 예인양성을 계속하여 목표할 것입니다"라고 국립국악전문교육기관의 설립목적과 역할에 대하여 함축적으로 잘 설명하고 있다.

국악의 진흥의 관련 기관은 문화체육관광부 기관 및 교육기관, 그리고 산하 공공기관 만이 아니다. 또 하나의 중요한 축은 국악이 속해 있는 무형문화재 업무를 관장하고 있는 문화재청이다. 문화재청 무형문화재는 중요무형문화재 예능 종목의 지정·해제 및 관리, 전승자 인·선정, 해제 및 전승지원 업무 및 무형문화재 관련 업무를 총괄하고 있다.

또한 지난해는 전주에 무형유산의 보존, 전승, 교류, 활성화를 위한 세계적인 무형유산 종합정책기구인 국립무형유산원을 개원하고 기획운영과, 전승지원과, 조사연구기록과, 무형유산진흥과를 두고 전시, 공연, 기록관리, 교육, 교류협력 업무를 관장하고 있다.

그리고 문화재청은 우리의 문화재를 보호·보존하고, 전통생활문화를 창조적으로 계발하여 이를 보급, 활용함으로써 우수한 우리의 민족 문화를 널리 보전, 선양함을 목적으로 1980년에 문화재청 산하 공공기관으로 (재)문화재재단을 설립했다. 문화재재단은 소속 문화공간인 한국의 집, 한국문화의집, 무형문화재전수회관 등에서 전통 예술 공연, 전통 공예 기획전시, 전통의례 재현, 전통문화체험, 전통음식·전통혼례 보급, 문화유산 교육, 전통문화상품 개발 및 보급, 문화재 조사·연구 등의 사업을 전개하고 있다. 이에 필자는 '전통문화의 계승·발전과 민족문화의 창달'과 관련된 기관들에게 두 가시 세안을 드리고 싶다.

첫째, 정부는 전통예술의 진흥을 위하여 관련기관으로 구성된 범 상설 협의체 혹은 위원회를 구축해야 한다. 정부는 '전통문화의 계승·발전과 민족문화의 창달'을 위한 많은 국립기관과 공공기관을 갖고 있다. 전통예술의 효과적인 진흥을 위해서 전통예술진흥 관련기관 상설 협의체 혹은 위원회를 구축하여 소통하고, 업무를 조정하고 정책을 조율하는 전통예술진흥 관련기관 상설 협의체 혹은 위원회를 구축해야 한다. 물론 현 상황의 문제점을 철저히 분석하고 대책을 수립하기 위하여 관계기관 및 학계, 전문가, 관계자 및 국민들의 공감대 조성을 위한 공청회 혹은 토론회가 선행되어야 한다.

둘째, 문화재청 무형문화재과에는 국악 전공 학예연구사가 배치되어야 한다. 무형문화재 예능종목은 국악이다. 국악에 해당되는 중요무형문화재 예능종목만 하더라도 70개가 넘는다. 문화재청에 전문가로 구성된 자문의결 기구인 문화재위원회가 있다고는 하나 무형문화재 예능종목인 국악 관련 업무를 관장하기 위해서는 문화재청 무형문화재과에 국악전공 학예연구사가 배치되어야 한다.

문화재청 무형문화재과에는 국악전공 학예연구사가 한명도 없는 것으로 알고 있다. 또한 국립국악원과 문화재청이 소통 및 정책 조율 네트워크 시스템이 구축되어 있지 못하다. 문화재청 무형문화재과에 국악전공 학예연구사가 없다면 국립국악원 학예연구사를 파견 근무하게 한다거나 아니면 지금이라도 국악전공 학예연구사를 특별 채용해야 할 것이다.

지난해 문화재청 산하에 국립무형유산원이 개원하고 국악전공 학예연구사 1명을 특채하였다는 사실은 그나마 다행스러운 일이다. 제일 좋은 방법은 국립국악원과 국립민속박물관, 문화재청 무형문화재과, 국립무형유산원의 학예연구사들의 상호 순환 근무를 제도화하는 것이다. 그렇게 하면 학예연구사들의 안목도 넓어지고 협업 시스템도 자연스럽게 강화될 것이다.

　박근혜 대통령은 취임 후 부처 간 협업과 정책 조율, 그리고 관과 관, 관민의 소통과 협력을 수차례 언급한 바가 있다. 이점에 있어서는 국민적 공감대가 형성되어 있다고 본다. 따라서 '전통문화의 계승·발전과 민족문화의 창달'을 위해서 관련 국립기관들과 관과 민이 서로 소통하고 조율하고 협력해야 한다. 이 모든 것이 구호에 그치지 않기 위해서는 관련 기관 간에 구체적이고 실질적인 네트워크 시스템 구축과 실천이 필요하다.

전통공연예술의 산업화는 가능한가

　예술적 표현과 행위가 향유의 개념을 넘어, 산업으로서 이윤을 창출하고, 나아가 국가 경쟁력의 중요한 지표가 되는 것을 '문화예술산업'이라고 한다. 전 세계 문화예술산업의 대표적 성공사례는 공연기업 〈태양의 서커스(Cirque du Soleil)〉를 들 수 있다. 세계적인 공연기업으로 성장한 〈태양의 서커스〉는 불과 30년 전인 1984년에 캐나다 퀘벡주 몬트리올 북부지역의 작은 마을에서 곡예자인 기 랄리베르테(Guy Laliberte)가 이끄는 12명의 길거리 공연자들의 집단으로 출발하였다.

　초기 〈태양의 서커스〉단원들은 다양한 캐릭터로 분장하고 길거리를 돌아다니며 죽마를 타고, 저글링을 하고 춤추고, 입으로 불을 뿜기도 하며 음악을 연주하여 사람들의 관심을 끌기 시작했다. 마치 그 모습은 우리나라의 유랑예인집단 남사당패와 유사했다.

　오늘날 〈태양의 서커스〉는 '머니 프린팅 컴퍼니(money printing company)'라는 별명이 붙을 정도로 불루 오션 전략의 대명사로 자리 잡았는데, 초기에는 이 공연이 세계 공연산업의 대표적 성공사례가 되리라고는 아무도 예상하지 못했다. 우리나라에만도 17만 관객의 흥행 신화를 이끈 2007년 '퀴담'과 2008년 '알레그리아', 2011년 '바레카이'와 2012년 '마이클 잭슨 디 임모털 월드투어'는 너무나 익숙한 그들의 작품이다.

공연이 처음 만들어진 곳은 몬트리올 북부지역의 작은 마을로, 악취와 가스가 가득한 화학 쓰레기를 매립하던 지역이었다. 그 지역을 주민들의 예술을 위한 공간으로 만들자는 한 무용가의 제안이 받아들여져 지방정부와 주민들이 협력하여 문화 도시로 탈바꿈하기 시작하였다.

1959년 퀘벡 주에서 태어난 기 랄리베르테(Guy Laliberte)는 창의적인 발상으로 거리축제에서 발굴한 공연자들을 훈련시켜 〈태양의 서커스〉를 창립하였다. 그는 대단한 통찰력을 가진 공연기획자이자 사업가로서 기존의 전통적인 서커스에 극적인 요소, 의상, 라이브 음악, 조명 등을 조화시켜 완벽한 구성과 예술적 표현으로 기존의 서커스를 예술적 경지로 끌어 올렸다.

〈태양의 서커스〉는 세계 각국의 신화나 민속놀이에서 작품의 소재를 찾아 완벽하게 자신의 것으로 소화해 내는 것으로도 유명하다. 한국의 민속놀이인 '널뛰기'가 그들의 작품 소재가 된 적도 있다. 그들은 해마다 상상을 뛰어 넘는 대작들을 꾸준히 개발하고 있으며 앞으로는 환상적인 아크로바틱과 3D를 접목하여 새로운 장르를 개척해 나갈 것이라고 한다. 단원들의 연기력은 한 치의 실수가 없을 정도로 완벽하며 예술적 수준도 세계 정상급으로 손색이 전혀 없다. 그들은 공연 퀄리티의 완벽성을 지키기 위하여 작품에 대한 라이센스나 복제를 하지 않으며 각 공연마다 한 액트를 담당하는 연기자도 한 명 뿐이며 더블 캐스팅을 하지 않는다고 한다.

〈태양의 서커스〉 창립 후 기 랄리베르테의 대담한 통찰력이 적중하여 공연은 성공의 성공을 거듭했다. 2004년에는 인터브랜드가 시행한 '세계 적으로 가장 영향력 있는 브랜드' 조사에서 22위로 선정됐으며 지금은 현 재 1,200여 명 정도의 공연자들을 포함, 5,000여 명의 직원을 거느려 세계 적인 기업인 애플, 구글 등과 어깨를 나란히 하는 연간 매출 10억 달러(약 1조1000억 원)가 넘는 글로벌 공연기업으로 성장하였다. 창립 후 지금까지 미국을 비롯해 세계 5대륙의 300개 도시에서 선보여졌다. 연 인원 1억만 이상의 관람객이 찬탄과 열광 속에서 그들의 공연을 지켜보았으며 설립자 기 랄리베르테(Guy Laliberte)는 현재 〈포브스〉가 선정한 세계 500대 갑부 가 되었다.

〈태양의 서커스〉의 '퀴담', '알레그리아', '바레카이', '마이클 잭슨 디 임모 털 월드투어'에 대적할 만한 한국의 대표적 문화브랜드 상품으로는 무엇 이 있을까? 아쉽게도 그와 같은 고수익성의 공연예술 작품은 아직 없다. 그나마 우리의 대표적 공연예술 상품으로 '김덕수 사물놀이', '난타', '점프', '뮤지컬 명성황후' 등이 있을 뿐인데 〈태양의 서커스〉가 보유하고 있는 공 연상품의 수준에는 미치지 못한다.

풍물을 모체로 재창조된 작품인 '사물놀이'는 우리 전통예술의 우수성 을 세계적으로 알린 대한민국의 대표적 문화브랜드 상품이다. 그러나 김 덕수가 운영하고 있는 예술단 〈사물놀이 한울림〉은 '사물놀이'가 탄생한 지 40년이 가까워 오는데 전용극장 하나없이 운영난에 허덕이고 있어 씁 쓸한 우리 공연예술계의 현주소를 보여주고 있다. 다행히 '사물놀이'에서 영감을 얻어 제작된 또 하나의 대표적 문화상품인 '난타'가 전용극장을 통한 상설공연을 이어오고 있으며, '난타' 이외에도 '점프' 등 우수한 작품들을 끊임없이 개발하고 있어서, 공연예술산업의 모범적 성공 사례로 꼽을 만하다. 그 이상의 경쟁력을 갖춘 작품들이 지속적으로 나와야 할 것이다.

〈태양의 서커스〉는 30년 전 불과 200년의 역사의 캐나다의 한 작은 마을에서 출발하였다. 몇 백 년에 지나지 않는 짧은 역사를 가진 캐나다의 한 공연기업이 성공적 문화예술상품을 만들어 내는데, 반만년의 유구한 역사와 찬란한 문화를 자랑하는 우리나라가 그들을 따라잡지 못할 이유가 있겠는가? 다양하고 풍부하며 예술성이 뛰어난 문화유산을 가진 우리나라가 〈태양의 서커스〉 같은 성공 사례를 벤치마킹하여 국가나 대기업에서 관심을 갖고 집중적인 투자를 한다면 얼마든지 단기간 내에 그들을 능가하는 대기업 수준의 공연기업을 만들 수 있다고 생각한다.

우리나라의 공연예술작품이 세계문화시장에서 경쟁력을 갖기 위해 필요한 것은 무엇일까? 그것은 다름 아닌, 서구 문화와 차별화된 우리나라만이 갖고 있는 독특한 전통적 원형질의 토대 위에 세계인이 보편적으로 공감할 수 있는 콘텐츠를 지속적으로 확보하는 것이다. 서구 공연예술의 구성과 방식을 따라하는 것만으로는 아류의 범주를 벗어나기 어렵다. 우리의 전통예술 속에서 소재를 찾아 세계인의 보편적 정서와 공감할 수 있는 작품을 재창조하여야 한다. 그를 위한 안정적 기반을 조성하는 데는 국가와 대기업 모두 보다 많은 관심과 집중적 투자가 따라야 한다.

조선조까지 우리의 공연예술사에서 가장 중심석인 위치에 있었던 깃은 민간 전통연희였다. 민간 전통연희는 주로 민중들에 의하여 면면히 이어져 온 전통예술로서 풍물(농악), 가면극(탈춤), 무속, 남사당 등 전통예인집단의 예능(줄타기, 버나, 재주넘기, 솟대타기 등의 곡예적 요소)을 통칭하며 가무악극 일체의 통합적, 총체적 예술이면서 다양한 사회문화적 요소가 융합되어 만들어진 훌륭한 예술이다.

중국영화 '패왕별희'는 작품 전체를 중국의 전통연희극인 경극의 미감 안에서 진행시킨 작품으로, 경극의 강렬한 인상을 널리 전한 바 있다. 여러 해 전에 상영된 영화 '왕의 남자' 또한 전통연희에 대한 인식을 상당히 제고시켰으며, 줄타기, 재주넘기, 소리, 탈춤 등 전통연희의 요소들이 작품 속에 자연스럽게 용해되어 영화를 보는 재미를 더했다.

원래 민중들에 의하여 면면히 계승된 우리 전통예술의 본 모습은 무대와 객석의 구별 없이 함께 어우러져 벌이는 흥과 멋을 지니고 있다. 점잔을 떨며 숨죽이고 무대를 주시하는 서구의 공연예술과는 달리 객석과 무대가 긴밀하게 소통하며 음악과 노래와 춤이 일체화된 연희 중심의 예술이다.

그러나 해방 후 오늘날까지 국악계는 가무악 일체의 전통연희 공연방식을 뒷방으로 보내고, 기악과 성악, 그리고 춤이 각각 독립되어 연행하는 서구식 공연방식을 모방한 결과 전통공연예술은 무대와 객석이 긴밀하게 소통하지 못하는 따분한 예술로 전락해버렸다.

충분하지는 않았으나 국악분야에 대한 정부의 지속적 지원이 없었던 것은 아니다. 60년 전 '국립국악원'이 들어선 이후 오늘날까지 지속적인 지원이 이루어졌고, 지금은 남원의 민속국악원, 진도의 남도국악원, 부산 국악원 등 지역 분원이 들어섰으며, 국악전문교육기관으로서 중·고등학교 과정인 국립국악중·고등학교와 국립전통예술중·고등학교, 대학과정으로는 한국예술종합학교 전통예술원이 운영되고 있어 인재 양성에 기여하고 있다. 전통공연예술의 진흥과 지원을 위하여 ㈜전통공연예술진흥재단이 설립되어 운영되고 있고, 수많은 국공립 국악관현악단이 창설되어 운영되고 있다. 또한 국악의 대중화, 세계화를 위하여 국악방송이 설립 운영되고 있고 국가가 주도하는 문화예술지원사업에 있어 전통예술분야에 많은 지원이 이루어지고 있다. 타 예술장르에 비해 국악분야의 지원은 상대적으로 많았으나 투자에 비하여 탄탄한 경쟁력을 갖추지 못하고 있다. 다시 말하여 산업화와 세계화의 임무까지 수행하기에는 자생 기반이 건강하지 못하다.

공연예술계의 세계적인 추세는 단편적 기능의 연주가보다는 종합적 재능을 가진 공연예술가들을 필요로 하고 있으며, 단일 장르보다는 탈 장르의 총체적 융복합 공연예술에 주목하고 있다. 그러나 현재의 우리 전통공연예술계를 들여다보면 종합적 재능을 가진 공연예술가 뿐 아니라, 그를 뒷받침하여 산업화로 이끌어낼 제작, 기획, 마케팅, 무대, 연출 분야의 전문가들 또한 절대적으로 부족함에도 불구하고, 체계적 전문 인력양성의 기반도 허약하다. 또한 전통공연예술의 유통구조의 시스템이 구축되어 있지 못한 것도 문제이다. 이렇게 된 것에 대한 철저한 분석과 대책 마련이 필요하다.

이제는 문화예술산업으로 눈을 돌려야 할 때이다. 이것은 우리나라만의 과제가 아니라 세계적인 추세이다. 이미 선진국에서는 '21세기는 국가 간의 경쟁체제가 무기나 전쟁을 통한 힘의 원리가 아닌 문화의 경쟁력에 따른 경쟁체제'에 들어섰음을 인지하여 변화하고 있다. 더구나 물적 자원이 부족한 우리나라에서 문화예술산업의 고부가 가치 창출 가능성에 주목해야 함에는 재론의 여지가 없다.

전통공연예술축제의 성공을 위한 제언

우리나라는 전통적으로 마을마다 제천의식의 한 형태로 온 마을 사람들이 함께 모여 마을의 무사안녕(無事安寧)과 풍년을 기원하는 동제(洞祭)인 '마을굿'이 있다. 마을굿은 지역에 따라 유교식 제사 위주로 치러지는 경우도 있으나, 대체로 토속신앙의 의식과 함께 행해졌다. 마을굿의 형태는 별신굿, 도당굿, 대동굿, 부군당, 당굿, 산신제, 당제, 당산제 등 명칭이 다양한 만큼 지역별로 내용에 차이가 많다.

우리와 가까운 이웃국가인 일본에서도 우리나라의 마을굿에 해당되는 '마쯔리'(祭)가 열린다. 특히 일본의 3대 마쯔리로 불리는 교토의 '기온 마쯔리', 도쿄의 '칸다 마쯔리', 오사카의 '텐진 마쯔리'는 세계적으로도 유명하다. 마쯔리가 열릴 때 마다 일본의 전역뿐만 아니라 해외에서도 많은 관광객들이 모여들어 일본의 대표적 관광 상품으로 자리 잡고 있다.

우리의 마을굿은 우리 고유의 마을 축제로서 대동(大同), 동락(同樂), 상생(相生)의 기본 정신이 담겨있다. 즉 마을 사람들이 구경꾼이 아닌 주인이 되어 함께하고(大同), 함께 즐기며(同樂) 그러한 과정 속에서 서로 화합하고 서로 존중하고, 서로 도와가며 살아가는(相生) 문화를 만들어 미래로 나아가는 동력을 창출해낸다는 뜻을 가지고 있다.

이러한 마을굿이 일제강점기에 일제(日帝)에 의하여 미신(迷信)이라 비하되고, 철저히 탄압되었다. 해방 후 산업화 과정에서 멸실 위기에 처했다가 최근 들어 일부 지역에서 활성화되고 복원되고 있는 것은 다행스러운 일이다. 지금은 한국의 대표적 전통공연예술축제로 발전되어 자리를 잡아가고 있다. 이러한 전통문화를 기반으로 한 사회통합적인 기능을 갖고 있는 전통공연예술축제가 활성화된다면 지역통합과 지역민의 지역문화 정체성 확립에도 기여할 뿐만 아니라 관광자원이 되어 지역 경제 활성화에도 큰 역할을 하게 될 것이다.

정부에서도 지역의 특성화된 공연예술 행사·축제지원을 통해 문화예술발전과 관광활성화, 국민의 문화향수권 신장 도모를 위하여 연극, 뮤지컬, 음악, 무용, 전통, 다원 등 총 61개의 공연예술제에 정부와 지자체의 매칭 사업으로 재정지원을 해주고 있는 '대표적 공연예술제 관광자원화 지원사업'을 펼치고 있다. 현재 재정지원을 받고 있는 대표적인 전통공연예술제로서는 '남원 춘향제', '안성맞춤 남사당 바우덕이축제', '김해가야금페스티벌', '전주세계소리축제', '영동난계국악축제', '전주대사습놀이 전국대회', '부평풍물대축제' 등 16개 축제가 있다.

이러한 전통공연예술축제 중에서는 계획과 집행에 있어 모범적으로 잘 운영되고 있는 축제들이 있는가 하면, 사업 목적과 취지에 부합되지 못하고 정치적인 행사, 혹은 소모성 축제로 전락한 축제가 있는 것이 현실이다. 성공적인 전통공연예술축제를 위해서는 지역의 특성화된 전략을 사용해야 한다. 축제 주제의 지역적 정체성과 보편성이 담보되고, 대표적 공연예술제 관광자원화 사업 목적에 부합되도록 목적이 설정되어야 하며, 실현가능하며 구체적인 사업계획이 수립되어야 한다. 물론 중장기 비전 및 전략도 적절하게 세워져 있어야 한다. 그리고 집행에 있어서도 행사 성격과 규모에 맞는 조직체계가 이루어지고, 사업목적과 기획방향에 맞는 프로그램으로 구성되어야 한다.

전통공연예술축제라고 표방한 축제가 대중가요 가수들의 공연이나 클래식 음악이 메인이 되는 웃지 못 할 축제가 있는 것이 현실이다. 프로그램의 실행 시 축제 현장의 시·공간적 운영 및 진행이 적절하게 이루어져야 한다. 또한 전문적인 홍보마케팅 인력을 활용한 온라인_오프라인 홍보마케팅 전략이 수립되어야 한다. 아울러 사업규모와 성격에 맞는 홍보가 이루어지고, 효율성 있는 예산 집행과 대표적 공연예술제로서의 예술적 수준이 적절하여야 한다.

성공적인 축제가 되기 위해서는 지역민이 구경꾼이 아니라 주인이 되어야 하며 지역민의 긍지와 자부심을 고양시킬 수 있어야 한다. 따라서 축제를 실행함에 있어 지역 커뮤니티를 적극 활용하고 축제의 주최자이자 참여자로서 자원봉사자의 활용도를 높이는 방안도 함께 마련되어야 할 것이다.

전통문화는 국가발전의 원동력이다

　지난해는 메르스 사태가 온 국민을 불안에 떨게 하더니, 얼마 전에는 북한의 핵실험과 위성발사를 빙자한 미사일 발사 도발로 온 나라가 뒤숭숭하다. IMF 경제 위기 때를 능가할 정도로 나빠진 실물 경제, 대외무역의 장기적 침체, 총선을 앞둔 여야 간의 끊임없는 대립과 반목, 우리의 의지와 관계없이 어디로 튈 줄 모를 북한의 핵문제와 안보문제, 그 어느 것도 풀릴 줄 모르고 있다. 이러한 것들이 또한 국민들을 불안하고 우울하게 만든다.

　이런 상황 속에 처해 있는 국민들에게 꿈과 용기를 심어주고 하나로 뭉치게 할 수 있는 방법은 없는 것일까? 다름 아닌 문화에서 그 실마리를 찾아야 한다. 요즘 우리 사회를 보면 우리 국민들을 이끌어 가는 싱싱하고 생명력 있는 건강한 문화가 부족하다. 문화는 국민들의 흐트러진 마음을 하나로 모으게 하는 사회통합 기능을 갖고 있다. 또한 문화는 우리에게 행복감과 성취감을 주는 치유의 기능을 갖고 있다. 그리고 미래의 꿈나무인 유아 및 청소년들의 바람직한 인성 형성과 창의력 형성에 탁월하다. 게다가 문화를 산업화하면 제조업 못지않게 고부가 가치를 창출해 내는 기능을 갖고 있다. 따라서 문화는 우리에게 직면한 난제들을 해결해 나가기 위한 원동력이라고 할 수 있다.

문화는 우리만의 정서가 녹아 있어야 하며 우리 민족의 정체성에 뿌리를 박고 피어난 것이어야 생명력이 있다. 따라서 우리의 전통문화는 국가 발전의 원동력이다. 보통 전통이라고 하면 현실과는 동떨어진 고답적인 것으로 생각하기 쉽다. 전통이란 말 자체를 살펴보면 전통이라는 낱말은 전(傳)과 통(統)의 합성어이다. 전(傳)이란 전달을 의미하며 통(統)이란 계통을 뜻한다. 즉 계통의 전달이요, 전달의 계통이다. 전자는 내용적인 면을 강조한 것이고 후자는 기능적인 면을 강조한 것이다. 따라서 전통은 과거의 것이 아니라 우리 민족만이 가질 수 있는 독특한 원형질을 바탕으로 부단히 재창조되는 연속성의 것이다.

그런데 전통문화가 이렇게 중요한 만큼 전 국민들에게 피부에 와 닿도록 확산되지 못하고 있다는 현실이 안타까운 일이 아닐 수 없다. 그 원인을 찾아본다면 지금까지의 전통문화 교육 시스템이 활성화되지 못한 것에서 찾을 수 있다.

그러나 지방자치제가 전면적으로 실시되면서 각 지역 지자체가 지역 전통문화의 정체성에 바탕을 두고, 그 지역만이 가질 수 있는 특성을 살린 전통문화 행사를 기획하여 성공적으로 운영하고 있는 사례들이 늘고 있다. 이러한 행사를 통하여 지역민의 화합과 단결은 물론 문화 향수의 기회를 확산해 나가는 것은 다행스러운 일이다. 또한 그 문화행사를 관광자원으로 개발하여 타 지역의 국민들은 물론 외국인들에게도 문화체험의 기회를 제공하고 그 과정에서 발생하는 부가가치의 혜택이 다시 지역주민에게 돌아가도록 하게 하는 것은 좋은 사례라 할 수 있다.

전주세계소리축제, 남원 춘향제 등은 대표적 전통공연예술축제의 성공 사례다. 이 행사들은 이제는 명실상부한 전국 규모의 전통문화 행사로 자리 잡기에 이르렀다. 이러한 전통문화 행사들이 앞으로도 지방 지자체를 중심으로 많이 개발되어 활성화되기를 바라며 우리의 전통문화를 더욱 견실하게 발전시키는 역할을 하게 되기를 기대해 본다.

지금은 대립과 반목이 아닌 국민들에게 꿈과 용기를 심어줄 싱싱하고 생명력 있는 건강한 문화가 필요할 때이며 그러한 문화를 강력히 끌고 갈 수 있는 프로그램이 필요하다. 문화는 나라 발전의 원동력이며, 그 문화는 바로 전통문화이어야 한다. 이러한 것에 적극적인 관심을 갖고 분위기를 조성해주기를 정부의 문화정책 입안자들과 광역 및 기초 단체장들에게 간곡히 부탁드리고 싶다.

전통예술의 지속성장을 위한
기반구축이 필요하다

왜 전통예술이 소중한가? 전통예술은 우리 고유의 문화 정체성이 깃들어있어 국민의 문화감수성 신장과 자아정체성 확립의 소중한 자원이며, 국가 정체성의 원천이기 때문이다. 우리 헌법에서도 전통예술을 대대로 이어지는 문화유산으로써 보존·전승·창조 진화의 대상으로 보아 "국가는 전통문화의 계승·발전과 민족문화의 창달에 노력하여야 한다"고 제9조에 명시하고 있다.

전통예술은 한국적 세계관과 미의식에 기반을 둔 보편적 정서가 담겨있으며, 세계의 문화적 다양성에 기여할 수 있는 독자성과 특수성을 갖고있다. 또한 높은 수준의 예술성을 담보하고 있고, 변용과 재창조 등을 통해 동시대 문화로 거듭날 수 있는 무한한 잠재력을 갖고 있어, 고부가 가치를 창출할 수 있는 경쟁력이 있다.

그래서 대내적으로 웰빙, 친환경 등 사회적 변화로 인해 전통문화예술에 대한 변화된 시선이 생겨나고 있으며, 대외적으로 한류의 원천으로서 우리 전통문화예술에 대한 관심도 함께 높아지는 추세이다. 이러한 대내외적 환경변화에 대응하는 국가 정책적 차원에서 전통문화예술진흥이 요구되고 있다.

이러한 환경 변화에서 우리 전통예술 진흥정책도 보존·계승의 전통예술 중심정책에서 국민들의 일상 속에 밀착하는 전통예술, 활용의 대상으로서의 전통예술로의 정책변화가 이루어지고 있다. 우리의 전통예술이 국민들의 일상으로 다가가기 위해서는 먼저 우리 전통예술의 내부역량을 강화하고 현대적 수용을 통하여 국민들이 이해할 수 있고, 공감할 수 있는 전통예술로 변화해야 한다. 그러기 위해서는 예술가로서 전통공연예술인과 기획·홍보·마케팅·무대전문 인력들의 역할이 필수적이다.

그리고 또 한 축으로서 전통예술 진흥정책 수립 및 정책 추진 관계자들이 해야 할 몫이 있다. 그것은 다름 아닌 전통예술의 지속적 성장을 위한 기반을 조성해 가도록 계획을 수립하고 추진하고 점검하는 일이다. 그래야 전통예술의 세계화, 산업화도 가능해진다.

지난해 문화체육관광부에서는 전통공연예술 활성화를 위한 정책을 수립하기 위하여 전통예술 전문가들과 집중적이고 지속적인 논의를 한 적이 있었다. 당시 전문가들의 전통예술의 지속적 성장을 위한 기반조성 방안에 대해서 다음과 같은 의견이 지배적이었다.

첫째, 정부와 지자체는 전통예술 창작단체의 경쟁력을 강화하도록 도와야 한다. 전통예술 분야 창작단체(개인포함)를 대상으로 연습 공간 및 작품을 실연할 수 있는 창작 전문극장 대관을 지원하고, 창작자와 창작단체를 위한 음반·음원제작 및 홍보 마케팅을 지원하고, 차세대 유망 전통예술 창작단체를 선정하여 공연, 해외 진출 등 정책 사업에 우선 배려한다.

둘째, 전통예술 조사, 연구를 확대해야 한다. 지역공동체 문화의 근간이 되는 민속 문화에 대한 발굴·조사·연구와 전통예술 도서출판 및 우수논문·서적에 대한 외국어 번역을 지원 추진하고, 새로운 창작소재 발굴 및 신규 레퍼토리 확보를 위한 전통예술 복원 및 재현사업을 개선·확대하고, 전통예술 통계구축 및 성과지표를 개발한다.

셋째, 전통예술 진흥을 위한 근거법을 제정하고 실행체계를 확립해야 한다. 전통문화 및 한류의 원천이 되는 전통예술 진흥을 위한 정책적 근거 마련을 위한 전통예술진흥 전문법안을 마련하고, 근거법 제정 이후, 정책실행 거점으로써 전통예술진흥원을 설립하고, 전통예술진흥 재원을 마련하기 위한 전통예술진흥기금을 마련하고, 전통예술의 활용 및 사업추진 범위를 확대하여 범정부·기관 간 연계·협력 체계를 마련한다.

넷째, 전통예술 종합 유통체계를 구축해야 한다. 기획·제작 대비 유통·소비가 미흡한 불균형을 개선하고 전통예술분야의 산업화 기반을 조성하기 위하여 전통예술 분야 수요자와 공급자간 연결을 위한 종합유통센터를 마련한다. 더불어 음반, 도서, 악기, 공연 등 민간개발 전통예술 콘텐츠를 위주로 수요와 공급을 연결하는 유통허브 구축 및 통합 마케팅을 운영하도록 한다.

다섯째, 지역 활성화의 거점으로서 제주, 강원, 충청지역 국립국악원을 설치하여 지역의 전통문화 자원 발굴·연구 및 지역단체 경쟁력 강화를 주요 업무로 하여 지역별 거점화 마련 및 각 지역별 특성화를 추진한다. 예를 들어 제주에는 관광연계 콘텐츠 개발을, 강원은 민요자원 발굴·연구를, 충청은 무속음악 자원을 발굴하고 연구하는 등 지역별로 특성화

사업을 추진한다.

　따지고 보면 위의 다섯 가지 기반 조성 방안은 새로운 것이 아니라 이미 제안되었던 것을 다소 보완한 수준이다. 그러나 전문가들이 모여 다시이 문제를 다시 거론하게 된 것은 이미 발표되었던 정책들이 성과를 보이지 못했기 때문이다. 여러 가지 이유가 있었겠지만, 가장 큰 이유는 정책을 실천하기 위한 실질적인 예산이 편성되지 못했고, 노력이 부족했다고 보는 것이 옳을 것이다.

　따라서 전통예술진흥을 위한 지속적인 기반 조성 사업이 현실화되기 위해서는 문화체육관광부는 물론 타 부처 혹은 산하 기관들에게 협조를 요청하고, 역할을 부여해야 한다. 전통예술진흥 기반 조성 사업이 지속적으로 수행될 수 있도록 하게 하는 전문가와 관련 부처 기관 관계자가 함께하는 문화체육관광부 혹은 그 이상 차원의 컨트롤 타워 구축이 필요하다.

전통예술의 현 좌표와 가야할 길

정신없이 앞만 바라보고 살다보면 길을 잃고 목표와는 전혀 다른 길을 향하여 걷고 있는 자신을 발견하곤 한다. 그래서 가끔은 가던 길을 멈추고 자기 자신이 걸어온 길을 되돌아보고, 자신이 처한 현재의 좌표를 확인해볼 필요가 있다.

우리나라는 전통예술을 우리의 문화적 정체성이 담겨 있는 소중한 문화유산으로 인식하고 "국가는 전통문화의 계승·발전과 민족문화의 창달에 노력하여야 한다"고 전통예술의 진흥을 위한 국가적 책무를 헌법에 명시한 바 있다.

또한 지난해 정부는 국정 2기 문화융성의 방향을 정하면서 "전통문화를 기반으로 하는 대한민국의 정체성과 핵심 가치를 담은 국가브랜드를 개발하고, 아리랑 등 주요 문화유산을 활용해 킬러 콘텐츠를 만드는 작업을 병행하겠다"고 밝혔다. 이것은 전통예술이 문화융성을 위한 기반 자원이자 한국을 대표하는 킬러 콘텐츠로 재창조되어야 할 대상이라는 것을 분명히 한 것이다.

그렇다면 오늘날 전통예술은 어디에 와 있는 것이며, 정책 방향을 잘 잡고 가고 있는지를 점검해 볼 필요가 있다. 그래야 역량을 집중시킬 수 있다. 우선 현재 전통예술이 처한 긍정적인 환경을 꼽아보자. 정부의 전통예술 관련 예산이 2007년에 749억, 2011년에 710억 원 수준이었던 것이 현재 1,000억 원에 가까운 수준으로 양적인 증대를 보이고 있다. 이것은 다행스러운 일이다. 2007년에 전통예술 정책 수행 유관기관이 국립국악원, 국립극장, 한국문화예술위원회 등 수준이었던 것이 현재는 국립국악원, (재)전통공연예술진흥재단, (재)국악방송, 국립극장, 정동극장, 한국문화예술위원회, 문화재청, 한국문화예술회관연합회, 예술경영지원센터 등으로 대폭 확대되었다. 이제는 양적 성장에서 질적 성장을 검토해 볼 시기다. 지속 추진사업과 신규 사업과의 재구조화가 필요하고 유관기관의 역할정립과 협력 강화가 필요하게 되었다.

또한 한류3.0(K-Culture) 등 전통예술의 가치와 역할에 대한 인식이 확대되고, 전통예술에 대한 해외시장의 대중·전문 수요가 확대되는 등 국가브랜드로서의 전통예술이 주목받고 있다. 그리고 문화융성을 위한 원형소재·창조산업콘텐츠로서의 전통예술의 가능성이 증대되어 국내·외 창조문화산업과의 연계가 더욱 강화되고 있다. 따라서 신 수요시장에 대응하는 창조산업 육성과 창조산업을 위한 전통예술의 선순환 플랫폼 구축이 필요하게 되었다. 이러한 것들은 전통예술의 진흥을 위한 긍정적인 환경의 토대이다.

그러나 긍정적인 환경만 조성되어 있는 것은 아니다. 현재 국가의 전통예술 진흥을 위한 재정 지원이 전통예술 원형복원 및 창작활동지원에 비해 대중화 산업화 및 세계화에 2배 이상 치중되어 있는 것은 바람직하지 않다. 문화의 산업화도 중요하지만 전통예술 원형복원 및 창작활동의 활성화 없이는 문화의 산업화를 이룰 수는 없다는 점을 유념해야 한다.

국립국악원의 역량이 공연사업으로 치중되어 있고, 원형탐구 및 연구 기능이 위축되어 있는 점도 개선되어야 한다. 국악교육 활성화를 위한 기반 구축 등 국악교육의 성장기반 마련과 국악전업예술인의 지속창조 기반을 위한 선순환 시스템 구축도 시급한 과제인데 추진 주체가 분명하지 않은 것도 문제다. (재)전통공연예술진흥재단 등 국고사업비 기반 실행기관의 안정적 운영기반이 미약한 점도 개선되어야 할 과제다.

따라서 지금은 국민의 삶과 함께하는 전통예술의 정체성 제고를 위하여 전통예술의 효과적 정책 수립·법률·제도·기반 구축의 여건 조성이 필요한 시기다. 그리고 새로운 동력 확보를 통한 지속가능성 강화와 문화융성의 한류를 선도하는 전통예술의 새로운 수요에 대응하는 인프라·플랫폼 구축과 지속성장의 토대가 마련되어야 한다. 그렇기 위해서는 신 수요 시장에 대응하는 창조산업의 육성과 창조산업을 위한 전통예술의 선순환 플랫폼 구축이 필요하다. 또한 문화예술교육사 등 제도정착을 위한 기반 구축, 장기 콘텐츠육성을 위한 유통·저작권 기반 구축은 물론 국민 경험 확대를 위한 미디어 플랫폼의 전략 고도화가 필요하다.

이것은 문화체육관광부 주무 담당부서 관계자 몇몇의 힘만으로는 되지 않는 일이므로 관계기관 간 구체적 협의와 역할분담이 필요하다. 이 모든 것을 논의하고 대책을 세우기 위해 관계기관과 전문가, 그리고 전통예술 현장 예술가들의 공론의 장이 필요하다.

제5부

문화 복지를 위하여

수원문화재단의 본연의 역할과 책무

　문화의 중요성을 강조할 때 백범 김구의 '나의 소원'이 자주 인용된다. 백범은 "우리의 부력(富力)은 우리의 생활을 풍족히 할 만하고, 우리의 강력(强力)은 남의 침략을 막을 만하면 족하다. 오직 한 가지, 가지고 싶은 것은 높은 문화의 힘이다"라고 하였다. 백범이 꿈꾸었던 것은 문화강국 대한민국이었다. 20세기 초 갖은 역경 속에서도 조국의 독립을 위해서 헌신하였던 백범이 21세기가 문화가 국가경쟁력의 주요 원동력이 되는 문화의 세기가 될 것이라는 것을 예견한 탁월한 식견에 감탄하지 않을 수 없다.

　정말 그렇다. 문화는 사람들에게 행복감을 안겨 주어 삶의 질을 한껏 높여주는 기능을 갖고 있다. 또한 문화는 사회를 통합하는 기능도 갖고 있으며 상처받은 사람들의 마음을 치유하고 각박한 사회를 살아가는 현대인들의 마음을 치유하는 기능도 갖고 있다. 더 나아가서는 산업화 및 고부가 가치 창출 기능까지 갖고 있다. 또한 유아 및 청소년들의 인성과 창의력 형성의 필수적 기능까지 가졌으니 문화의 힘은 아무리 강조해도 지나치지 않는다.

문화의 역할과 그 중요성이 대두되고, 문화생산자 중심 지원정책에서 문화향유자 중심 지원정책으로 전환되면서, 각 지자체에서는 지역 문화예술회관을 경쟁적으로 설립하였다. 현재 전국에 240여 개의 지역 문화예술회관이 운영되고 있다. 지역 문화예술회관은 지역의 문화거점기관을 표방하면서 지역민들에게 품격 높은 다양한 공연, 전시, 문화예술교육, 축제 프로그램을 제공하여 지역민들에게 문화향유의 기회를 제공하여 지역민의 삶의 질 향상에 기여하고 있다.

그러나 현재 지역 문화예술회관이 지역 문화예술 거점으로서 지역 문화정책 개발의 싱크탱크로서, 지역 문화생태계 육성의 촉매자로서, 행정과 민간을 매개하는 중간지원자로서, 지역 내 문화 주체들 간의 연대와 협동의 조정자로서 역할을 수행해야 하는데 현재의 규모와 조직으로서는 한계가 있다. 이러한 한계를 인식한 선진 지자체에서는 지역 문화재단을 설립하여 지역문화예술 역량 강화 거점기관으로서의 문화재단 운영을 기대하고 있으나 대부분의 지역 문화재단들은 아직도 본연의 역할과 기능을 다하지 못하고 있다. 게다가 간판만 문화재단이지 아직도 문화예술회관의 수준에 머물러 있는 곳도 적지 않다.

문화재단은 지역문화재단은 지역에 의한, 지역을 위한, 지역의 문화를 창조하는 허브가 되어야 한다. 또한 문화적 창의력으로 지역을 혁신하는 문화정책 수립기관이자 실행 기관으로서 기능을 하여 문화적 선순환 생태계를 만들어가는 지역의 문화 동력기관으로의 역할을 해야 한다.

다시 말해서 문화재단은 지역민들에게 다양한 문화예술 프로그램을 제공하여 지역민의 문화향유의 기회를 확장하는 기존 지역 문화예술회관이 수행하였던 역할 뿐만 아니라, 주민들이 함께하는 삶의 구체적인 터전인 지역의 문화를 특성화하고 진흥하여 지역주민 간의 관계와 소통, 공유, 연대를 매개로 하여 지역사회의 갈등과 문제점들을 완화하는 역할을 해야 한다. 또한 지역문화를 창조도시·문화도시의 성장 동력으로서 뿐만 아니라 글로벌 시대의 경쟁력의 원천으로 활용되도록 그 역할을 다해야 한다.

또한 지역 공동체 소생을 위한 마중물 역할을 수행해야 하며 지역의 제반 문제들을 해결하기 위해 주민들의 창조성이 발현될 수 있는 조건과 환경 만들기를 해야 한다. 또한 지역의 문화경제·순환경제 육성을 위해 지역의 문화적 창조활동과 사회적 생산 활동을 통합하여 지역의 새로운 일자리를 창출할 수 있도록 지역문화경제 인큐베이터로서의 역할을 수행해야 한다.

이런 중차대한 역할을 수행해야하는 지역 문화재단의 역할은 거스를 수 없는 시대의 요구이고 대세이다. 수원문화재단은 문화재단 본연의 임무인 지역 문화예술의 진흥을 통한 시민 문화 복지 구현 외에 세계문화유산인 수원화성을 기반으로 한 관광활성화 및 전통문화 활성화라는 복합적인 임무까지 부여된 거대한 전국 최대 규모의 문화재단이다. 수원문화재단에 거는 기대가 그 어느 때보다도 크다.

달빛 품은 화성을 거닐다

   'Love Story', 'And I love you so' 등 주옥같은 노래를 남긴 팝가수 앤디 윌리암스(Andy Williams)가 부른 'Moon River'를 들을 때마다 휘영청 달 밝은 밤, 달빛에 부서지는 금빛 물결이 흐르는 낭만적인 강의 모습이 떠오르곤 한다. 달은 동서양과 남성과 여성, 그리고 시대를 초월하여 우리의 정서에 깊이 호소하는 불변의 소재이다.

   달은 사람들에게 따뜻하고, 부드럽고, 포근하고, 몽환적이며 서정적인 이미지를 준다. 그래서인지 달은 사람들에게 기대고 싶은 친구이자, 소망을 구하는 대상이기도 했다. '달' 하면 연상되는 명사로는 연인, 어머니, 그리움, 낭만, 풍류 등을 꼽을 수 있다. 문학작품이나 산수화를 보면 텅 빈 산속을 비치고 있는 달, 강이나 호수 위에 휘영청 떠있는 달, 흐드러지게 피어있는 꽃을 비추고 있는 달, 벌레소리, 새소리 혹은 거문고나 피리 소리와 어울려 있는 달의 모습을 흔히 볼 수 있다.

   문학작품의 예를 들어본다면 "이화(梨花)에 월백(月白)ᄒ고 은한(銀漢)이

三更인제/ 일지 춘심(一枝春心)을 자규(子規)야 알랴마는……"라고 노래한 고려시대의 문신 이조년의 '다정가(多情歌)'는 달을 소재로 한 시(詩)로 너무도 잘 알려져 있다. 또한 "달하 높이곰 도다샤/어기야 머리곰 비치오시라……"라고 한 백제가요 '정읍사'는 달을 통하여 지아비에 대한 그리움과 애틋한 정을 노래한 불후의 고전이다.

달빛에 젖은 성곽의 모습 또한 아름답다. "황성(荒城) 옛터에 밤이 깊어/월색(月色)만 고요해…"라는 대중가요 '황성옛터'는 우리나라 사람들의 공통적 정서로서 마음 깊이 자리 잡고 있다. 세계문화유산인 수원화성(華城)은 낮에 보아도 아름답지만 달빛에 젖은 모습은 더욱 아름답다. 그래서 수원문화재단은 달이 사람들의 심성에 깊이 파고드는 점에 착안하여 "달빛 품은 수원화성을 거닐다"라는 주제로 '수원화성 달빛동행'이라는 관광 프로그램을 운영하고 있다.

'달빛동행'은 5~7월 상반기와 8~10월 하반기로 나뉘어 매월 음력보름 전·후 달빛야경이 가장 아름다운 기간 동안 20회 진행하며, 매회 120명의 관람객을 대상으로 수원화성에서 진행하는데, 2014년 시작 이래 38회 동안 매진기록을 이어가며 4,000여 명의 유료관람객과 함께한 수원시의 대표 야간관광 콘텐츠로 각광받고 있다.

'달빛동행'은 성곽의 아름다운 달빛야경을 통해 세계문화유산 수원화성을 새롭게 경험할 수 있도록 기획된 고품격 야간관람 프로그램이다. 문화관광해설사(달빛지기)가 들려주는 깊이 있는 해설과 함께 달빛 야경을 즐기고 조선시대 행궁의 건축의 백미를 느끼며 화성행궁에서 펼쳐지는 전통연희를 감상하는 순서로 구성되어 있다. 그 중 화성행궁 후원에 있는 정자(미로한정)에서 대금연주에 얹어 시조와 전통 입춤이 어우러진 공연

'선비의 풍류'는 마치 관람객이 영화 속의 주인공이 되어 빠져 들어가 있는 것 같은 몽환적 착각을 하게 할 정도로 일품이다.

특히 화홍문 인근 용연(龍淵)에서 바라보는 달과, 방화수류정에서 바라보는 용연(龍淵) 위에 비친 달빛과 어우러진 버들가지를 바라보는 것은 수원팔경 중 으뜸으로서 용지대월(龍池待月)이라 하여 인공과 자연이 어우러진 한 폭의 장관을 이룬다. 또한 달빛동행에서만 체험할 수 있는 '야간 화성열차'는 달빛을 품어 황금색으로 빛나는 웅장한 성곽의 모습을 한눈에 즐길 수 있는 소중한 기회를 제공한다. 마지막 코스인 화성행궁 유여택(維與宅)에서 경기도립국악단과 무용단이 함께 펼치는 '궁중연희 달빛향연'은 우리 전통예술 진수의 향유와 진한 감동을 안겨준다.

'수원화성 달빛동행'은 성공한 관광 콘텐츠로 자리를 잡았다. 몸과 마음이 지친 도시인들에게 아름다운 수원화성의 야경을 바라보며 도심 속 고궁에서 마음의 치유를 경험할 수 있는 특별한 경험을 제공하는 '달빛동행'을 자신 있게 추천하고 싶다.

화성재인청(華城才人廳) 예술의 부활을 꿈꾸며

조선조 전통공연예술사의 중심을 이루었던 것은 재인(才人)이었다. 재인은 광대(廣大), 창우(倡優), 화랭이, 산이 등의 명칭으로도 불렸다. 이들은 조선조 말까지 직업적인 민간 예능인의 연예활동을 행정적으로 관장하던 기구였던 재인청(才人廳)에 속하여 공연예술 활동을 하였다. 재인청은 지역에 따라 신청(神廳), 악사청(樂師廳), 광대청(廣大廳), 화랑청(花郞廳), 장악청(掌樂廳), 풍류방(風流房), 공인청(工人廳) 이라고도 불렸다. 재인청은 주로 경기, 충청, 전라도에 있었으며 수원에도 경기 지방을 대표하는 전국 최대 규모의 화성재인청이 있었다.

화성재인청이 보유한 예능의 기능은 전통 무형문화 유산인 음악, 무용, 연희(演戲), 놀이, 의식, 무예 등 가무악의 다양한 요소를 모두 지니고 있었다. 조선조 정조시대의 '화성성역의궤'와 '정리의궤' 속에 화성행궁 낙남헌(洛南軒)에서 펼쳐진 '낙성연도(落成宴圖)'에는 수원화성에서 펼쳐진 지배계층을 수용층(受容層)으로 하는 궁중정재(宮中呈才)와 기층민(基層民)을 수용층으로 하는 가무악이 융합된 민간 연희의 다양한 장면을 찾아 볼 수 있다.

오랜 역사를 통하여 사회적 변화에 따라 문화적 가치가 변용되었으나, 그 문화내용은 오랜 시간을 통하여 축적하여 온 다양한 문화를 내포하고 있기 때문에 화성재인청이 지니는 문화적·역사적 가치는 결코 소홀히 할 수 없는 중요한 문화적 보고(寶庫)라 할 것이다. 따라서 화성재인청은 우리나라 전통문화 유산의 보고이자 우리문화의 정체성을 확립할 수 있는 중요한 자료가 되는 것이기에 주목해야 한다.

조선조가 멸망하고 일제강점기에 접어들어 일제의 전통문화 말살정책에 따라 화성재인청도 자연스럽게 붕괴되었다. 화성재인청의 붕괴에 따라 그 조직과 기능이 인멸되었다. 현대사회에서 전통문화를 계승·발전시킬 수 있는 중요한 문화기반을 잃고 말았다.

수원은 서울로 들어가는 관문으로서 유통의 중심지로서 상권이 융성한 곳이었기 때문에 공연예술도 자연스럽게 활성화되어 있었다. 경기도 공연예술의 중심은 화성재인청으로서 경기 전통예술 전승의 보루이기도 했다.

화성재인청이 보유했던 예능으로는 대풍류, 취타풍류, 향제줄풍류, 경기시나위, 통속 및 토속 경기민요, 12잡가, 휘모리잡가, 시조, 산타령, 경기도당굿의 무악, 무가, 무속 춤, 승무, 태평무, 한량무, 부채춤, 산대놀이(탈춤), 웃다리 농악, 줄타기, 남사당놀이 등 이루 헤아릴 수 없이 많다. 화성재인청의 예술은 한국의 자랑스러운 무형 문화유산의 보고(寶庫)로서 반드시 보존·계승·발전시켜 나가야 한다.

수원은 수원화성이라는 자랑스러운 유형의 세계문화유산을 보유하고 있다. 문화유산의 복원은 유형과 무형이 함께 복원되어야만 온전한 복원이라고 할 수 있다. 유형유산인 수원화성은 복원되었는데 무형의 문화유산이 함께 복원되지 못했다. 화성재인청의 복원이 이루어져야 수원화성의 온전한 복원도 그 모습을 갖출 수 있다.

이러한 인식을 바탕으로 2004년에 수원에 화성재인청복원사업 추진위원회가 결성되었고, 경기문화재단의 후원으로 2006년까지 3개년에 걸쳐 '화성재인청'과 그 예술의 보존·전승을 위한 학술회의를 개최하여 '화성재인청' 복원의 필요성과 당위성에 대한 관심을 불러일으킨 바 있으나 더 이상 확산·발전되지 못했던 것은 무척 안타까운 일이었다. 중차대한 사업의 구체적인 결실을 위하여 화성재인청 복원과 연관된 전문적인 학자들과 전통예술가들이 공동의 장을 마련하여, 체계적이고 완벽한 연구 조사를 바탕으로 화성재인청의 복원과 예술의 보존·전승을 위한 공동 작업을 해나가야 한다.

앞으로 수원시는 화성재인청 복원의 실현을 통하여 수원시민들에게는 자랑스러운 문화유산을 이어 받은 전통문화도시 수원시민으로서의 자긍심을 부여함은 물론, 경기도의 중심도시로서 수원시에 꽃피었던 화성재인청의 전통예술을 국내는 물론 세계에 보여줌으로써 전통 문화도시로서 우뚝 설 수 있을 것이다.

수원 화성(華城)이
세계적 명소가 되기 위한 전제

　10여 년 전 나는 한국전통예술학회의 수원 화성재인청(華城才人廳) 복원 사업 추진위원장이라는 자격으로 경기문화재단의 지원을 받아 3년에 걸쳐 관련 학자들과 함께 학술회의를 하며 1997년 세계문화유산으로 등재된 수원 화성(華城) 내에 소재하였던 화성재인청 복원을 촉구한 적이 있었다.

　학술회의를 시작하게 된 동기는 수원시의 노력으로 수원 화성(華城)의 외형은 온전히 복원되어 일찍이 1997년에 세계문화유산으로 등재되었으나 진정한 문화유산의 복원은 유형과 무형의 복원이 함께 어우러져 복원되어야 그 가치가 있는 것인데, 수원 화성은 무형유산의 백미에 해당되는 화성재인청의 복원이 이루어지고 있지 못했기 때문이었다.

　그때의 학계의 시도는 당시 수원시에 수용되지 못한 채 오늘에 이르고 있다. 그러한 현실은 비단 수원만으로 국한된 것이 아니라 석굴암과 불국

사, 창덕궁, 남한산성, 경주 역사지구, 백제유적지구 등도 마찬가지다. 유형의 복원은 이루어졌으나 무형의 복원은 지지부진하거나 관심 밖인 것이 현실이다.

그나마 수원의 화성행궁 앞에서는 화성재인청의 명맥을 잇는 일부 전통연회가 상설 공연되고 있고, 화성에 주둔했던 당대 조선의 최정예 부대인 장용영의 외영 군사들이 익혔던 군사 무예가 복원되어 화성행궁에서 연행되고 있는 점은 다행스러운 일이다.

재인청이란 조선 말기까지 지방에서 활동하였던 직업적인 민간 연예인의 연예활동을 행정적으로 관장하였던 곳을 말하고 다른 한 편 광대청, 장악청, 신청, 풍류방, 공인청이라고도 하였다. 그리고 이들 재인청은 경기도, 충청도, 전라도의 각 군에 두었는데 총수인 대방과 그 아래 각도의 책임자인 도산주, 그리고 그로부터 행정적인 지시를 받는 각 군 소재 재인청의 우두머리인 청수로 구성되어 있었다.

재인청이 주목받고 있는 것은 재인청을 통하여 우리나라의 예술성 높은 민속전통예술이 계승·발전되어 왔을 뿐만 아니라 종교와 철학과 예술을 모두 융합하는 축제가 있었기 때문이다. 그것이 바로 우리의 역사이자 우리 문화의 전통적 뿌리를 이루고 있기 때문이다.

그런데 수도 서울로 들어가는 관문이자 경기도의 유일한 군영인 장위영 외영이 소재했던 수원 화성에 소재하였던 화성재인청은 조선시대 예능문화의 모든 정보를 지니고 있었기에 다른 지역의 재인청에 비해 보다 중요한 위치에 있었다.

화성재인청은 한때는 4만여 명이나 되었던 경기도 일대의 광대들의 예능활동을 관장하고 있던 예술 관리 기구였다. 그리고 이 화성재인청 출신 예능인들에 의해 오늘날에 전승되는 각종 춤, 소리, 악기연주 등이 상당히 폭넓게 전승되고 있기 때문에 이러한 예능들의 연원을 밝히기 위해서라도 화성재인청과 관계되는 여러 사실들이 제대로 발굴·조사되어야 한다.

재인청의 역사는 조선이 멸망하고 일제 강점기를 거치면서 단절되었다. 나라의 주권을 되찾은 지 70년이 지난 이 시점에 재인청의 복원이 운위되는 것은 문화국민을 자칭하고 있는 우리로서는 너무나도 부끄럽고 때늦은 감이 있다. 재인청의 복원은 단절되었던 공연예술사의 한 부분을 복원하는 일이며 우리나라의 문화적 정체성을 회복시키는 일이다.

화성재인청 복원이라는 막중한 일을 실현하기 위해서는 중앙정부와 지방정부의 깊은 관심과 체계적이고 조직적인 지원이 필수적이며, 사회적 공감대도 형성되어야 한다. 그러기 위해서는 먼저 경기도와 수원시를 이끌어가고 있는 지도자들이 이 복원사업이 왜 중요한 것인가를 인식해야 하며 이 사업에 대하여 적극적인 자세로 참여하여 자체 지원은 물론 중앙정부로부터도 지원을 이끌어 내야 한다.

세계문화유산인 수원의 화성(華城)은 문화유산적 가치가 높음에도 불구하고 국민적 관심도가 높은 편이 아니다. 수원의 화성이 서울이 아닌 지방에 위치하고 있기 때문에 받는 지역적 불이익도 있겠지만, 무형적 문화유산의 복원 측면은 가려진 채 단순히 유형의 고건축의 복원에 초점이 맞추어져 보이기 때문이 아닌가 한다.

화성(華城) 안에는 조선조 공연예술의 중심이었던 화성재인청이 있었다. 화성재인청의 다양하고 예술성 높은 공연예술이 수원의 화성과 함께 복원되어 국민들에게 보인다면 수원 화성은 시민이 함께 참여하여 즐길 수 있는 새로운 문화예술 공간이자 관광 명소가 될 것이며 자랑스러운 우리의 세계문화유산으로서 국민적 관심은 물론 세계적 관심을 받을 수 있다고 생각한다.

조선조 공연예술사의 중심이었던 화성재인청의 복원은 세계문화유산으로서의 수원 화성의 문화유산적 가치를 더욱 높여줄 것이며, 그렇게 된다면 수원 화성은 세계적 역사문화명소이자 관광명소로서 급부상하게 될 것이 분명하다.

문예회관, 무엇이 문제인가?

　문예회관은 지역문화예술의 중심 거점기관이자 문화향유 공간으로서 지역민을 위한 공연, 전시, 문화예술교육, 축제 등에 관한 사업을 수행하는 전문 문화공간이다. 전국에는 예술의전당, 아트센터, 아트홀, 문화예술회관, 문예회관, 문화회관 등 다양한 명칭으로 불리는 약 220개의 문예회관이 있다. 군 단위까지 대부분의 지역에 건립된 이 문예회관들은 공연을 위한 극장과 미술작품을 전시할 수 있는 전시실, 문화예술교육 활동을 할 수 있는 강습실과 연습실, 그리고 문예회관을 찾는 지역 주민을 위한 편의 공간 및 시설, 그리고 주차장을 갖추고 있다.

　전국의 문예회관을 다니다 보면 서울의 '예술의전당' 못지않게 지속적으로 품격 높은 공연들이 펼쳐지고, 지역 주민들과 청소년들이 다양한 문화예술교육 프로그램에 활발하게 참여하는 문예회관들이 있다. 반면 품격 높은 공연은커녕 수준이 그리 높지 않은 공연도 가뭄에 콩 나듯 어쩌다 한번 진행되고, 평상시에는 지역주민들의 모습을 거의 찾아볼 수 없어

적막하기까지 한 문예회관들이 적지 않다.

앞에서 이야기 했듯 약 220개 문예회관과 그 시설을 생각하면 전국적으로 문예회관의 하드웨어는 어느 정도 갖추어진 셈이다. 그 하드웨어가 대형화하고 고급화되면 더욱 좋은 일이지만, 그보다 중요하고 시급한 것은 양질의 소프트웨어의 확보이다. 문예회관은 지역민의 문화향유 욕구를 충족시켜줄 수 있는 품격 높은 공연 및 전시 프로그램을 운영해야 한다. 지역민들이 단순한 문화예술의 향유자가 아닌 주체자로서 성취감을 느낄 수 있는 양질의 문화예술교육 프로그램, 그리고 청소년들이 문화예술 감상 및 체험 활동을 통하여 감수성과 창의력을 신장시킬 수 있는 문화예술 감상 및 체험 프로그램 등이 필요하다.

따라서 양질의 소프트웨어를 창출하고, 기획하는 책임이 있는 문예회관 경영자와 기획자의 역할이 중요하다. 이러한 소프트웨어 창출과 기획은 전문 영역에 속한다. 그런데 현실은 어떤가? 전국의 문예회관의 책임자와 종사자들은 전문가들로 구성되어 있는가? 슬프게도 그렇지 않다. 전국의 문예회관들이 활성화되지 못하고 있는 가장 큰 이유는 문예회관 종사자들의 구성이 대부분 비전문가들로 이루어져 있다는 점이다.

시설이 아무리 좋은들 그것을 운영하는 사람의 전문성이 부족하면 아무 소용이 없다. 전국의 문예회관들은 지자체가 운영 주체가 되어 직접 운영하는 직영 형태가 대부분이다 보니 공무원들이 배치되어 경영과 기획을 맡고 있는 곳이 다수이다. 공무원들은 책임감과 성실함은 갖추고 있으나 전문성이 부족할 수밖에 없다. 건물관리는 잘 할 수 있을지 모르지만, 전문성이 필요한 공연기획, 전시기획, 홍보, 마케팅, 프로그램 운용, 무대기계, 음향, 조명 등은 잘 해내기 어려울 것이다.

현재 문예회관에서는 '공연법'에 의거하여 무대기계, 음향, 조명 등은 전문직을 쓰도록 법제화되어 있지만 공연기획, 전시, 홍보, 마케팅 영역은 전문직을 쓰도록 법제화되어 있지 않다. 그러다 보니 전국 문예회관의 기획인력의 상황을 들여다보면 공무원 등 대부분 비전문 인력들로 구성되어 있다. 문예회관 소프트웨어의 핵심인 전문 기획인력의 부재는 큰 문제가 아닐 수 없다.

으리으리한 시설을 갖춘 문예회관도 중요하겠지만 누가 그러한 문화공간을 어떻게 운영하는가가 더 중요하다. 요즘 들어 버려진 폐광이나 폐공장, 폐 창고와 같은 열악한 공간에서도 적은 재원으로 성공적인 공연을 올린 사례들을 심심치 않게 접하곤 한다. 문제는 어떤 공간과 환경에서가 아니라 누가 어떠한 마인드로 어떠한 예술적 산물을 만들어내는가이다. 문예회관이 활성화되지 못하고 있는 것을 마냥 재원 부족이나 시설 부족으로 돌려서는 설득력이 떨어진다.

해결방안으로는 지역 문화시설 종사자 간 수평적 교류활동 및 정보공유 프로그램의 확대, 공동 워크숍 지원, 기관 간 교환근무, 찾아가는 기획·홍보·마케팅, 무대기술 스텝들에 대한 전문교육의 강화가 있다.

또한 지역 문화시설 자원봉사자 및 지역주민을 대상으로 기획, 홍보, 무대스태프, 하우스 어셔 등의 다양한 분야에 대하여 전문교육을 실시하고, 전문교육과정을 이수한 인력을 어르신 공연장 안내원, 주부 모니터링단 등 시간제 근로자의 형태로 문화시설에 종사하도록 하는 등 지역주민이 직접 참여할 수 있는 문화 매개자 양성 프로그램을 지원할 필요가 있다.

현재 지방 문화예술회관의 경우 대부분 공연기획 인력 1명이 공연기획, 대관, 전시, 문화예술 교육프로그램, 하우스 운영, 홍보 등 모든 업무를 담당하고 있어 정부지원사업을 원활히 수행하는데 있어 턱없이 인력이 부족한 것이 현실이다. 따라서 지역문화시설에의 사업 지원 시, 사업을 실질적으로 운영할 수 있는 환경 조성을 위해 사업비 내에 인건비를 포함하여 지원하도록 하는 "사업 묶음 지원제도"를 시행하는 것이 바람직하다.

현재 지방의 문화예술 국비 보조금 지원에 있어서는 매칭 지원을 원칙으로 하고, 지자체의 재정자립도에 따라서 차등 지원하되, 당분간은 재정자립도가 열악한 지역은 증액 지원하고, 장기적으로는 매칭비율을 높여나가도록 하는 것이 좋을 것 같다.

또한 현재 시행하고 있는 문화시설에 대한 연수단원 지업 사업에 있어 우수 연수단원을 익년도 사업 운영 계약직 인력으로 채용하는 등 기존 사업과 연계하여 추진이 가능하도록 연수단원 제도를 개선할 필요가 있다. 이렇게 하면 연수단원에서 비정규직 계약직으로, 비정규직 계약직에서 무기 계약직으로, 다음에 정규직으로 갈 수 있는 사다리 역할이 가능할 것이다.

현재 도서관, 박물관, 문화예술교육기관에 학예연구사, 문화예술 교육사 등 전문 인력을 배치하도록 법제화되어 있어 운영의 전문성이 확보되어 있으나, 문예회관 및 구민회관 등 문화시설에는 예술경영·기획·홍보·무대 등 전문 인력의 배치 법제화가 이루어지고 있지 않아 운영의 전문성이 확보되지 않았다. 또한 지역주민에 대한 원활한 서비스 제공도 부실하므로 지역문화진흥법에 명시되어 있는 '지역문화 전문인력기관'에서 배출된 인력을 전문 인력으로 채용하여 배치하도록 하는 법제화가 필요하다.

현재 지역 문화시설 운영방식이 대관 위주의 운영방식에서 전문화되고 특성화되는 방식으로 전환되어야 함에도 불구하고 전문인력이 부족하여 한계가 있다. 지역민의 문화향수권 신장 등 지역문화예술 활성화를 도모하기 위하여 문예회관 및 문화원 등의 문화시설에 문화예술전문 관리자(CEO)와 전문인력을 배치하도록 하는 법제화가 필요하다. 법제화가 이루어지기 전까지는 전문 CEO나 전문인력을 채용할 시 각종 지원혜택의 우선권을 부여하거나 채용경비 일부를 지원하는 등 인센티브 정책이 필요하다.

올해부터 시행되고 있는 '지역문화진흥법'에 의하면 문화원에 지역문화사업을 수행하는 특별 법인으로서의 기능과 역할을 부여하고 있다. 그러나 지방문화원이 중요한 기능과 역할이 있는 전국 단위의 조직임에도 불구하고 대부분의 문화원장들은 전문성이 없는 지역인사들이며 직원들도 대부분 비전문가들이기 때문에 비효율적으로 운영되고 있으며 그 기능과 역할을 제대로 수행하지 못하고 있다. 향후 문화원도 운영실적을 엄격히 평가하여 우수 운영 문화원에는 인센티브를 부여하고, 부실 문화원에는 페널티를 부여하는 정책이 필요하다.

지역 문화시설 콘텐츠 지원을 통한 활성화를 위하여 기존 추진되어 오던 지원 사업 중 지역민들의 체감지수가 높고 지역 간 문화격차해소에 기여하여 효과가 검증된 지원 사업들이 있다. 예를 들어 한국문화예술연합회의 '방방곡곡 문화공감' 같은 사업인데 이 사업은 매칭 지원 사업으로서 현장에서의 수요는 확대되고 있으나, 예산 감액으로 수요에 부응하지 못하고 있어 지원의 확대가 필요하다. 이러한 사업의 확장은 문예회관 가동률을 높이고 지역민들의 문화향유 기회를 확장시킬 수 있다. 또한 다양한 작품의 유통을 활성화하여 공연예술가들을 간접적으로 지원하고 창작의욕을 고취하게 하는 효과도 거두게 될 것이다.

또한 지역예술가 및 지역민들이 지역 문화시설을 매개 공간으로 하여 단순한 관람객이 아닌 주체, 생산자, 기획자가 되게 함으로써 문화예술 활동을 통한 성취감과 행복감을 증진하고 지역의 소속감과 주인의식을 갖도록 유도하여 시민문화 축제로 발전하게 하는 가칭 '우리 동네 축제만들기' 지원 사업 등을 펼쳐 보는 것도 한 가지 방안이 될 수 있을 것 같다.

지역별 특수한 역사, 자연환경, 문화유산 등을 자원으로 지역 고유의 콘텐츠 및 융합형 프로그램을 제작하여 문화산업화하도록 지원하는 것도 좋은 방안이며 인문학과 공연예술이 융합한 렉처 콘서트, 전시와 공연예술이 융합한 갤러리 콘서트 등 융합형 콘텐츠의 지원사업도 생각해 볼 수 있다.

특히 지역문화시설은 그 지역의 문화거점으로서 지역 학교, 공공기관, 복지시설, 주민자치센터 등과 연계한 콘텐츠를 개발하는 것이 필요하다. 예를 들어 지역 문화시설과 학교를 연계하여 학급, 학교 단위로 문예회관 등 문화시설에서 교과서 중심의 공연예술, 전시 감상 및 체험을 제공하는 '교과서 예술여행' 지원 사업 등도 좋은 방안이 될 것이다.

'지역문화진흥법'에는 시군구에 문화도시와 문화지구를 지정하고, 지역문화예술위원회를 설립·운영하며 문화부 차원에 지역문화진흥센터를 운영하는 등 여러 가지 제도가 예정되어 있다. 하지만 가장 효과적인 방안은 안전행정부의 지방자치단체 평가 시 지역별 특성에 맞는 지표와 가중치를 재설정하여 지자체의 문화예술분야 및 문화시설 활성화에 대한 노력과 기여도에 대한 평가를 하고, 평가 후 우수 지자체에게 포상 및 인센티브를 부여하는 것이라고 생각한다.

지역 문화시설이 지역의 문화거점 공간으로서의 역할을 하기 위해서는 쾌적한 문화공간 조성이 필요하다. 또한 공간의 효율적 운영 등을 위하여 안전, 건축, 무대기계, 음향, 조명 등에 대한 시설 컨설팅 지원 확대가 필요하며 1회적·사후적 평가나 컨설팅이 아닌 지속적·반복적 모니터링이 필요하며 그러한 컨설팅 시스템 구축을 위하여 예산 확대가 필요하다.

또한 컨설팅 결과를 해당 자치단체장에게 통보하여 시설에 문제가 있는 부분은 시정될 수 있도록 하는 제도적 조치가 필요하다. 노후화된 지역 문화시설을 주민 편의시설이 추가된 생활문화센터로 증개축해야 한다. 예를 들어 전국에 214개 문예회관이 운영 중이나 10년 이상 노후화 된 문예회관이 전체의 74%(152개)를 차지하고 있어 매칭 지원으로 리모델링을 통한 생활문화센터로서의 공간 조성이 필요하다.

또한 가동 중단된 산업시설, 폐교, 빈 상가 등 지역의 유휴공간들을 리모델링하여 다양한 계층의 주민들의 예술 활동 거점으로 구축하여 개방형 복합여가센터로 조성 확대해야 한다.

지역 문예회관을 정상화시키는 가장 확실한 방법은 문예회관에 전문기획인력을 배치하도록 법제화하는 것이다. 그렇게 해야 문예회관 운영의 정상화도 이룰 수 있고, 결국 지역민들에게 그 혜택이 고스란히 돌아갈 수 있다. 그래야 문화융성도 가능해질 수 있다.

한류(韓流)와 컬처 패스트푸드,
지속가능한 한류를 위하여

　　얼마 전 신문기사를 살펴보다가 중국 상하이국제아트페스티벌 왕췐 총
재가 한류(韓流)에 대해 언급한 인터뷰 기사가 눈에 들어왔다. 상하이국제
아트페스티벌은 싱가포르 및 홍콩 국제아트페스티벌과 함께 아시아의 3
대 예술제 중 하나로서 매년 300만여 명이 몰려드는 지명도 높은 페스티
벌이다. 또한 2009년에는 '한국 주간(Korea week)'을 만들어 태권도와 K팝
공연을 벌였고, 지난해에는 한국 창작 뮤지컬을 메인 공연에 초청하는 등
한국과의 교류에도 적극적이었기에 왕췐 총재의 지적은 진정성 있는 고언
(苦言)으로 무겁게 다가온다.

　　그녀는 '한류'를 '컬처 패스트푸드'에 비유하면서, "한국 아이돌은 일본
가수와 구분이 안 될 정도로 특색이 없다. 각종 매체를 통해 넘쳐나는 내
중문화의 홍수 속에서 한류가 패스트푸드처럼 쉽게 소비되는 것 같아 안
타깝다. 현란한 퍼포먼스의 K팝이나 멋진 남녀 배우가 나오는 한국 드라

마는 보고 돌아서면 금방 잊히고 만다. '한류'라고 부르는 한국 문화엔 중국인의 가슴에 새길 만한 깊은 맛이 없다. 문화는 전통적일수록 세계적으로 각광받으며, 뿌리가 없는 문화는 공허할 뿐"이라고 했다.

그녀의 지적은 정확하다. 지금은 한국의 K팝이 중국 등 아시아 전역은 물론 아메리카 및 유럽까지 뒤흔들고 있지만, 솔직히 이러한 현상이 얼마나 지속될 지 늘 불안하게 생각했다. 이런 우려를 하고 있던 차에 왕췐의 지적을 듣고 보니 이제 올 것이 왔다는 생각이 들었다. 특히 현재 우리의 K팝이나 드라마는 세계적 보편성이 강하기 때문에, 외국인들에게 쉽게 파고 들어갔지만 우리 한류만이 가질 수 있는 차별성과 특성이 결여되어 있기 때문에 언젠가는 한류에 대해 식상하다고 느낄지도 모른다.

차별성을 두기 위해서는 전통에 더 가까워져야 한다. 지난해 모 세미나에서 동국대 박상진 교수가 "전 세계를 열광하게 하였던 싸이의 강남스타일이 우리 전통장단인 휘몰이 장단에 바탕을 두었고, 레이디 가가를 앞지른 '소녀시대'의 '아이 갓 어 보이'가 휘몰이 장단에 동살풀이 장단을 추가한 곡"이라고 발표하는 것을 들은 적이 있다. 보도에 의하면 한국홍보전문가 서경덕 성신여대 교수가 자신이 뉴욕 타임스퀘어 전광판 광고와 월스트리트저널 전면 광고 등을 기획하면서 추산한 경제 효과 액수를 근거로 "싸이 개인이 아닌 '강남스타일'이 K팝 시장 전체에 끼칠 영향력을 고려한다면 그 경제적 파급 효과는 충분히 1조원 이상의 가치가 있다"고 밝혔다고 한다. 이 가치는 앨범과 저작권료, 광고 계약과 주식을 포함하며 생산 유발 효과와 부가가치 유발 효과, 고용 유발 효과 등의 간접효과까지 함께 추산한 수치다.

'강남스타일'이나 '아이 갓 어 보이'를 작곡한 작곡자들이 의도적으로 전통장단으로 작곡하겠다고 작곡을 한 것이 아니라 하더라도, 작곡을 해놓고 보니 결과적으로 전통장단으로 작곡한 것이 되었다는 것이다. 전통에 기반을 둔 K팝이 폭발적인 힘을 가질 수 있다는 것을 보여준 좋은 사례라 할 수 있다.

우리나라는 비록 영토는 작지만 5,000년이라는 유구한 역사를 가진 나라이며, 세계 어느 나라에도 찾아보기 어려울 정도로 찬란한 수많은 전통 문화유산을 가진 나라이다. 우리나라가 유네스코 인류무형문화유산 대표목록에 등재한 것으로는 종묘제례 및 종묘제례악, 판소리, 강릉단오제, 강강술래, 남사당놀이, 영산재, 제주칠머리당 영등굿, 처용무, 가곡, 줄타기, 아리랑 등이 있다. 우리나라만큼 전통음악과 관련된 수많은 유산을 등재한 나라도 드물다.

우리나라가 갖고 있는 전통문화예술을 기반으로 첨단 기법을 접목하여 세계적 보편성을 갖춘 융·복합 공연예술 작품을 개발해 나간다면 지금의 한류는 더욱 더 힘을 받으며 지속적으로 진화해 나가리라고 확신한다.

한국의 특색이 살아있는
복합문화공간을 꿈꾸며

　복합 전통예술 체험 공간이 있다면 얼마나 좋을까? 한번에 우리나라 전통공연예술의 고품격 원형 공연을 볼 수 있고, 악가무희(樂·歌·舞·戲)와 시서화(詩·書·畵)에 두루 능했던 옛 전통예인들의 진정한 후예를 키워내는 도제 교육의 생생한 현장을 지켜볼 수 있으며, 제대로 된 한국 전통음식을 맛볼 수 있으며, 제대로 된 한옥에서의 쾌적한 숙박과 숙식을 통하여 한국의 전통문화를 체험을 할 수 있고, 한옥, 한복, 한지, 한국음악, 한국화, 한국공예 등 한국 브랜드를 두루 체험할 수 있는 그런 공간을 꿈꿔 왔다.

　유감스럽게도 한국에는 자랑할 만한 그런 전통 문화공간은 없다. 가까운 일본만 하더라도 대표적인 전통공연예술극장으로 도쿄에 가부키 전용극장인 가부키자(歌舞伎座)가 있고, 오사카엔 분라쿠 전용극장인 국립분라쿠극장(國立文樂劇場)이 있고, 교토엔 기온(祇園) 코너가 있다.

그러나 한국에는 한국문화재재단이 운영하고 있는 서울시 중구 필동에 위치한 '한국의집' 등이 있으나 외국 국빈이나 기업의 VIP급 외국 인사들이 왔을 때 자신 있게 보여줄 수 있는 그런 복합 전통예술체험 공간은 아니다. VIP급 인사가 아니더라도 우리나라 전통예술의 원형을 체험하고 싶은 외국인들이 와도 갈 만한 곳이 없다. 부끄럽고 안타까운 일이다. 나에게 소망이 있다면 외국의 그러한 곳들을 훨씬 능가하는 우리나라가 자랑할 수 있는 브랜드 복합 전통예술체험 공간을 만드는 일이다.

내가 생각하는 복합 전통예술체험 공간 구성은 이렇다. 최고의 전통예인을 키워내는 재인학교(才人學校)가 있고, 언제든 관람이 가능한 고품격 전통예술 원형 전용 공연장이 있고, 한옥체험을 할 수 있는 게스트하우스로 쓰일 한옥이 있고, 명상과 힐링을 위한 청정 산책로가 있는 공간으로 꾸밀 것이다. 게다가 도기와 목기를 만들어 내는 공방과 가마가 있으면 더욱 좋을 것이다. 그곳에서 파는 공예품은 엄격한 검증을 거친 믿을 수 있는 최상질의 원형 공예품이어야 한다.

그곳의 핵심 소프트웨어는 전통예인을 양성하는 재인학교이다. 재인(才人)이란 우리 전통공연예술사의 중심을 이루었던 광대(廣大), 창우(倡優), 화랭이, 산이 등의 명칭으로 불리어졌던 전문예인을 지칭한다. 물론 한국에는 전통예술의 인재를 양성하고 있는 2곳의 국립 교육기관이 있기는 하다. 그러나 그 학교들은 재학생들을 명문 예술대학에 진학시켜야하는 현실적 이유 때문에 현행 대학입학 전형제도가 요구하는 교육과정에 종속되어 1인 1전공 중심의 전문교육에 치중하고 있어 악가무희의 종합적 예능을 갖춘 미래의 전통예술계를 이끌어 갈 예인을 육성·배출하기에는 부족함이 많다.

내 나름대로의 복안은 이렇다. 내가 만들고자 하는 재인학교의 교수진은 우리나라 당대의 정상급 예인들로 포진되어야 하며, 학생은 약 30명 정도의 소수 정원을 유지하도록 한다. 초등학교 4·5학년 과정부터 시작하여 대학 과정까지 전통적인 도제 교육 방식에 의거한 교육과정을 이수하는 콘서바토리형 재인학교를 만드는 것이다.

재인학교의 학생은 전원 장학생으로서 옛 예인들이 그러했듯이 숙식과 생활을 함께하면서 우리의 전통적 예인양성 교육방식인 도제식 교육을 실시하여 악가무희의 종합적 예능을 두루 갖춤은 물론, 시서화에 능하도록 교육을 받도록 한다. 또한 예인들이 갖추어야 할 인문학적 교양과 역사의식을 갖추도록 교육해야 하며, 전통예절과 서예교육 그리고 자신의 예능을 외국인들에게 외국어로 능숙하게 설명해 줄 수 있도록 2개 국어 이상의 외국어 소통능력을 갖춘 명실상부한 엘리트 예인을 육성해내는 학교를 만드는 것이다.

복합 전통예술체험 공간에는 한국 전통예술의 원형을 체험하기를 원하는 관광객을 위한 고품격 한옥 게스트하우스가 있어 한 곳에 머물면서 한옥, 한식, 한지, 한복, 한국음악, 한국화 등 한국 브랜드를 두루 체험하게 한다. 또한 재인학교에서 이루어지는 교육과정의 현장을 제한적으로 공개하고 관광 상품화하며, 전통공연예술에 적합한 공연장을 갖추고 재인학교에서 배출된 예인들로 하여금 한국을 대표하는 고품격 명품 원형공연을 펼치도록 하여 한국의 전통예술의 진수를 체험하도록 한다.

단, 재인학교의 방문객들을 소수화하고 관람료를 고액으로 책정하여 재인학교 운영비를 충당할 뿐만 아니라, 관광객으로 하여금 한국의 재인학교에서 숙박하며 프로그램을 체험한 것을 매우 소중하고 자랑스러운 개인적 경험으로 여기도록 고품격 VIP 마케팅 전략을 꾀하는 것이 중요하다. 유럽의 유명 영화제가 열리는 지역에 숙박하기 위해서는 최소한 3년 전에 예약을 해야 한다. 한국의 재인학교도 숙박하기를 원한다면 최소한 3년 전에 예약하도록 브랜드화 해야 한다.

물론 재인학교 개교 준비와 설립 초기에는 국가 혹은 지방정부, 아니면 기업 등의 막대한 투자가 선행되어야 한다. 장기적으로 보면 전통예술의 온전한 보존, 전승 및 창조적 계승 측면뿐만 아니라 관광산업 측면으로 보아도 국가 브랜드 명품 관광 상품이 될 것이 분명하므로 쉽게 투자를 이끌어낼 수 있으리라 본다.

그런 공간이 어디에 세워져야할까? 몇 가지 고려해야 할 조건이 있다. 첫째, 접근성이 좋아야 한다. 둘째, 공간 주변이 한옥과 어울리는 자연과 어우러지는 청정한 곳이어야 한다. 셋째, 주변에 전통적인 것과 유관한 관광명소들이 자리 잡고 있어 벨트화하기 쉬운 곳이어야 한다. 그래야 복합 전통예술체험 공간이 활성화될 수 있다.

그렇다면 그러한 곳이 들어갈 적지가 어디일까? 나는 서울시 성북구 성북동에 자리 잡고 있는 삼청각(三淸閣)이 최적지라고 생각한다. 1972년 건립된 삼청각은 7·80년대 요정정치의 산실로 대표되던 곳이었으나 경영난으로 1999년 12월에 문을 닫았다. 2000년 5월 22일에 서울특별시가 삼청각 부지와 건물을 도시계획시설상 문화시설로 지정하여 리모델링 공사를 끝낸 후, 2001년 10월에 새로운 전통 문화공연장으로 문을 열었으나 활성화되지 못하고 있어 서울시로서도 부담스러운 공간이 되었다.

삼청각은 국빈이 드나드는 청와대와 매우 가까운 위치에 있으며, 인근에는 외국 대사관 및 영사관 등 외국 공관들이 밀집하고 있는 곳에 자리 잡고 있어 국빈들의 숙소나 방문 장소로서도 최적지이다. 또한 삼청각은 북한산 자락에 위치하고 있어 아침에 일어나 산길을 산책하기에도 좋아 힐링을 위한 장소에도 최적지이다. 그리고 경회궁, 덕수궁, 경복궁, 창덕궁 등 전통 관광명소인 고궁들과 가깝고 동대문 쇼핑센터, 대학로, 시청 앞, 종로 일대와도 가까워 관광벨트화하기도 최적지이다.

이러한 꿈은 현재로서는 그저 나의 개인적인 꿈일 뿐이지만 좀 더 구체화 되고, 공감대가 형성된다면 현실로 이루어지는 날이 올 것이라 굳게 믿는다.